Ana Dayna

Uma semana, três meses e uma vida toda

Ana Dayna

Uma Semana, três meses e uma vida toda

Dados Internacionais de Catalogação na Publicação (CIP)
(Câmara Brasileira do Livro, SP, Brasil)

Dayna, Ana
    Uma semana, Três meses, uma Vida toda / Ana Dayna. -- Santo Ângelo, RS : Ed. da Autora, 2024.

    ISBN 978-65-01-27218-4

    1. Ficção brasileira I. Título.

24-244622   CDD-B869.3

Índices para catálogo sistemático:

1. Ficção : Literatura brasileira   B869.3

Aline Graziele Benitez - Bibliotecária - CRB-1/3129

Agradecimentos

Agradeço por toda a ajuda e o apoio do meu esposo Willian que sempre acreditou e não me deixou duvidar que a realização deste projeto seria possível.

Capítulo Um

- Não está mais dando certo!

Digo para Vicente enquanto ele está em frente ao espelho, dando os últimos retoques no cabelo para sair em mais uma noite com os amigos:

- O que?

- Isto entre nós, não está dando certo!

- Do que você está falando?

- De nós!

- Não tem nada de errado conosco!

- Você quer que eu liste todos os problemas que tem entre nós, e porque isto não está dando certo?

- Claro!

- Bom para começar: não nos tocamos mais, fazem seis meses que não transamos, uns três meses que você nem se quer me beija, vivemos como dois estranhos dividindo apartamento, você sai praticamente todas as noites, sem me diz para onde vai, com quem ou o que vai fazer...

- Você quer transar? Quer um beijo? Está com ciúmes ou com TPM?

- Nenhum deles, não quero mais seus beijos, tão pouco fazer sexo com você e não estou de TPM ou com ciúmes.

- Então o que você quer?

- Quero você fora deste apartamento em uma semana, estou de férias que aliás como você é um estranho nesta casa não sabia, vou viajar para Capital e volto em uma semana, e quando eu voltar não quero nenhum vestígio que você morou aqui algum dia!

- Como você quer que eu faça isso? Não sei se lembra, mas estou desempregado, e não tenho dinheiro!

- Lembro sim, mas também lembro que você fica o dia todo sentado no sofá jogando vídeo game, e toda noite está na rua...

- Não é fácil arrumar emprego...

- Quando não está procurando, por estar sendo sustentado por outra pessoa, realmente não é fácil!

- O que você está pensando?

- Que está na hora de eu parar de sustentar um homem que é totalmente um atraso na minha vida...

- Como vou alugar um apartamento?

Olho para minha mão direita, vejo a aliança de namoro, tiro ela e coloco em cima da bancada entre nós:

- Você pode começar vendendo este anel, além disso, já que gosta tanto de bares pode arrumar um emprego de bartender em algum dos botecos ou baladinhas que você frequenta, e quanto ao apartamento, você provavelmente não vai encontrar um em uma semana... Você pode pedir um quarto para algum dos teus amigos que te fazem companhia nas noitadas.

- Maravilha!

Diz ele irônico e continua:

- De cliente vou passar a garçom e de amigo vou passar a ser colega de quarto...

- Que maravilha, toda moeda tem dois lados, isto é maravilhoso para sua evolução pessoal.

Ele largou as chaves que tinha na mão e começa a vir para perto de mim, estende uma das mãos para que eu a segure, mas em vez de seguir seus planos coloco nela a aliança que deixei na bancada, dou-lhe um giro virando para porta, empurro-lhe calmamente até a porta, coloco a chave no seu bolso traseiro, abro a porta e dou-lhe dois tapinhas nas costas:

- Lembra... Somente uma semana, Tchau!

Fecho a porta, na geladeira pego uma garrafa de vinho junto com uma taça, abro já a caminho do quarto onde a mala me espera para ser arrumada.

Ligo para a rodoviária para confirmar o horário do ônibus para a Capital, deixo programado despertador para acordar a tempo, já que o ônibus sai às 07:30 a.m.

O despertador toca, vejo que dormi sozinha, dou uma olhada pelo apartamento confirmando que Vicente não está:

- Ótimo, serei poupada de olhar para ele.

Digo baixinho indo tomar um banho, logo estou vestida e aprovo o look que deixei separada para viajar, uma calça jeans confortável, tênis, regata e um cardigan, para se caso estiver frio no ônibus não passar apuros.

Com a mala na porta confiro se está tudo certo no apartamento, tranco a porta e chamo o elevador, vou para o térreo onde o táxi me espera e porteiro também:

- Bom dia Ana! Tudo bem?

- Tudo ótimo Sr. Jorge! E antes que pergunte: Sim me separei do Vicente, ele se muda em uma semana do apartamento e vai deixar as chaves com o senhor, eu volto em uma semana, pois vou aproveitar minhas férias viajando!

- Ele aprontou algo?

- Não que eu saiba, nem que o senhor tenha descoberto e me contado, não é?

Ele dá um sorriso forçado, pois sabe que é o maior fofoqueiro do condomínio:

- Quer que eu chame um táxi?

- Não precisa! O meu já está esperando... Tchau!

Saio porta fora e o taxista já me espera com o porta malas aberto para colocar minha bagagem:

- Para rodoviária moça?

- Sim!

Chegando na rodoviária vou direto para os guichês de passagens:

- Bom dia!

- Bom dia! Em que posso ajudar?

- Quero uma passagem para a Capital!

- Ótimo! Está um belo dia para viajar!

- Concordo! Pena que a viagem é longa...

- Sim, são oito horas de viagem e tem uma hora de almoço, mas chegará com o sol lindo no seu destino!

Diz a atendente sorridente:

- Tenha um ótimo dia, e uma ótima viagem... Acabei de ver aqui, seu ônibus entrou no box dezoito, melhor embarcar em seguida, pois pelo que vi aqui, deu sorte e será a única passageira no ônibus.

Franzi a testa, me pergunto como um ônibus indo para a Capital do país iria vazio, porém não dou muita importância, já que é uma segunda-feira sete e meia da manhã... Deve ter outros horários mais atrativos quem sabe:

- Mais alguma coisa?

A atendente me tira do meu devaneio, agradeço pegando meu bilhete. Sigo entre os ônibus até chegar no box dezoito como a atendente falou. Entrego meu bilhete, embarco, coloco os fones, e o ônibus logo da partida rumo ao destino, o motorista, copiloto e eu.

Nunca tive costume de olhar para placas, somente seguia para onde me levavam são os motoristas, sabem como chegar no destino, mas mal sabia eu que meu destino não era o que eu tinha planejado.

Paramos para o almoço, mas não estou com muita fome, pego apenas um sanduíche, um suco, e seguimos viagem. Confesso que cochilei alguns momentos da viagem, quando acordei estávamos cercados de lavouras, olho a hora, são dezesseis horas, quase na hora prevista de chegada no bilhete de passagem. Começo a cuidar ainda mais o caminho para ver se enxergo os prédios que a Capital possui, mas só vejo lavoura, começamos a descer uma serra sinuosa, vejo lá no pé da serra uma cidadezinha, parece um povoado apenas.

Como estamos descendo a serra imagino que estamos atrasados e que vamos subir uma serra que esconde a grande cidade que é a Capital.

Tento olhar a localização no celular, porém estou sem bateria. O ônibus entra no povoado, para em frente a uma padaria e lancheria, que tem um guichê com uma placa enferrujada dizendo "Rodoviária". O copiloto abre a porta comunicando:

- Última parada! Capital!

Dou um salto do banco:

- Espera aí! Você está de sacanagem comigo?

- Não estou entendendo...

- Eu queria ir para a Capital do país, não para um vilarejo que pelo jeito tem o nome de Capital.

- Exato, esta é a cidade Capital!

- Eu não estou acreditando nisso! Me levem de volta agora!

Quando termino de falar vem o motorista perguntando:

- O que está acontecendo aqui?

- Esta moça diz que queria ir para Capital do país, não para cidade chamada Capital, e agora quer que levemos ela de volta.

Diz o copiloto e eu concordo com ele:

- Primeiro lugar: não vamos voltar, estou cansado, a viagem é muito longa, segundo lugar: não vou gastar combustível sem ganhar por isso, e terceiro lugar: segunda feira você volta.

- Como assim? Não tem ônibus amanhã?

- Não mocinha, aqui só tem um ônibus que sai daqui na segunda-feira, retorna na segunda feira. Você deu sorte de pegar o que estava vindo, e semana que vem, segunda-feira terá um ônibus, este que já viajou às oito e trinta da manhã estará lhe esperando para deixar você na cidade de onde veio.

- Eu não acredito nisso!

- Pode acreditar, pois é verdade.

- E agora? Onde vou ficar esta semana?

- Bom isso eu já não sei, mas nesta padaria ali com toda certeza vai conseguir alguma informação, pois ali o que eles sabem eles contam e o que não sabem eles inventam.

- Bom, não tem o que fazer mesmo?

- Não!

- Ok então!

Pego minha bolsa, desço do ônibus e o motorista já está me esperando com a minha mala prata de rodinhas. Entro na padaria que o motorista me indicou, já dou alerta tocando o sino ao abrir a porta, nunca imaginei entrar em um lugar com este sistema de campainha.

- Boa tarde!

Diz um casal de setenta anos sorridentes e eu respondo:

- Não sei se é uma tarde tão boa assim...

- Como assim? Nos conte o que aconteceu...

Quando abro a boca para começar a contar a história o senhor interrompe:

- Mas antes, sou o Matheo e esta é Maria minha esposa, somos os proprietários daqui e você qual seu nome?

- É Ana!

- Prazer Ana, o que vai querer comer?

Olho por cima do seu ombro, vejo uma máquina de café e na minha frente uma torta com morangos que parece estar uma delícia:

- Quero um capuccino e um pedaço de torta de morango.

- Vou pegar!

Enquanto o seu Matheo se vira para pegar o café a Maria já pede para eu contar o que aconteceu:

- Um momento!

Fala Matheo de costas:

- Primeiro ela será servida, depois vai contar, pois também quero saber.

- Ok!

Diz Maria revirando os olhos, pegando um pedaço da torta que pedi, em segundos estou com o capuccino, a torta e um casal curiosos na minha frente:

- Bom, resolvi viajar para Capital do país, mas a atendente não me entendeu, me vendeu um bilhete que o destino era aqui, agora estou presa por uma semana em uma cidadezinha que eu nem sonhava que existia, pois o motorista se recusa a me levar para casa.

- Ai meu Deus, que triste...

Disseram os dois:

- Bom, agora preciso saber onde tem um hotel aqui...

- Não temos hotéis aqui...

- Pousadas?

- Não também.

- Então onde vou ficar? Posso ficar aqui? Durmo em um colchão no chão ou em um sofá!

- Não temos lugar aqui, não temos como te hospedar...

- Mas e agora onde vou ficar?

Toca o sino na porta, Matheo e Maria sorriem:

- Oi Zack! Tudo bem?

- Sim, estou bem e vocês?

- Estamos bem também!

- Sua encomenda já está separada!

- Ótimo!

- Mas antes, talvez possa nos ajudar...

- Diga!

Diz ele se escorando no balcão e Maria continua:

- Esta moça comprou a passagem errada e veio parar aqui, os motoristas não querem levar ela para casa, como bem sabe aqui não temos hotéis ou pousadas, saberia de algum lugar que ela possa ficar?

- Bom, assim de cabeça não sei de nenhum lugar.

- Mas e na fazenda? Deve ter algum quarto vago?

Diz Matheo vindo com a sacola entregando para o tal Zack:

- Bom por ter quartos tem, mas tenho que ver com o restante do pessoal se não tem problema...

- Duvido que terá algum problema!

Diz Maria, Zack virando-se para mim diz:

- Lá não tem luxo, a fazenda é grande e vai ter que ajudar com as tarefas do dia a dia, o que acha?

- Se eu puder ser útil, de minha parte ficarei feliz em ajudar!

Respondo sorridente:

- Bom, vou ligar para a fazenda, consultar os demais e retorno.

Ele sai da padaria, coloca o celular na orelha, tento fazer leitura labial, mas ele não fica parado, além de quando perceber que estou olhando disfarça que não está olhando também. Fico na expectativa quando entra na padaria todos estamos lhe encarando:

- E aí?

Pergunto preocupada:

- Tudo certo, podemos ir!

- Ufa!

Digo aliviada:

- Mas nós temos que ir agora.

- Sem problemas!

Digo descendo da banqueta:

- Quanto devo?

- Por conta da casa!

O casal me responde feliz. Agradeço, pego minha mala e ele vai na minha frente até uma caminhonete branca:

- Posso colocar sua mala atrás?

- Sim, claro!

- Vamos lá.

Eu apenas sorrio e olho para frente. Na viagem percebo que tem muitas lavouras e para quebrar o silêncio digo:

- Aqui tem muitas lavouras...

- Sim! E cada uma produz uma coisa...

- Como assim?

- Bom, como a cidade é antiga, os primeiros moradores fizeram um acordo, de cada um produzir um tipo de produto, para não ter concorrência e a cidade não precisar de produtos de fora.

- E isso foi passando de geração em geração?

- Sim!

- E o que vocês produzem?

- O que você acha?

Olho para ele de cima a baixo, sua bota é de couro e sua calça está suja de lama sendo que não choveu, logo as lavouras dão lugar a rebanhos de gado:

- Gado?

- Como adivinhou?

- Não sei, foi uma lista de suposições.

- Entendi...

- Tem alguma coisa que eu precise saber da fazenda?

- O principal é saber que quem manda lá é a minha mãe, é ela que você tem que conquistar.

- Ótimo! E tem alguma dica?

Termino a pergunta me segurando, pois ele faz uma curva, entra em uma estrada de terra que dá em uma casa enorme com varanda de todos os lados, com um jardim impecável ao seu redor, mas o principal é lindo com uma arvore que parece centenária na frente:

- Seja você mesma.

- Maravilha.

Não entendo o porquê, mas fico nervosa, minhas mãos começam a suar. Zack entra na porta da frente, vai chamando por sua mãe, eu sigo-o silenciosa:

- Oh mãe! Aí está a senhora!

Diz Zack abraçando uma senhora que deve ter seus setenta anos e aponta para mim:

- Esta é Ana, a moça perdida.

- Prazer!

Diz a senhora levantando, pega minha mão e continua:

- Meu nome é Francisca!

- Prazer Dona Francisca, eu sou Ana.

Ela me abraça, depois me olha de cima a baixo:

- Você é linda! Espero que apesar de tudo tenha feito uma boa viagem.

- Sim, só ficou ruim na hora do susto de saber que estava no lugar errado, mas agora estou melhor.

- Eu imagino, deve ser um susto em tanto!

- Sim.

- Zack, leve ela para o quarto, preparei o da vista.

- Ok mãe.

Ele responde e me olha:

- Espere um momento, vou buscar sua mala.

Eu aceno colocando as mãos no bolso de trás, costumes bestas para tentar disfarçar nervosismo.

- Vamos?

Diz Zack do lado de fora. Saio pela porta da cozinha e o sigo, já estava imaginando que iria me colocar em algum galpão, mas não. Atrás da casa da sede tem uma casa de dois andares, menor que a sede é claro, mas encantadora:

- Entre e fique à vontade!

Diz Zack passando pela sala, encaro tudo, a casa tem móveis rústicos de madeira, mas está incrivelmente arrumada, imagino que a Dona Francisca deve ter feito uma faxina rápida quando soube que eu viria:

- Vamos?

Diz Zack parado na escada, vendo-me deslumbrada com a casa:

- Vamos!

Subo as escadas atrás dele, ele me leva até a penúltima porta do corredor do segundo andar:

- Espero que goste!

Diz abrindo a porta de um quarto, também rústico, com uma vista linda do horizonte, o roupeiro é antigo de madeira com muitos detalhes feitos a mão, e a cama com dossel:

- Está perfeito! Muito obrigada!

- Fique à vontade!

Ele fecha a porta, eu logo tiro a blusa e a calça, deito na cama, estou exausta. Logo ouço um barulho na porta, vejo um reflexo do espelho revelando que ele está me espiando, quando percebe que foi visto sai da porta. Coloco um vestido solto, já arrumo algo para usar após o banho que estou precisando, pego um baby-doll de renda curto preto, já que não pretendo jantar.

Saio do quarto e não vejo ninguém, tento lembrar se ele falou algo de onde fica o banheiro, mas não me recordo de nada. Vou abrindo porta em porta até que chego na porta que deveria ser a do banheiro, mas vejo a porta ao lado entre aberta parece ser o quarto dele, confirmo quando aviso ele sem camiseta, um jeans solto sujo de barro na parte baixa a cintura, vejo seu físico moreno, alto, cabelo liso e escuro, todo seu corpo definido, até parece que passa horas na academia, mas tenho certeza que em uma cidade que não possui hotéis, não tem academia.

Dou um salto quando me perco em pensamentos e a porta abre, dando de cara com ele vestido daquela maneira. Torço para não estar boquiaberta e digo:

- Estava procurando o banheiro...

Dou um sorriso amarelo, ele me encara estendendo a mão até o trinco da porta ao lado mostrando-me onde é o banheiro, depois que fecho a porta solto o ar, ele é lindo, nem tinha percebido na padaria. Tomo banho, depois de pronta deito na cama exausta, adormeço sem demora.

Capítulo Dois

Acordo em um pulo, demoro um pouco para me situar, mas logo lembro onde estou. Me espreguiço, quando coloco os pés no chão para levantar ouço um barulho vindo do andar de baixo junto com um grito:

- Ai!

- Zack?

Saio correndo do jeito que estou vestida, não lembrando do baby-doll. Chego nas escadas vejo ele sentado contra uma cristaleira com várias peças de vidro, desço correndo as escadas e me abaixo perto dele:

- O que está acontecendo?

- Dor de cabeça, muito forte!

Fala ele pausadamente:

- Tem algum remédio?

- Vidro laranja...

Ele responde apertando os olhos de dor. Pego o vidro e uma copo de água, e lhe dou em seguida:

- Posso fazer uma massagem, pode ser que ajude o remédio a fazer efeito mais rápido...

- Pode sim...

Afasto as pernas dele no chão, me ajoelho entre elas para ficar na sua altura. Coloco as mãos na lateral da cabeça, começo a fazer movimentos circulares e sua feição vai mudando, eu continuo fazendo a massagem, sem nem perceber o modo que estou.

Sinto um ar quente nos meus seios, então olho para eles, vejo-os frente a frente ao rosto de Zack e me sinto constrangida:

- Desculpe!

- Sem problemas, sua massagem é muito boa, muito obrigado!

- Fico feliz em poder ajudar!

Ele sorri, me afasto, ficando em pé e ajudo ele a se levantar, apoiando-o em meus ombros levo até o sofá acomodando-o com algumas almofadas:

- Melhor?

- Sim!

- Vou me vestir adequadamente e desço novamente para tomarmos café, qualquer coisa só chamar ok?

- Ok!

Subo as escadas, visto um jeans e uma regata preta, acredito ser ideal para o trabalho da fazenda, somente não encontro calçado, mas não quero demorar, coloco um chinelo e desço:

- De chinelo você não vai muito longe…

- Imagino, mas não tenho outra opção a não ser tênis brancos e saltos.

- Acredito que consigo uma bota para você.

- Que bom.

Ele fica em pé:

- Quer ajuda?

- Não, já estou bem.

- Ok.

Vamos para casa grande, entramos pela cozinha, vou logo atrás de Zack, mas não passo despercebida dos olhos vorazes de uma menina e três rapazes:

- Você é a namorada do meu tio?

Diz a menina que quando me viu saltou da cadeira parando na minha frente:

- Não, não, apenas vou ficar aqui por uma semana, pois comprei uma passagem de ônibus errada.

- Hum.

Ela resmunga me analisando:

- Ok, eu sou a Luna e você como se chama?

- Prazer Luna! Sou Ana.

- O prazer é meu!

Diz ela se virando e sentando novamente na cadeira que estava, então os outros três rapazes se levantam e Zack os apresenta:

- Ana! Lhe apresento Pedro, Marcos e Rafael.

- Prazer em conhecê-los.

Digo estendendo a mão para cada um deles, depois sento-me ao lado de Zack na mesa. O café da manhã segue em silêncio até Dona Francisca dizer:

- Luna, Pedro, Marcos e Rafael, está na hora do transporte, finalizam, pegam as mochilas e vão esperar na parada!

Todos tomam o último gole de café seguindo em ordem por um corredor que imagino dar para o quarto dos mesmos, de onde voltam com suas respectivas mochilas, se despedem e saem.

Também finalizo meu café e espero Zack me orientar:

- Vamos!

Concordo com a cabeça, ficamos em pé, mas Zack pede para esperar, aguardo uns minutos e ele vem com uma bota estilo country suja de terra:

- Acho que serve.

Sento novamente provando a bota que serve perfeitamente:

- Perfeito!

- Então vamos lá.

Seguimos porta fora e quando estamos mais afastados da cozinha ele me pergunta:

- Você já montou alguma vez?

Sorrio maliciosa e ele corando complementa:

- Em um cavalo me refiro…

- Não montei nenhum cavalo…

Digo ainda sorrindo.

- Vou selar o cavalo mais manso então.

- Concordo plenamente.

Ele pega dois cavalos da raça mangalarga, um totalmente preto e o outro branco com manchas marrons. Quando estão ambos selados ele monta no pintado e diz:

- Este é o Sultão e aquele é o Alfa, você vai montar o Sultão, para controlar ele você deve: soltar as rédeas para ele andar, puxar levemente para ele para direita e esquerda para mudar a direção.

- Ok!

Ele desce do cavalo e fica me olhando, até parece que não percebeu que tenho um metro e sessenta.

- Como subo?

- Verdade, você não montou ainda, espera aí!

Ele leva o cavalo até a beirada de uma cerca de madeira, pede para subir na cerca e assim alcançar o cavalo, tentativa que deu certo:

- Ótimo! Vamos lá.

- O que devo fazer?

- Você fica aqui parada, quando a última cabeça de gado sair deste cercado você vai seguindo até o mesmo entrar no cercado que eu estiver parado esperando.

- Ok.

Concordo tentando não deixar o medo sair junto com minha voz. Ele toca o seu cavalo, abre uma porteira, chama o gado que o segue sem pestanejar. Quando a última cabeça de gado sai, solto as rédeas, me susto quando Sultão anda, confesso que fico nervosa, mas sigo as instruções indo vagarosamente:

- Muito bom!

Diz Zack ao me ver chegando com a última cabeça de gado sem problemas:

- Bom trabalho!

- Mas não fiz nada além de seguir este boi?

- Exato, não seria um bom trabalho se este último boi não viesse tranquilamente como veio ou você ter vindo a pé até aqui.

- Bom saber…

- Vamos, pois temos mais tarefas.

- Se for fácil assim, está ótimo!

Zack sorri com malícia fazendo sinal para segui-lo. Chegando no estábulo ele desce do cavalo e fico olhando. Zack não controla o riso e vem mais perto:

- Não consegue descer?

- Não, sem você me ensinar.

- Quer aprender primeiro o modo fácil ou o difícil?

- O difícil, pois daí sei que tem como melhorar…

- Então passa a perna direita para o meu lado por cima do cavalo e tira o pé do estribo.

Sigo suas orientações, Zack pega minha cintura, eu me apoio em seus ombros, enquanto ele me coloca no chão lentamente, meu corpo passa perante seu olhos, meu coração palpita, sinto seu respirar quente em meu umbigo, seios pescoço e perto da minha boca, lhe encaro, seus os olhos que estão fixos nos meus, parece que ouço seu coração disparado como o meu, seus olhos saem dos meus indo para meus lábios, os meus fazem a mesma coisa que encontram os dele entre abertos tentando disfarçar o respirar acelerado, suas mãos em minha cintura me levam mais perto do seu corpo, quando ficamos extremamente perto Alfa relincha tirando a atenção de Zack que dá três passos criando uma distância considerável entre nós:

- Temos muito o que fazer, venha comigo.

Pega uma pá e para em frente a um chiqueiro de porcos:

- Raspe toda sujeira até aquelas valas do fundo, depois finalize com o jato para ficar bem limpo.

- Mas a criação não tem que ser somente de gado?

- Para comércio sim, mas para consumo pode produzir o que quiser.

- Maravilha.

Abro o portão, entro em meio a lama, começo a limpar como orientado. Faço isso em cinco chiqueiros depois passo o jato em todos, quando termino estou suada, fedendo e não faço a mínima ideia de que horas são:

- Bom trabalho, nunca tinha ficado tão limpo como está.

- Que bom que aprovou.

- Agora você pode ir tomar um banho.

- Me chamando de fedida?

- Não quis ofender, mas imagino que vá querer tomar um banho antes de ir para o almoço, já que são onze e trinta da manhã.

- Nossa! Nunca imaginei que demoraria tanto, mas vou tomar banho sim, estou terrível!

Zack sorri, sigo para casa, tomo um banho e agradeço por não ficar impregnado o cheiro de porco. Quando termino de me secar lembro que não peguei roupa. Me enrolo na toalha e saio do banheiro, mas Zack não está, com isso fico mais tranquila. Visto um short jeans e uma blusa de alças, pensando que se tiver que trabalhar depois vou ter que trocar de roupa, mas não dou importância. Vou para casa grande, não encontro ninguém na cozinha, ouço uma conversa que parece vir da varanda da frente:

- Aí está você, minha querida!

Diz Dona Francisca pegando minha mão enquanto Zack que está sentado na frente dela me observa:

- Estávamos falando agora de você...

- Querem que eu saia?

- Não, não, pelo contrário. Zack estava me contando que apesar de não ter experiência nenhuma na área você se saiu muito bem.

- Que bom que me aprovaram, tentei fazer meu melhor.

Dona Francisca sorri, logo nossas atenções são tomadas por Luna, Pedro, Marcos e Rafael chegando da escola:

- Não preciso nem dizer que devem lavar as mãos que vou pôr a mesa.

Todos sorriem sem dizer nada, cumprimentam-na depois seguem rumo aos seus quartos, ela se levanta, vai para cozinha, Zack me encara, mas eu resolvo sair de perto, pois os olhos dele mesmo de longe me fervem como mais cedo.

Todos almoçam em silêncio, quando todos terminam Pedro se levanta e recolhe os pratos, Marcos vai para pia lavar e Rafael já pega o pano para secar. Dona Francisca pede licença para ir dormir um pouco:

- Vou selar os cavalos para vocês enquanto terminam a louça.

Diz Zack indo até a porta, eu o interrompo os passos quando pergunto:

- Quer ajuda?

- Não, pode descansar.

Acho estranho, mas concordo. Olho para Rafael que está guardando os pratos para secar:

- Rafael?

Ele se vira rapidamente:

- Sim!

- Poderia me dizer onde fica o café?

- Quer que eu faça?

- Não precisa, só me diz onde está, que eu faço.

Rafael antes de terminar minha fala já coloca o café na mesa, Pedro pega a chaleira e coloca água esquentar:

- Alguém quer café também?

- Não, obrigado.

Respondem em coro. Faço o café, vou para varanda, sento-me em um dos sofás, coloco as pernas junto ao corpo em cima do sofá me acomodando para tomar meu café que está incrivelmente cheiroso.

Ouço passos fortes, Zack entra na cozinha e conversa com Rafael:

- Os cavalos estão prontos.

- Depois do serviço vamos para o rio, está muito quente hoje.

- Ok, mas voltam até às dezesseis horas e vão com cuidado.

- Ok!

- Onde está ela?

- Na varanda tomando café.

Ouço os passos virem até a varanda:

- Se escondendo?

- Aproveitando...

- O que?

- Minhas férias não planejadas.

- E está gostando?

- Sim.

Zack passa na minha frente, vai até a rede que está perto de onde estou sentada, se acomoda, levanta e começa a tirar a camiseta, quando está na metade ele volta a atenção em mim:

- Posso?

- A casa é sua, fique à vontade.

Ele tira a camiseta e tenho a tentativa fracassada de não ficar lhe admirando, quando ele termina de tirar desvio o olhar, mas ruborizo:

- O que foi?

- Nada!

Afirmo:

- Seu nada, não é convincente.

- Quer que eu seja sincera?

- Não espero menos que isso.

Coloco os pés no chão, minha xícara na mesinha de canto ao meu lado, apoio meus cotovelos nos joelhos, ficando próxima de Zack que também se aproxima para que ninguém ouça o que vou falar:

- Você é divinamente atraente, é muito difícil não ficar hipnotizada admirando seus músculos dançando quando tira a camiseta por exemplo, se te incomoda me perdoe, não vou parar de olhar, pois não consigo.

Zack se aproxima mais e sussurra:

- Confesso que estou adorando.

- Que bom, aproveite que é só por uma semana.

Sussurro voltando a posição que estava com meu café, e ele a deitar na rede. Quando estamos acomodados ele enche os pulmões, mas solta em um suspiro:

- O que quer perguntar?

- Nada, você vai dizer que não é da minha conta.

- Pode perguntar.

- Acho melhor não...

- Sabe que agora você me deu uma ideia!

- Ideia?

- Sim! Vamos fazer um jogo?

- Que jogo?

- É um de perguntas e respostas, as regras são simples, uma pergunta para cada um em cada rodada, as respostas não podem ser só sim ou não, não responder não é uma opção.

- Me deu medo esta última regra.

- Espera tem mais uma regra, tudo o que falarmos durante o jogo fica entre nós, o que se fala em Vegas fica em Vegas.

- Aí melhorou.

- Topa?

- Topo!

- Você começa!

- Por que eu?

- Porque você tem uma pergunta pronta.

- Bom, a marca da sua aliança de namoro é visível, quanto tempo namorou?

- Dois anos.

- E porque terminou?

- É somente uma por vezes.

- Verdade desculpe.

- Eu vou responder e depois eu cobro.

- Ok.

- Bom, no início do namoro era maravilhoso, saímos, conversávamos sobre tudo, o sexo era bom também, mas a um ano atrás ele perdeu o emprego, eu tive que trabalhar mais para bancar tudo, mas a contribuição dele foi ficar o dia inteiro no sofá, sair todas as noites, enquanto eu estava exausta e só queria dormir, chega a ser constrangedor de contar, mas fazem seis meses que não transo e a três meses atrás dei meu último selinho por causa de uma foto.

- Uau.

Dei de ombros:

- Complicado.

- Verdade, mas agora vou perguntar uma bem completa.

- Diga.

- Você já namorou ou namora? Se não está namorando, por que terminou?

- Não namoro, já namorei e a história do término é longa.

- Tenho tempo.

- Bom, éramos três amigos, Eduardo, Luiza e eu, fomos criamos juntos, estudamos juntos e eu me apaixonei pela Luiza, começamos a namorar ainda no ensino fundamental da escola, os anos passaram, eu estava inteiramente envolvido, mas quando chegou no ano final da escola Eduardo se afastou de mim e Luiza começou a brigar por coisas bestas, ficamos brigando e voltando por um longo período. Certo dia brigamos feio e eu vim para casa arrasado, de tarde resolvi ir na casa dela para decidirmos se íamos resolver nossas diferenças para ficarmos juntos ou se íamos nos separar de vez. Cheguei na casa dela e não entrei nem bati na porta, mas fui direto para janela do seu quarto, quando me aproximei ouvi gemidos, fiquei escutando sem entender, criei coragem e olhei pela janela e lá estavam eles Luiza e Eduardo transando ferozmente, ela gemendo alto como jamais gemeu comigo, atirei a minha aliança de compromisso entre os dois que tentaram se explicar, mas eu nunca mais olhei na cara deles, mas tiveram um final feliz, estão noivos.

- Quando é o casamento?

- Não sei.

Ele tenta disfarçar e eu o encaro:

- Daqui duas semanas.

- Que pena, se não iria com você.

- Por que?

- Porque sei que está convidado.

- Como sabe?

- Seus olhos não me enganam tão fácil, você ainda a ama e quer ir no casamento nem que seja só para colocar um fim no que você ainda dá esperanças.

- Eu não a amo, eu só a odeio!

- Você pode amar e odiar uma pessoa, ainda mais se ela te machucou como fez.

Ele olha para o alto tentando fazer voltar uma lágrima que nasceu, sem sucesso ele se irrita:

- Chega de jogos, vou cavalgar.

- Quer companhia?

- Não, eu quero ficar sozinho!

Ele reclama e sai, pego minha xícara vazia, lavo e vou para outra casa guardar minhas roupas no roupeiro do quarto que ainda não tinha feito.

Finalizada a organização vou para o estábulo, vou até a cerca de madeira, sento no mais alto, fico olhando tudo ao redor, tranquilidade é a principal característica do lugar, mas logo é interrompida com uns gritos. Presto ainda mais atenção no longe, vejo quatro cavalos alinhados em uma corrida. Como estão longe, dá tempo de pegar um galho para fazer um risco largo na terra vermelha e encontrar um pano verde para sinalizar o vencedor.

Subo na cerca alinhada com a chegada que marquei, quando Zack vê o que fiz acelera ainda mais, ficando bem à frente dos demais vencendo a disputa, eu abano o pano anunciando:

- Isso não vale, Zack corre a mais anos que nós! Devíamos ter deixado somente entre nós a disputa!

Rafael reclama:

- Você é um péssimo perdedor.

Diz Zack sorrindo e eu digo:

- E qual é o prêmio?

- Se escapar da lida da tarde.

Diz Pedro ofegante:

- Então eu vou atrapalhar quem nas tarefas da tarde?

Pergunto e Zack se aproxima respondendo:

- Não vai ajudar ninguém, pois a disputa era os três contra nós e eu ganhei por nós.

- Nossa! Viva nossa vitória então.

- Na próxima a Ana corre.

Rafael diz e sorrimos:

- Vou treinar muito para ganhar então.

Todos sorrimos, Zack aproxima mais e pergunto:

- Está melhor?

- Sim.

Zack concorda e coloca a mão esquerda na minha cintura e sussurra:

- Vem comigo que quero te mostrar uma coisa.

- Ok.

Mal termino de concordar, ele com a mão na minha cintura abraça meu corpo e em um puxão estou montada em Alfa:

- Onde vamos?

Ele me ignora completamente, começa a andar com o cavalo para longe dos meninos e em uma distância segura sussurra em meu ouvido me arrepiando inteira:

- É uma surpresa.

Capítulo Três

Fico entre ele e as rédeas fazendo com que nossos corpos fiquem próximos, mas meu interior me lembra que ele ainda ama a sua ex, além disso não sei cavalgar ainda, então deve ser apenas medo de me deixar guiar, também não poderia, já que não sei para onde vamos.

Ele segue em silêncio entre os campos, depois de passar todas as porteiras da propriedade e mais um gramado incrivelmente cuidado, fico totalmente perdida, não faço a mínima ideia do que possa ser a surpresa, mas quando menos espero ele para o cavalo e desce:

- Vamos?

- Sim.

Coloco a perna para trás e ele me ajuda descer:

- Achei que iria descer de frente…

- Aprendi que esta é a melhor forma de descer.

- Como aprendeu?

- Vi como os que entendem descem e depois do que soube prefiro não ficar tão perto dos seus lábios tentadores.

- Como assim, depois do que soube?

- Soube que você ainda ama sua ex…

- Eu não… ah.

Ele começa tentando negar, mas solta um suspiro de raiva coçando a cabeça concorda, mas questiona:

- Podemos não falar dela?

- Por mim, sem problemas, mas como você tem este pedido eu também tenho um.

- Qual?

- Não me provoque, não se seduza nem mesmo me hipnotize pode ser?

- Tá bom, agora venha!

Ele estende a mão, eu a pego, a mesma me puxa para um lugar mais alto, mas me segura ao perceber que não estava olhando para frente:

- Este é meu lugar preferido, ou pelo menos um dos.

Olho para frente me deparando com um cânion enorme, suas linhas torneiam todo seu curso, fico maravilhada com a vista e me permito ficar boquiaberta, de repente sinto um indicador abaixo do meu queixo fazendo fechar a boca, depois disso duas mãos pegam em minha cintura:

- Passei a adorar te deixar assim, fascinada e boquiaberta.

- E tem como não ficar? Olha essa maravilha!

Digo virando meu rosto para o cânion evitando seus olhos me observando:

- Lembra do nosso combinado…

Digo tirando suas mãos da minha cintura, ele fica um pouco cabisbaixo, senta na grama para observar a vista e sento ao seu lado:

- Você nunca pensou em pedir para voltar com ela?

- Não, e quer que eu seja sincero?

- Não espero nada menos que isso.

- Ela me deixou com medo de relacionamentos.

- Ei, não é porque deu errado com uma que vai dar errado com todas…

Digo pegando sua mão e sentando mais próximo:

- Estou adorando te conhecer, não entendo como, nem sei se sente da mesma forma, mas parece que você me conhece a anos, consegue chegar nos meus lugares mais sombrios, tratar de forma leve e colocar uma fenda de luz neste lugar, sinto que eu precisava de você.

- Eu também estou adorando te conhecer e estou começando a achar que a minha viagem fracassada não foi por acaso, acredito que você estava realmente precisando de mim e eu de você.

Ele me encara com os olhos rasos de água e eu lhe abraço:

- Você pode confiar em mim, que vou confiar em você, também se precisar de mim pode chorar no meu ombro, isso vai te ajudar, pode ter certeza.

- Muito obrigado!

Diz ele me abraçando forte. Depois das lágrimas caírem resolvemos voltar para fazenda, fazemos isso em silêncio. Na chegada, vou direto tomar um banho e me preparar para o jantar. Durante o jantar todos conversavam sobre vários assuntos, mas eu me sentia vendo um filme no mudo, já que na minha cabeça só estava a imagem de Zack dizendo que precisava de mim, até ser tirada do meu devaneio:

- Eu estou indo deitar, quer me acompanhar ou quer ficar mais um pouco?

Zack diz pegando na minha mão, pois deve ter percebido que estava com pensamento longe:

- Vou com você!

Dou boa noite a todos e o acompanho para a outra casa, ficamos frente a porta de nossos respectivos quartos:

- Boa noite, durma com os anjos.

- Boa noite e você também!

Respondo abrindo a porta, ao entrar já vou colocando uma camisola para não repetir o episódio do baby-doll e deito na cama adormecendo em seguida.

O café da manhã é silencioso, parece que todos estão perdidos em seus pensamentos, ao findar a refeição, vou colocar as botas Zack me interrompe:

- Hoje não vamos para lida, vamos para cidade.

- Mas e quem vai fazer o serviço?

- Os meninos, pois hoje estão liberados da escola por algum motivo que esqueci.

- Ok, e não quer que eu fique?

- Não, tenho que te mostrar viva.

Ele sorri:

- Ok vou trocar de roupa então.

Vou para outra casa, coloco uma calça jeans clara, um cropped ciganinha preto e um tênis branco, saindo do quarto dou de cara com Zack que também estava com um jeans claro e camiseta preta gola polo, mas botas countries marrons:

- Vamos?

- Claro!

Descemos as escadas e logo estamos na caminhonete, quando sento ouço um barulho de papel:

- O que é isso?

- A lista de compras.

Confiro a lista, nela possui itens de mercado, farmácia, padaria e agropecuária, então sorrio:

- Nossa! Vai me apresentar para toda cidade pela lista.

- Algum problema?

- Nenhum, só estou percebendo levou a sério a história de me mostrar viva.

- Claro! Se você não viesse eu perderia mais tempo respondendo coisas sobre você do realmente comprando os itens da lista.

- Pensamento estratégico.

Ele sorri voltando o foco para a estrada, fico maravilhada com cena dele dirigindo somada a paisagem natural. Chegando na cidade vamos primeiro em uma agropecuária, o proprietário nos recebe animado:

- Bom dia Zack!

- Bom dia!

Responde e já aponta em minha direção:

- Esta é Ana, a moça perdida!

- Ei, não precisa me apresentar assim!

Falo risonha e estendo a mão para cumprimentar:

- Prazer, pode me chamar de Ana!

- Prazer sou César.

- Prazer, César.

- No que posso ajudar o casal hoje?

- Um casal não vai poder ajudar em nada, mas o Zack quer estas coisas.

Respondo entregando a lista para César, que demonstra claramente ter gostado da notícia que não somos um casal:

- Bom, me desculpe e deixe-me ver aqui o que temos nesta lista.

Ele vai para trás do balcão, Zack o segue e eu coloco as mãos nos bolsos traseiros do jeans, vou andando pela agropecuária observando a variedade de produtos necessários em um pequeno comércio para atender as demandas do ramo sendo único na cidade.

Acabo tirando as mãos dos bolsos ao ver alguns itens de couro, botas, cintos e chapéus, percebo onde Zack compra suas roupas. Vou olhando item por item imaginando usando cada um, até me deparar com um par de botas, um cinto com fivela e um chapéu que usaria com certeza, mas não me encorajo de provar, mas fico analisando-os por algum tempo.

- Me diga Zack, como é estar ao lado da mulher mais linda que apareceu por aqui?
- Como ela mesma disse, não estamos juntos.
- Então me permite investir?
- Não!
- Porque não? Você acabou de dizer que não está com ela.
- Não é porque não estou com ela que vou deixar o corvo magro cercar ela.
- Corvo magro? É isso que pensa deste seu amigo?
- Sim, e não tente me contrariar, você sabe que não poupo esforços para defender os meus.
- Então ela é sua?

Zack dá um tapa na aba do boné de César para se flagrar que deve parar com implicâncias:

- Então ela não é sua, mas você gostaria que fosse, está sem coragem de pegar?
- O seu trabalho é vender ou dar palpite na vida dos outros?
- Ok, mas pega a dica, ela gostou do cinto com fivela da esquerda, a bota de cima na direita e o chapéu do centro.

Zack encara as prateleiras observando os itens que César falou, realmente daria um ótimo conjunto e ficaria perfeito com seu tom de pele moreno de Ana.

- Adiciona nas compras todos os que falou, mais esta camisa.

Diz pegando uma camisa azul clara com alguns detalhes escuros que finalizam bem o conjunto escolhido.

- Tranquilo! Mais alguma coisa?
- Só embrulha para presente, quando eu buscar as outras coisas pego eles sem ela perceber.
- Ok.
- Ela está vindo, nada de gracinhas se não verá que é verdade o que disse antes.

- Não teria coragem.
- Experimente para ver.

<h2 style="text-align:center">Ana volta para perto deles...</h2>

- Algum problema rapazes? Está um clima estranho aqui.

- Não tem nada, César só está finalizando a compra, vamos carregar os produtos quando retornarmos para fazenda.

- Ok.

Não descubro o causou aquele clima estranho dos dois, então seguimos viagem. Próxima parada é na farmácia na frente da agropecuária, e logo na entrada Zack fala:

- Bom dia Larissa, está é a Ana!

- Prazer!

Digo acenando enquanto ela me encara de cima a baixo, seus olhos fuzilam. Pego a lista do bolso para tentar tirar o foco dela em mim, reparo que a maioria dos itens estão nas prateleiras, quando vou pedir já vem Zack com uma cesta e fica parado ao meu lado:

- Você olha a lista e pega os itens e que seguro a cesta.
- Ok.

Vejo por cima do ombro de Zack que a tal Larissa ainda não está satisfeita com a minha presença, analiso a lista e no final tem alguns medicamentos de balcão, então rasgo esta parte da lista e entrego para Zack:

- Vamos acelerar o processo, deixa a cesta comigo e vai pegar estes itens com a Larissa.
- Ok.

Ele deixa a cesta e vai para o balcão, agradeço por estar na lista até as marcas da preferência e termino a lista rapidamente. Deixo a cesta no balcão junto aos outros itens que Zack pegou, dou meia volta saindo da farmácia rápido, mas sem parecer desesperada, assim não fico perto daquela mulher que não gostou nem um pouco de mim. Imagino que ela é amiga da ex de Zack ou deve ter uma paixão que ele desconhece, como Cesar se referiu a nós como "casal" toda cidade deve estar pensando que sou namorada do Zack, assim provocando o ódio delas.

Zack vem com as sacolas, coloca no banco de trás da caminhonete e seguimos:

- Qual o próximo destino?
- Mercado.

Chegando no mercado agradeço ser maior, assim não serei apresentada novamente, Zack leva o carrinho e vou com a lista pegando os itens. Finalizada as comprar saímos do mercado cheios de sacolas esgotando o espaço no banco traseiro:

- Agora vamos na padaria.
- Ótimo, por enquanto a melhor parada, estou faminta.

Zack sorri e seguimos rumo a padaria. Quando entramos o sino ainda está lá, Maria e Matheo já nos recebe calorosamente:

- Bom dia Amados!
- Bom dia!

Respondemos estranhando o cumprimento dos dois.

- O que vão querer?
- O meu o de sempre e para Ana...
- Um pastel de presunto e queijo, para acompanhar um capuccino.
- Que pedido estranho, mas ok, e mais um pedaço de torta de morango para sobremesa
- Por que estranho, nunca comeu esta combinação?
- Não, mas porque minha combinação é muito melhor!
- Duvido!
- Você verá!

Sorrio indo em direção a uma das mesas com bancos estofados na janela da frente, permitindo acompanhar o movimento da cidade.

- E aí como está o passeio de compras?

- Bem tranquilo, apesar de descobrir que a cidade acredita que somos um casal, achar estranho a conversa baixa de você com César, e perceber que a Larissa não vai gostou de mim antes mesmo de me conhecer.

- Uau, tudo isso? Por que a Larissa não gostaria de você?

- Imagino que seja amiga da sua ex, ou deve ter uma queda por você, como todos estão achando que sou sua atual, causo desconforto nestas mulheres, e vou continuar causando em todas mais que são apaixonadas por você.

- Que análise completa, além de achar que sou o Don Juan da cidade.

- Apenas suposições.

- Você e suas suposições...

- Imagino que não ter errado nenhuma por enquanto.

- Verdade, a Larissa é a melhor amiga da Luiza então sim esta suposição está certa e da conversa do César não sei do que está falando, mas também não importa.

- Ok.

Quando vou seguir o assunto uma bandeja com meu pastel é colocada na minha frente, junto com meu capuccino e o pedaço de torta, na frente de Zack está um hambúrguer e uma coca cola me deixando boquiaberta:

- Viu como minha combinação é a melhor!

- Não, quer dizer é, quer dizer a minha não é tão ruim assim.

- Ok, vamos fazer assim... Você come metade do seu e eu metade do meu, depois trocamos, assim comemos as duas combinações.

- Apesar de serem restos eu vou dar uma de barata e vou aceitar.

Digo rindo e Zack me acompanha:

- O que acha de seguirmos o nosso jogo?

- Mas não era você que não queria mais saber do jogo?

- Talvez eu tenha mudado de ideia.

- Ok, quem começa?

- Eu começo, qual sua bebida preferida?

- Esta é complicada, pois depende da ocasião as preferencias variam.

- Como assim?

- Exemplo, em um dia quente é bom uma coca cola bem gelada, se estiver em uma festa é bom uma cerveja bem gelada, na praia ou em uma piscina um drink, se tiver frio um bom café, mas nada melhor em um dia de chuva, uma taça de vinho tinto lhe fazendo companhia.

- Uau, então você gosta de coca cola, café, cerveja, drink e vinho.

- Isso mesmo, mas acho que o café ganha.

- Vou anotar…

- Por que vai anotar?

- Bom, você ainda vai ficar mais uns dias lá em casa, então é bom saber.

- Tá bom, E qual a sua sobremesa favorita?

- Mulher.

Ele responde mordendo o lábio e eu coro:

- Qual era o nosso combinado?

- Desculpe, mas eu adoro te deixar corada e envergonhada, e queria saber se no dia de chuva, com a taça de vinho tinto, não seria bom me ter também?

- Maravilha fiquei sem resposta.

- A mulher cheia de suposições não consegue supor isso?

- Em primeiro lugar, termos um combinado, segundo lugar a sua combinação "me ter" não soou muito bem, e terceiro lugar você tinha perguntando o que eu gostava de beber.

- Está certo, me desculpe, e vou melhorar a minha resposta, eu adoro sorvete com frutas e chantilly.

- Melhorou, também gosto desta opção, e todas as outras envolvendo sorvete, adoro sorvete, mas não gosto de sorvete de chocolate.

- Cheia de parênteses essa pessoa.

- Além de exigente a riqueza está no detalhe.

- E eu passaria na sua lista de exigências?

- Isto é uma pergunta do jogo?

- Sim, então não tem opção de dizer só sim, não ou não responder.

- Às vezes eu odeio as regras que eu mesma crio.

- E aí?

- Minha lista de exigências é bem extensa, já que tínhamos combinado que não iríamos nos provocar ou coisa do tipo não estava analisando a minha lista, mas tem vários itens que estão aprovados, porém preciso verificar mais uns itens antes de dar o selo de aprovação.

- Isto é um sim ou não?

- É um talvez.

- Já não é um negativo total.

- Mas você tem certeza que quer ser analisado nos outros itens?

- Por que?

- Porque você ainda tem um processo não encerrado com sua ex.

- Posso encerrar ele com você.

- Não sei se estou a fim de ser muleta.

- E o que você acha que devo fazer então?

- Bom…

Olho para o outro lado da rua, vejo uma mulher linda, magra, ruiva pele branca, ainda de longe consigo ver um pouco de sardas nas bochechas, mas quando olho seus olhos estão ferozes me encarando, então imagino ser a tal Luiza:

- Bom o que?

- Bom, você poderia encontrar a Luiza já que está linda, magra, ruiva e vindo para cá.

- Como você conhece a Luiza?

- Não conheço, mas imagino que seja aquela mulher que está do outro lado da rua me fuzilando com os olhos, pelo ódio dela acredito que possa ser.

- É ela mesma, o que eu faço?

- Primeiro, me dá metade deste hamburger que te devo metade do meu pastel, e pode deixar que vou te ajudar.

- Trocamos os lanches e quando terminamos vejo que ele está trêmulo.

- Ei!

Digo pegando no seu queixo e fazendo ele olhar para mim, depois de verificar que Luiza estava atravessando a rua:

- Foca em mim, eu vou te ajudar, quando ela entrar, olha para ela de canto de olho sem dar muita importância, vamos seguir nosso assunto aqui, quando for hora vou dando os comandos do que você deve fazer.

- Ok.

Ele termina de confirmar e toca o sino da porta, mesmo eu estando de costas, pelo barulho do salto fino pesado no assoalho de madeira percebo que ela sentou em uma banqueta perto de onde estamos, larga as sacolas no chão com força para chamar atenção. Fico observando Zack, se vai seguir o que eu disse, cumprindo fielmente o que falei, olha de canto de olho para ela, mas volta a atenção para mim sorrindo calmamente, quando seus olhos encontram os meus vejo um ketchup no canto da sua boca:

- Fique parado.

- Por que?

Pego um guardanapo, limpo o canto da sua boca, seus lábios estão entre abertos como ontem quando quase nos beijamos, ele sorri dando uma mordida no pastel tirando meu foco dos seus lábios, em seguida dá um gole no cappuccino:

- Não é que essa combinação é boa mesmo? O que vai me cobrar por eu ter duvidado?

Cruzo os braços sobre a mesa, meu decote se destaca do cropped, vou mais perto dele e sussurro:

- Eu vou cobrar algum dia…

Ele cora e sorri:

- Estarei esperando ansioso por este dia.

Quando vou espiar Luiza ouço Maria pedindo o que ela quer, ela não responde até que Matheo bate no balcão e ela responde que quer um café forte, não consigo conter meu sorrio, ex namoradas são tão previsíveis:

- O que está te fazendo rir?

- Pessoas me fazem rir.

- Me fala quem é essa pessoa, pois vou contratá-la só para eu ver seu sorriso todas as horas do dia.

- Uau, calma ai Don Juan!

Não consigo guardar meu sorriso, luto com a minha deusa interior para acordar e saber que ele está fazendo eu rir com cantadas para chamar a atenção da Luiza:

- Me odeio por isso, mas você consegue tirar meu foco e controle com muita facilidade.

- Estou ansioso para te ver perder o controle, mas não pode ser em público.

Resolvo entrar no jogo dele:

- E seria onde?

- Prefiro deixar na sua imaginação.

- Saiba que minha imaginação é muito produtiva.

- E o que ela está lhe sugerindo?

Levanto sob os cotovelos para sussurrar:

- Seria em um quarto, na penumbra eu por cima de você, suas mãos segurando meu quadril, me ajudando a dançar pra frente e para trás ou talvez cavalgando, também poderia acabar perdendo o controle em orgasmos que você me daria segurando meu cabelo batendo na minha bunda estando de quatro em sua frente, bem empinada.

Agora quem se perde é ele e sento novamente, mas me aproximo dele para dizer:

- Ela provavelmente vai derrubar a xícara de café de raiva, você vai passar por ela arrumando o cabelo, passando o indicador junto com o polegar no queixo sorrindo malicioso, mostrando que as expectativas estão grandes, você está indo para o banheiro bater uma, ou indo na frente para eu ir atrás para darmos uma rapidinha.

- E ela vai acreditar?

- Ela vai entrar no banheiro atrás de você, pode contar até cinco que ela vai estar lá, e o resto é com você.

- Como assim o resto?

- Você vai ter que decidir se vai dar um fora ou se vai dar uma dentro, se é que me entendeu.

- Ok.

Pego na mão dele e sorrio:

- Boa sorte!

Depois disso ele se levanta, eu fico olhando por cima do meu ombro, cuidando se vai seguir minhas instruções, e ele faz exatamente como sugeri. Dá o barulho da porta fechando, a Maria e Matheo entram na outra peça, deve ser a cozinha, eu volto o olhar para mesa contando:

- Um, dois, três, quatro e...

Interrompo a contagem ao ouvir o salto dela no assoalho, que são rápidos, mas desta vez mais silenciosos do que na entrada, como meu hamburger e finalizo com a torta esperando os dois voltarem.

No banheiro...

Zack entra no banheiro, fica de frente para o espelho, simplesmente não acredita na conversa que acabou de ter com Ana, quando lembra de contar já é tarde e a porta se abre:

- Pode me dizer o que está fazendo com ela?

- Primeiro, bom dia e segundo o que isso te interessa?

Luiza se escora na pia ao seu lado segurando sua mão:

- Desculpe, perdi o controle, passaram-se tantos anos, mas ainda tenho sentimentos por você.

- Quais sentimentos? Felicidade por ter me feito de idiota por tanto tempo?

- Não, eu ainda te amo e me arrependo do que fiz.

- Estranho que esteja noiva deste arrependimento.

- Não consegui negar, até porque não sabia se você seria capaz de me perdoar e voltarmos.

- E por isso me convidou para o casamento, achando que eu protestaria ele?

- Talvez sim, talvez me vendo de noiva despertasse o amor que sente por mim e me resgataria deste casamento.

- Bom, saiba que não faria e nem farei isso.

- Tudo por causa desta desconhecida?

- Talvez... ela me fez ver coisas que não vi a muito tempo e ela despertou coisas que a muito tempo não sentia.

- Essa vadia veio de tão longe para estragar o nosso amor.

- Que amor?

Zack questiona ficando em sua frente, o coração dispara por raiva ou sentimento, não sabe identificar, Luiza aproveita para segurar seu rosto beijando-o, ele responde o beijo, em seguida já abre seu jeans baixando o suficiente para seu membro ser exposto, levanta Luiza na pia erguendo seu vestido, sua calcinha é posta para o lado e a penetra. Luiza solta um gemido, Zack cobre sua boca penetrando outra vez, faz isso repetidas vezes, cada vez com mais força, como se estivesse descontando a raiva que guardou todos estes anos naquela transa de banheiro.

Luiza geme alto, mas é abafada pela mão de Zack:

- Gemendo agora vadia, você não gemia assim quando estávamos namorando.

- É que você não me fodia tão gostoso como está fazendo agora.

Ela se escora no espelho, Zack continua até sentir que estava prestes a gozar tirando antes ela que se ajoelha em sua frente e pegou tudo com a boca:

- Delícia!

Luiza diz levantando do chão:

- Eu não sei porque fiz isso, mas eu quero que saiba que não vai se repetir, tenha um ótimo casamento e seja feliz com ele, se você ousar chegar perto de mim ou ficar me atormentando eu vou embora, ok?

- Ok!

Responde Luiza cabisbaixa. Zack arruma sua roupa e confere no espelho se está tudo alinhado depois sai do banheiro.

Voltando à mesa com Ana...

- E aí, deu tudo certo?

- Deu sim, agora estamos acertados.

- Que bom, vamos?

- Vamos.

Zack pega a carteira e vai pagar, eu levanto indo para perto da porta, aceno para Maria e Matheo saindo para esperar ele, não quero ver a Luiza escabelada após um sexo em um banheiro de padaria:

- Vamos passar na agropecuária para buscar o que compramos e vamos para casa.

- Você que manda chefe.

Zack sorri entrando na caminhonete, seguimos para agropecuária, ele me pede para ficar na caminhonete, alegando que só vão carregar e logo seguimos viagem, e eu obedeço. Depois de carregado seguimos em silêncio para fazenda, vejo uma tempestade se aproximando, mas ignoro ela não me contendo pergunto:

- Você vai me contar o que aconteceu no banheiro?

- Digamos que conversamos sobre o passado e futuro, colocamos os pontos nos "is".

- Não foram só pontos que foram colocados em lugares imagino?

- Curiosa?

- Nem vem que eu que te ajudei.

- Verdade, e sim coloquei outras coisas nela, mas foi com raiva e não por prazer, sei lá, não sei explicar o que senti, só sei que descontei toda raiva acumulada dos anos.

- "Me tendo com raiva"

Digo sorrindo fazendo o sinal das aspas, provocando com o que falou mais cedo:

- Podemos encerrar este assunto? Porque para mim está encerrado.

- Claro! Como quiser...

Digo e já me seguro, pois estamos fazendo a curva da entrada na fazenda:

- Quer ajuda para descarregar?

- Não, pode deixar que os meninos me ajudam.

- Ok, vou trocar de roupa e voltar para o almoço.

- Ok, e muito obrigado por tudo, vou ficar te devendo.

- Vou cobrar.

Digo indo até ele, dou um beijo na bochecha enquanto ninguém veio ajudar e vou para o quarto.

Coloco um vestido, quando vou sair para a outra casa está uma chuva torrencial, volto pego um casaco fino, coloco um chinelo que eu possa lavar ao chegar na outra casa.

- Como foi o passeio na cidade?

Dona Francisca pergunta quando sento na mesa ao lado de Zack que já me esperam para almoçar:

- Foi bom, conseguimos comprar todos os itens da lista, fui apresentada para todo comercio e Zack conseguiu resolver o que tinha para resolver.

Respondo direcionando minha atenção no meu prato, tenho medo de falar algo que não deva então ele conta o que bem entende do passeio, e eu não interfiro em nada.

Todos almoçam, os meninos seguem para a pia, Dona Francisca vai dormir e Luna vai para o quarto dela, parece triste, mas acredito não ter liberdade para questionar isso a ela.

Faço café, Zack e os meninos desta vez querem também. Deixo o café pronto para todos, pego minha xícara e vou para varanda e sento no mesmo sofá em que sentei no dia anterior, mas desta vez fico olhar a chuva:

- Às vezes penso que você quer se esconder.

- Se eu quisesse me esconder não seria em uma varanda.

Respondo Zack que senta no outro sofá ao lado já que a rede está úmida da chuva:

- Vamos continuar o jogo?

- Podemos, quem começa?

- Pode ser eu.

Zack se oferece ligeiramente, mostrando que já tinha pensado na pergunta:

- O que você gosta em um homem, ou o que procura em um homem?

- Boa pergunta, mas antes me responde porque quer saber.

- Quero saber como uma mulher linda e carismática como você conseguiu ficar sem transar por seis meses.

- Que constrangedor, mas eu fiquei tanto tempo sem, pois estava tomada pela rotina e a exaustão, nem pensava nisso, mas respondendo a sua pergunta são vários pontos que agora me atento em um homem, quero um homem que seja fogo na cama, mas seja calmaria no abraço, um cara que seja capaz de enfrentar o mundo por mim ou comigo em vez de sentar e esperar, que corra na chuva e não a espere passar, quero um homem que prestigie minhas vitórias da mesma forma que vou com as dele, que seja meu ponto forte em tempos difíceis, quero um amigo e companheiro de ficar em casa vendo um filme comendo pipoca como também para ir em uma baladinha, um bar ou restaurante a qualquer tempo sem ser somente em datas importantes, mas que também lembre de fazer algo especial nas datas importantes, alguém que me de presentes, mas que depois não me diga que pagou tanto por ele, que gastou dinheiro comigo como se fosse uma obrigação ou que eu esteja em débito com ele, outras mil coisas que não lembro agora, mas as palavra chaves são companheiro, amigo, fogo, calmaria e amor.

- Como assim amor?

- Acredito que o amor é o que completa todas as outras lacunas que falei e as que não lembro.

- Ok, boa resposta.

- Já é sua vez de perguntar novamente, pois eu perguntei no meio da sua pergunta.

- Bom, antes de perguntar, vou buscar uma coisa e já volto.

- Ok.

Ele entra na casa e eu tomo o resto do meu café, vou na cozinha, lavo a xícara e guardo, quando termino de secar as mãos aparece Luna com uma capa de chuva:

- Onde você vai?

- Vou ver minha vaca que deu bezerro e está berrando no meio da floresta, vou lá buscá-los.

- Nesta chuva?

- Sim!

- Mas você não pode sair nesta chuva, perigo cair um raio ou você cair e se machucar.

- Não me importo, ela precisa de mim e seu bezerrinho também.

Ela diz correndo porta afora, não sei o que fazer, chamo por Zack, mas ele não responde, Luna está sumindo na chuva correndo para a floresta. Não sei o que pensar então saio correndo atrás dela, não faço a mínima ideia de como ajudar ela, mas melhor nós duas na chuva do que ela sozinha.

- Não vem atrás de mim!

- Olha aqui mocinha, você não pode correr sozinha por aí!

- Você não manda em mim, você não é minha mãe.

Ela fala correndo ainda mais rápido, eu dou tudo de mim para correr o mais perto dela. Entramos na floresta, ela começa a se enfiar em meio às árvores, eu sigo perto dela para não a perder de vista, sem conseguir nem mesmo sinalizar por onde estamos andando para não se perder. Ela corre longe para dentro da floresta, de repente para:

- Você ouviu isso?

- O que?

Pergunto sem entender do que ela está falando:

- Shhh, silêncio ouvi um mugido.

Ficamos as duas quietas e só ouço a chuva, trovões, mas de repente estes sons são quebrados por um mugido:

- Ouvi, acho que consigo saber de onde vem.

- Sério? Então me leve até minha vaca.

- Vamos.

Vou agora na frente e ela segura a ponta do meu casaco para que eu saiba que ela está perto de mim, caminhamos mais uns cem metros mata a dentro encontrando a vaca e seu bezerro que estava caído em uma vala cheia de barro e enchendo de água, correndo risco de morrer afogado:

- Vamos fazer assim! Você fica com a vaca e eu desço na vala.

Sorte que bezerro é novo assim não é tão pesado, mas passo um sufoco para conseguir desatolar ele e levar para a parte mais alta:

- Muito obrigada!

- De nada, mas agora como vamos voltar, pois já esta tarde, o bezerro está fraco e eu estou exausta, vamos sentar um pouco para eu recuperar o fôlego para voltarmos.

- Está escurecendo rápido, acho que logo vai anoitecer.

- Tem razão, vamos ter que arrumar um abrigo e esperamos a chuva passar ou pelo menos ficar mais claro para irmos pra casa, problema que não temos nada para cortar e fazer uma brigo para nós.

- Espera aí, tem uma história que meu tio sempre conta em dias chuvosos com esse, que tem uma casa no meio desta floresta, a casa está abandonada, dizem que lá mora o fantasma do antigo morador, chamam ele de raio, pois dizem que a casa é rodeada de árvores que puxam raio, foi assim que ele morreu.

- E você quer ir para uma casa mal assombrada?

- Acho que se conversarmos com o fantasma ele não vai fazer nada conosco.

- Pronto, agora além de perdidas vamos conversar com fantasmas.

- Não sei, mas melhor que sentadas no meio da floresta.

- E como vamos achar esta casa?

- Meu tio disse que a casa é rodeada das árvores mais altas tipo coqueiros eu acho.

- Tá bom, vou subir em uma destas árvores e ver se acho.

Encontro uma árvore próxima cheia de ramificações para facilitar a escalada, vou até onde consigo, fico olhando para todos os lados até que acho o que parece ser um círculo de coqueiros logo a frente de onde estamos, marco bem a direção e desço:

- Se você estiver certa esta casa é logo aqui para frente nesta direção.

- Ótimo, porque estou exausta.

Seguimos rumo a casa abandonada, por milagre a casa realmente existe, está tomada por pó e teias de aranha, vou na frente para ver se encontro alguém, mas a casa está vazia de móveis e de pessoas vivas, então Luna entra.

Saio novamente, pego uns galhos de árvores e junto formando uma vassoura assim consigo limpar um pouco o lugar, encontro uns panos velhos e um galão que encho de água e improviso um rodo para limpar melhor.

Luna treme de frio, tenho de pensar em uma solução:

- Vem aqui, tira sua roupa e eu vou torce-las, talvez ajude com o frio.

Ela faz o que pedi, agradeço pelas roupas serem finas, assim são mais fáceis de secar, tirando um tanto da água que está em seu corpo, ficando quase seca. Depois de ela seca faço o mesmo, depois pego um galho grosso e deixo do meu lado. Sento no chão, acolho Luna que está gelada na tentativa de aquecê-la até que adormeça.

Estamos ambas exaustas, apesar da situação dormimos pesado. Não sei o que sonhei, mas sei que quando acordo ouço uma conversa, a chuva parou, Luna ainda está dormindo, eu acordo-a, peço que se esconda. Ela fica em um canto da casa agachada. Pego o galho e fico perto da porta, não sei quem pode ser então é melhor estar preparada.

Os passos entram na casa, a porta abre e me assusto, tento golpear quem está entrando, por sorte ele foi mais rápido:

- Tio!

Luna grita, sai de onde está, vai correndo para encontrá-lo e abraçá-lo. Respiro aliviada, jogo o galho para o lado, fico olhando a cena dos dois abraçados, minhas lágrimas vertem, mas consigo controla-las. Zack se levanta e chama os outros:

- Elas estão aqui!

Rafael surge do meio da mata, abraça Luna e Zack lhe diz:

- Vão colocando uma corda na vaca e outra no bezerro para irmos logo para casa.

Rafael concorda e Luna vai com ele. Fico olhando para Luna indo, Zack me empurra para o lado onde não ficamos mais no campo de visão dos dois, me abraça forte, não consigo mais controlar e as lágrimas que escorrem no meu rosto:

- Eu estava com tanto medo...

- Shhh agora estou aqui.

- Muito obrigada por nos encontrar.

- Não sei o que faria se eu não as encontrasse.

Ele se afasta para ver meus olhos encharcados de lágrimas, ele seca as que escorrem no meu rosto, coloco minha mão sobre a dele, seus olhos me encaram, eu não consigo pensar em mais nada, fico na ponta dos pés, coloco minha mão direita na sua nuca, com a esquerda me seguro em seu braço, sua mão direita vai trás minha cintura me puxando para perto de si e sua mão esquerda ainda está no meu rosto então nos beijamos.

Seus lábios são quentes, molhados, macios e carnudos, seu beijo afasta todo o frio que eu estava sentindo, nossos corações estão acelerados. O beijo envolvente e duradouro é interrompido com passos perto da casa e um grito de Rafael:

- Tudo pronto!

Zack me solta, logo se alinha, eu seco as lágrimas, alinho minha roupa e meu cabelo:

- Vamos?

- Sim.

Zack me coloca no cavalo, Luna vai com Rafael, a vaca e o bezerro nos seguem. Não fico cuidando o caminho, apenas penso em um banho e uma sopa quente:

- Graças a Deus vocês estão bem!

- Vovó.

Luna desce do cavalo e vai correndo ao encontro dela, Zack me ajuda a descer, pois estou um pouco fraca:

- Minha querida, muito obrigada por cuidar da nossa pequena.

- De nada...

Digo abraçando-a:

- Vamos entrar, pois tem uma sopa quentinha esperando as duas, depois vão para um banho quente e tomar um remédio para resfriado que vão precisar.

- Ok.

Tomo a sopa e vou para a outra casa em busca do banho. Entro no chuveiro, a água quente aquece meu corpo gelado, fico lembrando do beijo ardente, mas estou tão exausta que não consigo sequer me animar muito. Saio do banho e no quarto coloco uma camisola sem bojo vermelha, uma calcinha de renda da mesma cor, quando termino Zack bate na porta:

- Vou colocar um cobertor mais pesado, pois está mais frio.

- Muito obrigada.

Deito na cama e Zack me cobre, antes de deitar ao meu lado pergunta:

- Posso?

- Pode...

Digo em um sussurro, ele deita embaixo da coberta comigo, estende o braço, e deito sobre ele, viro de costas encaixando na conchinha me aquecendo o coração:

- Descansa que eu ficarei aqui para te cuidar.

Me acomodo e adormeço. Meu sonho é turbulento, chego tremer de medo, até que uma voz entra em meio ao tormento dizendo:

- Ei, acorda estou aqui, venha pra mim meu bem.

Abro os olhos, Zack está me abraçando forte, estou de frente para ele, deitada em seu peito, minhas mãos suam frio e ele beija minha testa com ternura:

- Desculpe, não quis te preocupar.

- Sem problemas, sei que não devia, mas gosto de estar aqui para ser seu anjo salvador em seus pesadelos.

- Eu deixo você gostar de me cuidar sem problemas.

Me aconchego em seu peito e entrelaço meus dedos nos dele:

- Não pense que eu não percebi que me chamou de meu bem.

- Nunca neguei isso, ou tem algum problema?

- Não, nenhum, quer dizer...

- Quer dizer o que?

- Bom e nosso combinado?

- De minha parte, podemos esquecer ele, meu problema era ter encerrado o ciclo com Luiza, porém você me mostrou o caminho, e como eu disse você é a fenda de luz na minha escuridão, então se concordar eu ficaria feliz de poder tentar te conquistar.

- O único problema é que você não precisa tentar, você já tira minha atenção, meu foco, você me faz palpitar só de te ver por perto, seus olhos me fazem ferver, seu jeito maroto me deixa sem ar e seu beijo...não tenho nem como falar muito dele.

- Por que?

Sorrio com malícia, ergo um pouco a coberta dando lugar para eu ficar em cima dele, ele sorri corando, vou até seu ouvido e sussurro:

- Porque fico louca para te beijar mais.

- Então vou te ajudar.

Zack sorri me derrubando no colchão ficando sobre mim, seu joelho afasta minhas pernas deixando mais espaço para ele se acomodar, sua respiração forte está em frente aos meus seios que logo ficam rígidos, evidentes na minha camisola. Ele saca um deles fora, começa passar sua barba por fazer nele, depois abocanha com beijos, chupadelas e leves mordiscadas me fazendo arrepiar.

Ele faz um trilho de beijos com as mesmas mordiscadas até minha boca, que o encontra cheia de desejo. Nosso beijo é quente, nossas línguas dançam em uma sintonia feroz, enquanto isso uma de suas mãos vai até a ponta da camisola, puxando para tira-la, eu ajudo, ele me beija mais uma vez, em seguida abandona meus lábios descendo pelo meu corpo, seus lábios beijam perto do meu umbigo, de repente se levanta derrubando a coberta no chão, tira minha calcinha que fica jogada em algum lugar por ali, Zack me analisa um pouco e fico nervosa:

- O que foi?

- Você é ainda mais linda sem roupa.

Sorrio, ele tira o calção solto junto com sua cueca revelando seu belíssimo membro, muito bem dotado e fico boquiaberta, Zack sorri enquanto diz:

- Prometo que vou devagarinho para não te machucar.

- Agradeço, pois para este aí eu sou virgem.

Ele sorri sem modéstia nenhuma, se apoia nos cotovelos ficando próximo ao meu corpo, volta a me beijar, enquanto o beijo acontece ele vai se aproximando da minha pelve e ele sai do beijo:

- Você tem certeza?

- Sim.

- Posso começar?

- Deve!

Digo em um gemido tomada pelo desejo, ele me enlouquece, mas antes de entrar coloca dois dedos dentro de mim:

- Uau, como está molhadinha para mim, mal posso esperar.

- Eu estou louca por você.

Ele começa a penetrar, me seguro em suas costas sem lembrar de minhas unhas compridas, mas Zack não dá importância, vai entrando devagarinho, fica olhando o movimento depois me encara observando minha resposta, eu estou tomada pelo desejo, quero ele em mim, quero agora, então lhe puxo fazendo entrar inteiro em mim, solto um gemido:

- Uau, você é muito gostoso.

Zack sorri, começa entrar e sair devagar para não me machucar enquanto me beija e minha lubrificação aumenta a cada movimento dele:

- Vamos fazer assim, se alguma coisa te machucar ou você querer que eu pare você diga.

- Preciso me preocupar com você?

- Melhor prevenir do que termos problemas depois.

- Ok.

Ele sai de mim, me viro ficando de quatro em sua frente e ele suspira:

- Nossa, não faz isso não baby, eu enlouqueço.

- Essa é a ideia.

- Cuidado com que deseja...

Empino bem, ele encaixa, uma mão dele está na minha cintura, a outra acaricia minha polpa eu olho por cima do ombro para encorajá-lo digo:

- Pode bater.

- Ah baby, você não sabe o que está fazendo...

Ele acaricia mais um pouco, dá o tapa pedido, marca levemente com uma ardência gostosa, adoro isso com toda certeza. Seus movimentos de penetração vão ficando mais rápidos e eu gemo de prazer, estou no meu auge, ele percebendo que não vou aguentar por muito tempo pergunta:

- Posso gozar com você ou você quer pegar com a boca.

- Goza o quanto quiser eu tenho anticoncepcional interno então não temos com o que se preocupar.

- Boa garota então goza pra mim baby.

Ele pega minhas mãos, coloca juntas nas costas, pega meu cabelo em um rabo de cavalo me deixando indefesa, acelera seus movimentos, tento segurar o máximo meu orgasmo, mas ele não me deixa opção, fico tomada inteira, minhas forças vão para minha pelve e ele geme:

- Goza delicia, goza gostoso que eu gozo também.

Suas palavras são o estopim, me liberto de tudo soltando um gemido alto, sou tomada por espasmos, ele me solta, eu afundo nos travesseiros, seu gemido vem seguido do meu, sinto seus jatos se misturar aos meus, ele se apoia nos cotovelos para não deixar seu peso em cima de mim e fala:

- Promete que vai ser minha sempre assim baby.

- Até quando eu puder...

Respondo ofegante, ele deita para o lado e a cama fica encharcada:

- Nossa você sujou os lençóis da hospedagem.

- Ainda bem que foi com o proprietário então não vou ser cobrada com taxa extra.

- Quem disse?

- Vai me cobrar sendo que você participou?

Digo colocando o queixo eu seu peito:

- Vou cobrar sim.

- E quanto vai me cobrar?

- Bom, deixa eu ver, quem sabe um beijo gostoso de bom dia, dois beijos depois almoço e três beijos depois no jantar, o que acha?

- Só um, dois e três?

- Bom esta é a taxa obrigatória, agora o extra é por responsabilidade do cliente.

- Ok, vou pensar sobre os extras, vamos ver se vai merecer.

- Aguardo ansioso.

- Tá bom cowboy, mas agora não temos que levantar?

- Acho que temos que levantar e tomar um banho.

- Concordo, vou pegar uma roupa e vou primeiro enquanto você troca os lençóis.

- Ok.

Pego shorts jeans, uma blusa de alça com bojo para não usar sutiã e um cardigã, pois ainda está uma temperatura amena por causa da chuva. Vou para o banheiro, ligo o chuveiro, afundo o rosto nele, ao fechar os olhos tenho recordações de nossos corpos próximo, dos beijos ardentes, do sexo divino, sorrio ao agradecer por esperar seis meses para ter uma transa assim e agradeço a atendente que me deu o bilhete de passagem errado.

Quando abro os olhos vejo a porta do banheiro abrindo pelo box de vidro embaçado, como reflexo cubro meus seios, minha pelve e ruborizo ao ouvir:

- Não adianta se cobrir baby, isso eu já vi tudinho.

- Você me assustou...

- Desculpe, não foi minha intenção, apenas vim trazer sua toalha, pois esqueceu no quarto.

Ele coloca a toalha no gancho ao lado do box e me encara, o silêncio paira, apenas tem o som da água escorrendo pelo meu corpo, caindo no chão então digo:

- É sua vez de perguntar no nosso jogo.

- Posso te fazer companhia?

- Sim.

Ele despido entra no chuveiro comigo, fico vendo a água pelo seu corpo correr, sua pele morena fica ainda mais atraente molhada, quando chego em seus olhos eles me encaram:

- O que foi?

- Apenas estava maravilhando a natureza.

- Vejo que causo alguns reflexos em você só de chegar perto.

- Por que acha?

Ele sorri, com seu dedo indicador acaricia meu mamilo rígido e sorrio:

- São bons reflexos.

Zack concorda, se aproxima, sua mão esquerda junta minhas mãos colocando contra a parede, gemi ao sentir a parede gelada em minhas costas, sua mão direita puxa minha cintura para perto da dele, sua boca me envolve em um beijo quente, Zack se perde um pouco soltando minhas mãos, então repouso elas em sua nuca, sua mão esquerda pega na minha cintura, em um salto estou em seu colo, ele permite descer devagar sobre seu corpo para encaixar seu membro em mim, e cá estamos transando outra vez.

Capítulo Quatro

Solto uma das mãos para desligar o chuveiro, Zack sorri, me beija novamente, a velocidade aumenta e o prazer é intenso, nossos corações palpitam quase saindo do peito. Ele morde meu pescoço, dou pequenos saltos cada vez que ele penetra em mim, quando sai do pescoço volta para os lábios, começo a descer até colocar os pés no piso novamente. Minhas mãos se apoiam no box embaçado, assim fico de costas para ele, que beija meu ombro, encaixa segurando meus seios, meus olhos reviram de prazer, solto um gemido e Zack pergunta:

- Está gostando disso?

- Muito mais do que imaginei ser capaz...

Alcanço seus lábios mais uma vez, estamos ofegantes, ele solta um dos meus seios e massageia meu clitóris, nunca senti isso antes, e gemo mais uma vez:

- Isso baby, geme para mim, e goza pra mim!

Zack me vira de frente para ele, levanta uma de minhas pernas, penetra e movimenta rápido, ele geme enquanto faz isso, sinto o clímax vindo, seguro seu cabelo, lhe beijo depois digo:

- Eu vou gozar, não para!

- Eu vou gozar também!

Os gemidos vêm junto com o prazer, e vai embora junto com as força. Eu ligo o chuveiro novamente, pois agora além de molhados estamos suados, finalizamos o banho com carícias arrepiantes, beijos envolventes, seus lábios carnudos me viciaram. Após o banho nos recompomos, já que devemos ir para a outra casa onde estão todos lanchando em um café da tarde. sentamos na mesa e Dona Francisca me questiona:

- Descansou?

- Sim, dormi bastante e agora estou renovada com toda energia.

- Que maravilha.

Por baixo da mesa coloco a mão na sua coxa sem que ninguém percebesse, mas Zack a tira do lugar, fico confusa e constrangida, sem esconder faço uma cara de decepção:

- O que aconteceu que ficou triste de repente Ana?

- Nada...

Digo colocando a mão na xícara na minha frente e continuo:

- Apenas me lembrei brevemente dos maus bocados que passamos na floresta e vi como estou despreparada se caso fosse acontecer sem ter uma casa abandonada por perto.

- Imagina minha filha, ninguém espera passar por isso, ainda mais morando na cidade grande.

- Devo concordar, mas igual vou procurar um curso de sobrevivência na selva e de defesa pessoal quando voltar para casa.

Zack engole torto seu suco e solta o copo na mesa:

- Voltar?

- Sim! Voltar para minha casa e minha vida!

Não reparo que altero o tom de voz, peço desculpas a todos, e Dona Francisca continua:

- Acho que nós gostamos tanto da sua companhia que esquecemos que está de passagem, não é meu filho?

Ela segura na mão dele forte:

- É deve ser isso mesmo.

Ele fala com voz cabisbaixa, levanta da mesa e sai porta a fora, me apoio na mesa para levantar e ir atrás dele, mas Dona Francisca me interrompe:

- Deixe-o, são tempos difíceis nesta casa e ele não lida bem com despedidas.

- Desculpe...

Respondo me sentando novamente e seguindo a refeição calada.

Luna termina de comer e me chama:

- Ana, você poderia vir no meu quarto para conversarmos um pouco?

Olho para Dona Francisca e vejo que não está espantada nem julgando o pedido então concordo:

- Claro, quando quiser.

- Você tem um tempo agora?

- Tenho é claro.

- Então vamos?

Ela pergunta saindo de onde está sentada, me estende a mão para segui-la. Vamos pelo corredor, na penúltima porta do corredor ela entra, faz sinal para mim sentar na cama, ela fecha a porta e senta na minha frente:

- Bom, eu sei que está achando estranho meu pedido, mas eu realmente queria conversar com você sobre algumas coisas.

- Confesso que realmente fiquei surpresa, mas não vejo problema, então diga o que quer conversar.

- Primeiro, te devo um pedido de desculpas por ter me seguido e ter me salvado na floresta, eu sei que fui chata e teimosa, mas como a vovó disse, são tempos difíceis estes dias que estão passando.

- Está desculpada, e confesso que quando eu tinha a sua idade também era bem geniosa.

Sento mais perto dela e abraço forte. Sinto as lágrimas dela umedecer minha blusa e me afasto para secá-las:

- Minha pequena, não chore, está tudo bem…

- Não é só isso, desculpe, deixe eu continuar…

Ela respira fundo e volta a falar:

- Segundo, eu agradeço por ter me cuidado como se fosse uma mãe, mesmo sem me conhecer direito.

- Não faria nada diferente.

- Eu poderia fazer algo em agradecimento?

- Bom, se não for pedir demais, poderia me contar porque chamam de tempos difíceis?

- Conto sim, sem problemas... é que ontem completou três anos que minha mãe e meu avô, esposo da avó Francisca, morreram em um acidente de carro.

- Meu Deus, desculpe, não imaginava que era isso, deve ser difícil para você tão nova e ficar sem a mãe.

- Sim e meu pai abandonou minha mãe antes mesmo de eu nascer.

- E ele nunca te procurou ou você não pensa em procurar ele?

- Não, e não penso em procurar, pelo menos não sinto vontade agora, tenho uma família ótima que me dá tudo que preciso e até mais, tenho todo amor que preciso então não preciso dele, só sinto muita saudade da minha mãe.

- É complicado e imagino como deve sentir saudade, mas saiba que ela sempre vai estar com você no seu coração, então pode sempre conversar com ela que ela vai te ouvir.

- Eu sei, eu falo com ela, até vejo ela às vezes, inclusive perguntei para ela se deveria falar com você e ela disse que deveria.

- A é, e ela está aqui?

- Sim, ela está de pé na frente do roupeiro, mas não se preocupe, ela está feliz e não vai fazer nada para você.

Me arrepio inteira quando ela diz que sua mãe está ali e falo:

- Se ela demonstrar que não está gostando de mim, me avisa.

- Ela gosta de você, você tem bom coração.

- Que bom.

- Mas como eu ia dizendo minha mãe e meu avô faleceram no acidente de carro, quem estava dirigindo era o meu avô, minha mãe estava sentada no banco de trás do mesmo lado do motorista, estavam atravessando uma rodovia quando uma carreta pegou o lado do carro que estavam sentados, meu tio estava no carona da frente e se salvou por pouco, bateu a cabeça que quebrou o vidro do lado dele, por isso ele tem dores de cabeça muito forte, que ele diz que passaram, mas todos sabemos que não é verdade:

- Uau, deve ter sido horrível.

- Sim, foi, e meu tio se sente culpado, pois acha que deveria ter olhado para os dois lados em vez de só um, pois se tivesse olhando para os dois teria visto a carreta e talvez não teria acontecido o acidente.

- Mas ele não tinha como saber, isso é uma fração de segundos, não é culpa dele.

- Sim, soubemos disso, o único que não entende é ele. Por isso a vovó falou que ele não lida bem com as despedidas.

- Agora muitas coisas fazem sentido.

Fico lembrando da dor de cabeça dele, ele dizendo que tem um lado sombrio e escuro, como também entendo porque se assustou quando falei em ir embora:

- Você está longe agora, o que está acontecendo?

- Bom, tive várias conversas com seu tio e agora muitas fazem sentido.

- Meu tio precisa de você.

- Como assim?

- Ele mudou inteiro com a sua chegada, vemos que ele está mais leve, mais feliz, vemos ele sorri novamente, o que fazia tempo que não víamos, é como se fosse a luz que ele estava precisando.

- Você não é a primeira que me fala isso.

- Então essa pessoa e eu devemos ter razão.

- Problema que tenho uma vida na minha cidade, emprego, casa, planos, metas e coisas que tenho que resolver.

- E você não pode mudar seus planos, sair do emprego, vender sua casa e mudar suas metas?

- Bom, até posso, mas para isso tenho que voltar de qualquer forma, além de ter uma mala de uma semana somente.

- A nossa cidade pode ser pequena, mas temos lojas de roupas e o tio com toda certeza adoraria comprar um roupeiro inteiro se for para você ficar.

- Eu imagino, mas tenho ainda meu emprego, minha casa, e algumas coisas para resolver

- Então convença meu tio que vai voltar que talvez ele te deixe ir.

- Vou fazer isso, mas espera aí, como você está pedindo para eu fazer tudo isso se quem deveria fazer isso é seu tio?

- Bom, posso ser pequena, mas sou esperta, eu sei que você gosta dele e que ele gosta de você, além de como ele pode não ter coragem de te falar isso estou falando.

- Está tão óbvio assim?

- Que ele está mais feliz sim, mas que vocês têm algo, eu descobri agora, os outros não prestam atenção como eu.

- Agora me deixou envergonhada.

- Não precisa ficar assim, todos gostam de você então está tudo certo, até minha mãe acha uma boa ideia você ficar com meu tio.

- Confesso que ainda fico meio assustada com esta história da sua mãe.

- Podemos fazer uma coisa, mas você tem que me prometer que não vai contar para ninguém.

- O que quer fazer?

- Fique sentada, feche os olhos.

- Ok.

Fecho os olhos e sou tomada por um medo, mas sigo as instruções:

- Continue com os olhos fechados... Espera mais um pouco... Ok, pode abrir!

Abro os olhos e tem uma mulher, pele morena clara, olhos azuis iguais aos de Luna, cabelo castanho escuro com algumas ondas, vestido branco e descalça:

- Imagino que quem estou vendo seja sua mãe?

- Consegue ver ela?

- Sim, ela está ao seu lado em pé.

- Sim, esta é minha mãe.

- Prazer, e desculpe qualquer coisa.

Ela sorri, acena e Luna fala:

- Ela disse que não tem do que se desculpar e que o prazer é dela.

- Muito obrigada por aparecer pra mim, imagino que não deve ser fácil e que realmente goste de mim, ou tem algo a me dizer...

Ela sorri novamente e concorda com a cabeça:

- Ela disse que você deve convencer meu tio que vai e volta se realmente vai voltar, que deve resolver tudo que precisa e plantar suas raízes aqui.

- Vou tentar convencer, mas volto sim.

Respondo e ela sorri mais uma vez e some:

- Uau, nunca imaginei que faria isso algum dia.

- Ela é legal, aposto que seriam grandes amigas se ela ainda estivesse viva.

- Imagino que sim, mas agora tenho que tentar encontrar seu tio para convencer ele.

- Está mal a bom, muito obrigada por conversar comigo.

- Eu agradeço o convite, por tudo que conversamos e por apresentar sua mãe.

- De nada!

Dou um beijo na testa de Luna e saio do quarto, meio perdida com o que aconteceu, vou para a outra casa torcendo por encontrar Zack. Entro casa adentro, olho em todos os cômodos, mas não tem sinal nenhum dele. Desço as escadas e torço para ter algo para beber. Abro os armários e encontro uma garrafa de vinho, café, cerveja e coca cola, sorrio ao perceber que ele comprou todas as bebidas que falei. Faço um café e sento no sofá pra esperá-lo.

Sou acordada por Dona Francisca que me chama para jantar, pergunto por Zack, mas ela dá de ombros, fico decepcionada, mas disfarço.

Janto silenciosa, novamente estou em um filme mudo, finalizo, dou boa noite para todos, volto para outra casa, ao entrar ouço barulho no andar de cima e fico com medo. Tiro os calçados, vou na ponta dos pés para não fazer barulho, vou até meu quarto, de onde vem o barulho, quando abro a porta fico sem reação.

O quarto está cheio de velas, em cima da cama tem três caixas de presente, a janela está aberta e a brisa da noite faz sacudir as chamas das velas, ao lado das caixas tem um buque de jasmim, minhas flores preferidas, e na janela esta Zack parado, olhando para lua, eu o assusto ao soltar meu calçado no chão:

- O que significa isso?

- Desculpe, quer dizer não gostou?

- Eu adorei, tem como não gostar de todos estar preparativos?

- Fico feliz que gostou, nunca tinha feito nada parecido, fiquei com medo de não gostar.

- Grande parte das coisas vindas de você eu amo.

- Como assim grande parte?

Ele pergunta indo até a cama pegando o buquê de flores e vindo até mim que ainda estou no centro do quarto paralisada.

- Eu adoro você, seu jeito, seus beijos, esta surpresa também adorei, mas não gostei da forma que me tratou no café da tarde na frente da sua família, também não gostei de ter desaparecido me deixando angustiada e me fazer esperar por horas.

- Me desculpe, eu não deveria ter feito isso, mas fiquei sem reação, não sei como minha família reagiria ao saber que nos envolvemos intimamente.

- De qualquer forma, não falei nada para ninguém, só coloquei a mão na sua coxa sem que ninguém visse, se acha que sua família não vai gostar de nos ver juntos, porque investiu em mim e outra, porque preparou tudo isso?

- Da minha família, não sei porque achei que não aprovariam nós juntos, fazem muitos anos que não estou em um relacionamento, isto ainda me assusta, e eu investi em você porque eu realmente gosto de você, sou ousado em dizer que preciso de você na minha vida, você é a luz da minha vida, um raio de sol em minha escuridão…

As lágrimas vertem em seus olhos, fico ouvindo tudo com atenção, enquanto ele me entrega o buquê e continua:

- Eu preparei tudo isso na esperança de você me perdoar, mas não pense que os presentes são para te comprar, eu já tinha comprado ontem na loja do César, ele mesmo me falou que tinha gostado destes, se não for verdade vamos amanhã lá e trocamos tudo.

- Muito obrigada, está tudo perfeito…

Ele me abraça e fala no meu ouvido:

- Espero que goste de jasmim, era o que tinha na fazenda.

- São minhas flores preferidas, muito obrigada.

Ele me abraça ainda mais forte, largo as flores na poltrona do nosso lado e Zack fala:

- Hora de abrir os presentes.

Sorrio e ele me larga, pega minha mão, vai na minha frente até a cama, empurra as caixas no centro, assim libera espaço para que eu possa sentar na sua frente. Abro a primeira caixa, a maior, nela está um par de botas que realmente fiquei encantada quando olhei, a segunda caixa era quase do mesmo tamanho, abro e lá está o chapéu que me imaginei usando, a última caixa é menor, mas não é tão pequena para ter só um cinto como imagino que seja, abro a caixa, tem uma camisa azul clara com detalhes em azul escuro e o cinto que também adorei quando vi, confiro mais umas vez todos os itens e olho para Zack que me observa ansioso:

- Ouso dizer que o César é um ótimo vendedor e acertou em cheio nos itens que olhei, só não tinha visto a camisa.

Zack respira aliviado e sorri:

- Que bom que ele acertou se não teria uma conversa com ele, e a camisa realmente não foi ele, foi escolha minha, acredito que ficará ainda mais linda com as peças que escolheu.

- Ótimo gosto cowboy.

Respondo sorrindo, ele me puxa para perto, me coloca em seu colo, eu coloco uma mão na sua nuca afundando meus dedos em seu cabelo e a outra me seguro em seu braço, já ele coloca as duas mãos na minha cintura, vou até seu ouvido e sussurro:

- Adorei todos os presentes cowboy, está tudo perfeito, muito obrigada e está perdoado.

Termino de falar, mordisco sua orelha, faço um trilho de beijos e mordidas fazendo ele arrepiar até chegar na sua boca, me aproximo dos seus lábios que estão entre abertos, mas não o beijo, apenas deixo nossas respirações tomarem conta do momento, estamos ambos cheios de expectativas, mas fico no jogo de quem aguenta mais e Zack não resiste. Tira uma de suas mãos da minha cintura e faz encontrar seus lábios.

É uma loucura como nossas chamas ardem, nossos corpos dançam, seus beijos me arrepiam, seu toque me excita, as caixas vão para o chão. Tiramos as roupas rapidamente, volto ao seu colo, seus beijos, e seu membro me penetra, meu corpo grita de satisfação, o prazer que sinto é incontrolável, nunca tinha sentido algo assim em toda minha vida, seus movimentos calmos no início são esquecidos conforme nosso desejo aumenta, chegamos ao ponto de não se importar com mais nada, os gemidos são altos tantos os meus quanto os dele, nunca vi um homem me dar alegria só de ver que ele sente tanto prazer comigo.

Estou nua em cima dele, ele deitado, aproveito para imobilizar suas mãos sobre sua cabeça e rebolo em seu membro deixando meus seios como tentação até que ele consegue abocanhar um deles, solto um gemido, seus lábios quentes em meus seios me causam espasmos, tento focar no que estou fazendo até que ele fala entre dentes:

- Vou gozar...

Sorrio com malícia, fico reta para focar no seu membro massageando meu clitóris para que eu possa gozar com ele. Não entendo como ele encaixa perfeitamente, quando começo a perder as forças uso o ódio do prazer para conseguir terminar, cavalgo ainda mais rápido, sinto que o clímax está chegando, continuo rápido, ele me ajuda a subir e descer até que não controlo meu prazer, em um gemido me termino e ele em seguida faz o mesmo.

Caio sob seu corpo, ouço nossos corações acelerados, a respiração ofegante, ambos suados, ficamos em silêncio, cada um desacelerando seus batimentos, sua respiração e quando tranquilos me levanto:

- Vou passar uma água no corpo e já volto.

- Ok e eu vou trocar mais uma vez os lençóis.

- Vamos ter que transar em outros lugares para diminuir a trocar dos lençóis.

Zack me encara, imaginando o que passa por minha cabeça sorrio:

- Isso mesmo que está pensando.

- Olha o perigo baby, não me dê ideias maliciosas.

Penso em uma resposta, mas sorrio, dou um beijo molhado e sigo nua para o banheiro:

- Já volto cowboy.

- Te espero baby.

Tomo um banho rápido, somente para tirar o suor, me seco e volto nua:

- Me prefere nua ou quer um pijama?

- Você fica linda de qualquer jeito, e quero dormir com você de todas as formas, nua, de camisola, baby-doll, pijama curto, pijama comprido, com uma camisa minha, uma cueca box e tantos outros modos que existir.

- Como devo entender esta frase?

Questiono colocando meu baby-doll preto de renda, ele se levanta de cueca e para na minha frente:

- Entenda como quiser, um pedido para dormir sempre comigo, ou apenas uma frase de alguém que não sabe qual a melhor opção de te ver dormir.

- Assim ajudou muito.

- Eu estou planejando mais algumas surpresas para você, espero que goste.

- Não acredito que vai me fazer dormir com curiosidade.

- Sim, vou, você quer ser uma menina travessa, serei um cowboy malvado também.

Faço beiço, cruzo o braço, ele me abraça assim mesmo me deixando presa, morde meu lábio inferior em destaque do meu beiço e sorri:

- Vamos dormir baby, que amanhã temos um grande dia.

- Boa noite.

Digo e ele me solta para que possamos deitar na cama, deito em seu peito, uma das mãos entrelaçamos os dedos e com a outra ele me faz cafuné no cabelo:

- Você começou a ler minha lista de coisas favoritas ou leu meu diário?

- Por que?

- Adoro me sentir segura deitando no peito, adoro entrelaçar os dedos e cafuné para dormir é a chave de ouro.

- Vou na tentativa e erro, que bom que te leio corretamente.

- Eu concordo, boa noite.

Dou-lhe um beijo, volto a me acomodar.

Acordo, percebo que estou sozinha na cama, vejo as portas do roupeiro aberta, minhas coisas não estão ali, minha mala também sumiu, só está no canto da cama um vestido curto e uma sandália rasteirinha, com um bilhete escrito "Te espero lá embaixo na caminhonete".

Imagino fazer parte da surpresa que ele havia dito na noite anterior. Visto e coloco o baby-doll em uma sacola escura para que não seja visto:

- Bom dia! Partimos em minutos.

Diz Zack colocando uma garrafa de água e fechando a porta do motorista, Dona Francisca está perto dele e quando me vê sorri;

- Minha querida, espero que tenham um ótimo passeio, achei uma ótima ideia o que Zack planejou.

- Que bom! E o que ele planejou?

- Ele pediu para não te contar, afinal é uma surpresa, mas pelo que me falou do roteiro você vai adorar.

- Ok.

Dou de ombro, abraço em despedida Dona Francisca e entro na caminhonete, Zack entra do meu lado e partimos:

- Espero que tenha lembrado que não tomei café da manhã.

- Eu lembro sim, e esta será a primeira parada.

Reparo que ele não vai para o lado da cidade, na verdade vai para o outro lado totalmente oposto:

- Este é um sequestro em consentimento da sua mãe?

- Entenda como quiser.

- Maravilha.

Capítulo Cinco

Sigo silenciosa, ele pega minha mão, beija e fica segurando;

- Fique tranquila, você vai gostar...

- Seria bom se eu soubesse pelo menos quais os planos.

- Eu não deveria, mas vou resumir, vamos dividir os três dias que nos restam em destinos fascinantes que eu quero muito te mostrar, assim podemos ficar juntos sem nos esconder de ninguém, pois para onde vamos não nos conhecem o suficiente para nos importarmos com a opinião.

- Melhorou, mas em resumo é um sequestro de três dias para ficarmos longe dos olhos famintos da sua família?

- Mais ou menos isso.

- Mas e o que sua mãe falou sobre isso?

- Bom ela acha que vamos para destinos diferentes totalmente não românticos, e ela sabe que o intuito é só de mostrar as maravilhas do lugar, já que quando planejou sua viagem tinha passeios para conhecer a região.

- Bem pensado, mas o que vou dizer quando ela me perguntar dos lugares que não vai me levar.

- Eu vou te levar sim, mas não pelo tempo que ela acha que vamos ficar.

- Ok.

Andamos mais um tempo e ele corta o silêncio:

- Chegando na primeira parada.

Na beira de estrada tem um chalé de uma cafeteria charmosa, seus móveis são rústicos, e está tudo decorado com flores. Ele faz seu pedido e eu o meu:

- Onde vamos sentar?

- Vem comigo.

Ele pega minha mão e me leva até a área externa que tem um píer ao lado de uma cachoeira linda:

- Uau, que lugar lindo!

- E aqui tem o melhor café da manhã você verá.

- Vindo de você minhas expectativas ficam elevadíssimas.

- Pode deixar que vou superá-las.

- Já está superando.

Ele pega minha mão, acaricia, ruborizo e ele sorri:

- Qual sua música preferida?

- Tenho um gosto bem eclético, mas as minhas preferidas são Canon e Hallelujah.

- Música clássica... nunca imaginei.

- Como eu disse, ouço todos os tipos, e tenho preferidas em todos os ritmos, mas essas duas tocam na minha alma, então acredito que realmente são as preferidas.

- Muito bom, meu gosto também é variado e gosto das suas opções também.

- Você também adora todas as minhas bebidas preferidas?

- Como assim?

- Bom eu vi no armário da cozinha que tem exatamente todas as bebidas que eu citei.

- Apenas coincidência acredito.

- Realmente deve ser.

Ele sorri, beija minha mão e nosso pedido chega. Dou uma mordida do sanduíche, tomo um gole de café e quando olho para Zack ele está me encarando:

- Não vai comer?

- Vou, apenas estou vendo como a sua felicidade é de criança quando come.

- Quer que eu dance mexendo os ombros em comemoração?

- E tem dancinha?

- Tem sim.

Começo a mexer os ombros em ritmo de reggaeton sorrindo:

- Como você era na escola?

- Sempre fui a que tirava ótimas notas e as professoras adoravam, só diziam que o meu defeito era a conversa e a bagunça.

- Minhas professoras falavam o mesmo, mas só no ensino médio, antes disso eu era focado nos estudos, caso contrário não poderia namorar.

- Benefícios de um namoro adolescente então?

- Talvez sim, me fez estudar muito.

- Então nem tudo foi ruim.

- Você tem este costume de sempre ver o copo meio cheio não é mesmo?

- Sim, e você deveria tentar fazer o mesmo.

- Para mim é complicado, difícil eu perceber a parte boa das coisas, ainda mais, ainda mais depois do que aconteceu...

Ele fica triste de repente e pego sua mão, entrelaço os dedos:

- Depois do acidente que tirou seu pai e sua irmã de você?

- Como você sabe?

- Luna, ela me contou, mas não brigue com ela, eu que pedi para ela me contar.

- Luna sendo Luna.

- Ela não tem culpa, eu que sou bem receptiva e passo confiança, então as pessoas me contam coisas.

- Devo concordar, comigo foi da mesma forma.

Pisco e ele sorri:

- Então vamos fazer um combinado, a partir de hoje você sempre que passar por uma situação ruim, sempre vai ver, ou pelo menos tentar ver o copo meio cheio.

- Ok, e se eu não conseguir você estará lá para me ajudar a ver.

- Nem que seja em pensamento.

Ele se arrepia e complemento:

- Não desta forma que pensou, mas terá dias que não estarei o tempo todo com você.

- Assim fica melhor.

- Também acho.

Terminamos o café e pegamos estrada novamente, andamos mais umas duas horas, no carro ficamos em silêncio, sorrimos, cantamos e as horas passam rápidas.

Chegamos em um restaurante bem arrumado, modernizado por ser nesta região e Zack fala com a atendente:

- Somos os que alugaram a cabana.

- Ótimo senhor, está tudo pronto como na reserva foi pedido, mas sugiro que almocem aqui, pois lá só tem o básico para refeições.

- Sim, imaginei que seria assim, vamos nos acomodar.

- Fiquem à vontade, as chaves o senhor pega na saída.

- Ok.

Zack abraça minha cintura e vamos para a parte externa, onde tem uma vista longe de montanhas com gelo, um lago de águas azul turquesa no seu pé, parece vista de filme:

- Você não vai cansar de me mostrar maravilhas?

- Se você me deixar, quero te mostrar tudo de mais lindo do mundo.

- Ficarei feliz em fazer isso.

- Que bom, o almoço vai demorar um pouco para ser servido, vamos dar uma volta?

- Claro.

Zack levanta abraça minha cintura, andamos por um jardim, abraço sua cintura e ele beija minha testa. Depois do jardim tem uma igrejinha simples, mas linda, fica no alto tendo uma vista fenomenal do lugar. Zack me leva atrás da igreja, espero ver algo ainda mais surpreendente, mas em vez disso ele me encosta na parede coloca suas mãos na minha cintura me abraçando forte:

- O que é isso, o que está fazendo?

- Você nunca soube que namoro do interior começa sempre com um beijo atrás da igreja.

- Em filmes talvez.

- Vou te contar uma coisa, geralmente os filmes mostram verdades.

Ele me beija, seus lábios macios e carnudos me embriagam em cada movimento, Zack me segura mais forte e solta novamente, parecemos dois adolescentes descobrindo o amor atrás da igreja, o beijo é quente, mas não ferve, é gostoso, mas diferente, como se agora em vez de tempestade fossemos calmaria, tem mais sentimento e não só paixão louca. Depois do beijo pergunto:

- O que foi isso?

- Isto o que?

- O beijo, foi diferente...

- Não vi nada diferente, apenas não temos como transar atrás da igreja.

- Não é disso que estou falando, tem algo a mais.

- Não sei do que está falando, mas foi ruim?

- Não, foi perfeito.

Ficamos abraçados trocando beijos, Zack afunda o nariz em meu cabelo castanhos, respira fundo, mordisco sua orelha, depois beijo seus lábios mais uma vez, mas o clima termina com meu estomago roncando:

- Baby está com fome?

- Tenho como mentir depois deste ronco do meu estômago?

- Acho que não.

Zack responde sorrindo. Voltamos para o restaurante e almoçamos, não entendo, mas o clima está diferente, como estivéssemos em uma bolha de calmaria, só consigo focar nele, como se estivesse sob efeito de hipnose.

Depois do almoço vamos para o caixa onde Zack pega um par de chaves com um controle, quando entramos na caminhonete começa chover:

- Vai estragar algum plano?

- Não, na verdade a chuva estava nos planos.

- Mistério.

Zack sorri e seguimos, entramos em uma casa de portões altos, subimos uma rua estreita, mas asfaltada, olho para Zack que está sorridente, porém prestando atenção no caminho, subimos serra acima e a chuva aumenta. Quando chegamos damos de cara uma casa estilo chalé, a porta da garagem abre sozinha, assim não nos molhamos ao descer do carro.

O chalé tem uma decoração charmosa, rústica como a maioria dos lugares da região, em cima da mesa tem uma cesta de piquenique:

- A chuva fazia parte dos seus planos de piquenique?

- Calma baby, tudo tem seu tempo.

- Ok.

Vou andando pelo chalé, abro algumas janelas, mesmo com chuva vejo que tem uma vista privilegiada do lago que vimos no restaurante. Zack pega umas lenhas, acende a lareira, me arrepio acredito que seja de frio, cruzo os braços e me encolho:

- Está com frio baby?

- Um pouco, acredito que seja a junção de chuva e altitude.

- Vou pegar a sua mala.

Ele volta para garagem, exploro mais um pouco da casa até encontrar uma suíte, com portas sanfonadas de vidro para uma varanda dando de frente para o lago. Zack chega com as malas e um casaco leve, já que logo vai esquentar a casa em razão da lareira, ele também troca de roupa, desta vez coloca um jeans mais solto e uma camisa de mangas longas, mas deixa os botões da camisa aberta:

- Quer assistir um filme, ou quer dormir um pouco?

- Podemos assistir um filme.

- Ok, vou fazer pipoca.

- Você pode deixar eu fazer alguma coisa.

- Então vamos juntos fazer.

- Melhorou.

Vou em direção a cozinha, ele me abraça por trás, afunda seu rosto em meu cabelo, respira fundo e diz:

- Eu adoro seu cheiro.

Coloco uma das mãos em seu cabelo, viro-me, dou um beijo no seu rosto onde alcanço e chegamos na cozinha. Ele me solta, eu me abaixo para olhar no armário da ilha procurando duas panelas, enquanto ele busca a pipoca:

- Se achar chocolate por aí, traz junto.

- Hum, pipoca de chocolate...

- Uma das minhas especialidades.

- Você gosta de cozinhar?

- Sim, e adoro fazer doces também.

- Tirei a sorte grande então.

- Primeiro tem que provar para depois dizer se teve sorte ou não.

- Até agora o que veio de você foi gostoso, porque sua comida e seus doces seriam diferentes?

- Cantada barata.

- Calma é que estou nervoso baby.

- Vou te dar um desconto então.

- Agradeço.

- Vai escolher o filme que finalizo a pipoca aqui.

- Que gênero de filme você gosta?

- Menos terror e drama.

- Então o que sobra?

- Comédia, aventura e romance.

- Vou ver o que acho aqui.

- Ok.

Termino a pipoca, vou para o sofá, ele deixou um filme selecionado e foi para o quarto, logo surge com uma coberta fina. Zack senta ao meu lado, fico bem perto dele, seu braço fica na minha cintura. É dado play no filme, assisto os primeiros dez minutos do filme, deito em seu colo, seu cafuné do cabelo é uma calmaria querida, mas me faz dormir.

Acordo, estou na cama, Zack não está comigo, fico preocupada. Me enrolo no cobertor e vou até a sala, encontro-o vendo um filme de terror, a bacia de pipoca já está na pia lavada junto com as duas panelas que usei:

- Acordou baby.

- Eu dormi por culpa sua, seu cafuné é minha canção de ninar.

- Gosto de fazer cafuné no seu cabelo, me desculpe se te faço dormir.

- Desculpas aceitas, o que está assistindo?

- Um filme de terror, já que você não gosta resolvi assistir sozinho.

- Que bom que já aprendeu que filmes de terror e drama só existem quando não estou por perto.

Olho pela janela e vejo que já escureceu:

- Nossa dormi tanto assim?

- Imaginei que dormiria, você estava exausta da viagem.

- Isso não posso negar, quer que eu faça janta?

- Pena que não sabia que cozinhava antes de planejar a viagem, mas já pedi uma pizza.

- Pizza é uma ótima pedida, vou pegar um vinho e você tire isso.

Encaro a televisão, Zack sorri desligando. Ouvimos uma buzina:

- Deve ser a pizza.

Zack vai pegar a pizza, arrumo pratos, talheres e duas taças, pois não deixei de notar uma pequena adega no caminho para a suíte:

- Vamos comer na mesa?

- Imaginei que seria.

- Eu planejei comer no tapete da sala em frente a lareira, tem algum problema?

- Não, nenhum.

- Ok.

Pego somente o vinho e o par de taças para me juntar a ele em frente da lareira. A pizza é deliciosa, a companhia também, conversamos sobre infância, adolescência e contamos algumas histórias constrangedoras, mas o riso corre solto.

A pizza termina, a garrafa de vinho está quase vazia, sinto que o álcool já está tocando alguns dos meus sentidos, o problema do vinho é que me deixa insanamente provocadora. Sirvo o resto de vinho na minha taça, mesmo vendo que a dele está vazia, a caixa da pizza já está afastada, em seus olhos estão o reflexo das chamas, volto meu olhar para taça, mas mesmo encarando-a deixo vinho escorrer no canto de minha boca, escorrendo entre meus seios.

Em um salto Zack está extremamente perto de mim, como se fosse um vampiro abocanha meu pescoço onde parte do vinho escorreu, a minha taça vira, bom que estava vazia se não derramaria no tapete. Enquanto sua língua percorre o caminho do vinho ele me empurra vagarosamente me deitando sobre o tapete macio.

Meu vestido sobe, logo estou nua, puxo sua cabeça para meus lábios, já aproveito para desabotoar seu jeans e tirar sua camisa. Agora o beijo ferve o desejo domina, seus lábios saem dos meus e fazem um trilho para minha pelve, ele afasta minhas pernas, deita mais afastado, não acredito que fará isso e antes de falar qualquer coisa ele abocanha meu sexo, sua língua deliciosa movimenta me causando espasmos, gemo de prazer, sinto seu sorriso entre minhas pernas, dois dedos entram em mim e massageiam meu clitóris:

- Vai fazer eu terminar a festa tão cedo?

- Vi de longe que o vinho te deixa animada, e eu estava louco para te provar inteira.

- Se continuar assim vou gozar rápido.

- Sabe que a parte boa de mulher é que depois de gozar, logo está pronta para outra, então deixa eu curtir aqui, te faço gozar e vamos para o segundo round.

- Ok.

Deito a cabeça no tapete mais uma vez e aproveito o momento, sua boca é talentosa, o prazer é certo, uma de suas mãos massageia meu seio, não consigo controlar e acabo me movendo. Com a mão livre ele coloca no meu umbigo e diz:

- Fique quieta, se não vou te amarrar.

- Fazer o que se não consigo controlar?

- Deixa comigo então.

Ele coloca suas mãos por baixo de minhas coxas minhas pernas sobre seus ombros, agarra com força me deixando imóvel, sua língua se torna mais ágil e seus braços me movimenta para frente e para trás sendo ainda mais assertivo no prazer, minhas mãos percorrem seu cabelo, corro por meus seios estimulando-os:

- Delicia, me lembre de um dia assistir você se masturbar para mim.

Ele me encara e volta, sinto o clímax vindo, seguro o pouco que consigo no tapete, solto gemidos altos e Zack fica satisfeito:

- Goza pra mim bebe, goza na minha boca, deixa eu sentir seu sabor.

Suas palavras são sinfonia, minhas energias vão para meu sexo, os espasmos são intensos, ele encontra o ponto "G" e começo a gritar:

- Não para! Não para! Não para!

Ele acelera o ritmo vendo que está no lugar certo, meu corpo arrepia e o gemido vem alto, solto-o entre espasmos de prazer que escorre em sua boca:

- Que delicia baby, você é ainda mais gostosa aqui embaixo.

Recupero as forças devagar, mas sou tomada por uma fera, fico de joelhos, derrubo-o no tapete, subo nele, lhe beijando, sinto meu gosto em seus lábios e não vejo problema nisso, vou descendo em beijos e mordidas, mordisco seu mamilo que fica rígido e ele claramente deixa perceber que nunca ninguém tinha feito isso com ele, sorrio e continuo descendo, deixo meus seios tocar de leve em seu corpo, sinto seus arrepios. Abocanho seu membro que está pronto para mim, faço várias manobras, mas deixo minha boca nele o tempo todos, estimulo sua glande e ele geme, conforme me movimento e massageio, vou sentindo sua resposta, minha língua desfila sobre ele e quando vejo que está se preparando para gozar paro com tudo.

Sua decepção é óbvia, seus olhos imploram para que continue, mas não fala nada. Subo nele, encaixo perfeitamente, cavalgo rapidamente, depois rebolo, seus olhos reviram, jogo meu cabelo para lado vitoriosa, coloco os pés no chão o quico rápido, seus seios pulam e ele os segura, logo solta, seus dedos vão me estimular, volto a me ajoelhar cavalgando, suas mãos saem do meu clitóris e pega minha cintura, com força me ajuda a subir e descer, sei que seu gozo está vindos, salto de cima dele e abocanho seu membro e em segundos sito seus jatos, para enlouquecer ele continuo com minha boca estimulando, passo os dentes em sua glande e ele não para de tremer:

- Sua malvada, quer me destruir.

Ao terminar geme gostoso, subo nele novamente, mesmo com o membro não ereto encaixo novamente, tomo seus lábios nos meus em um beijo ardente e ele estremece:

- Você quer um homem ou uma máquina.

- Quero um fogão a lenha, que depois de aquecido demora apagar.

- Que pena, sou mais a favor do micro-ondas.

Sorrio e rebolo de leve, seu membro vai reagindo aos poucos, mas não demora muito a ficar ereto. Zack senta deixando minhas pernas na sua cintura, suas mãos em minha cintura me ajudam a rebolar e toma meus lábios em beijos. Fico sem muitas opções, acabo rebolando o máximo que consigo e quando começo a cansar ele fala:

- Levanta um pouquinho?

Sem responder com palavras obedeço, ele fica na minha frente, me gira ficando de costas para ele, mas em frente ao sofá e sorrio entendo seus planos. Dou passos em direção ao sofá, fico de joelhos, me firmo em seu encosto e Zack encaixa novamente, me puxa pelo cabelo até perto da sua boca que mordisca meu ouvido:

- Sou louco por você, quero só para mim...

- Sou sua, toda sua...

Respondo entre lábios e me empino mais, ele estremece, seus movimentos aumentam, mordo os lábios para segurar o prazer, quando arquejo ele me dá um tapa na nádega:

- Vai gostosa!

Acelera o ritmo, tenho arrepios, Zack sai de mim, me puxa para seu colo me levando até o quarto. Me joga na cama, vem em cima de mim, encaixa entre minhas pernas, os beijos não param, arranho suas costas, a respiração ofegante, coração acelerado, seu gemido vem antes do meu em um gozo satisfatório:

- Desculpe, não te fiz gozar antes de me terminar...

- Sem problemas, na verdade tenho um segredo para contar, sinto ainda mais prazer vendo que você sente prazer comigo.

- E tem como não?

- Não sei, não sei qual é sua experiencia sexual para saber com quem me comparar.

- Posso não ter transado só com uma pessoa, mas nenhuma mexeu comigo como você mexeu.

Ele dá um selinho e levanta da cama:

- Me acompanha em um banho?

- Vai ser mais um round ou vai ser só um banho?

- Por mim, se não tiver problema pode ser só um banho, ainda não sou uma máquina.

- Ok, também prefiro.

Ele pega dois roupões e liga as duchas, já estou nua, então faço um coque no cabelo, passo por ele e entro embaixo de uma delas. Zack entra na do lado e fica me encarando:

- O que foi?

- Nada, só gosto de te olhar e tentar te entender em vários sentidos.

- Pode perguntar que te respondo, não precisa criar teorias.

- Talvez outra hora.

Pego o sabonete, saio da minha ducha, viro de costas para ele e lhe dou o sabonete:

- Poderia me ajudar com as costas?

- Claro!

Ele passa cuidadosamente, desfila por meus seios, meu sexo e eu pego seu membro:

- Não ia ser só um banho?

- Temos que lavar todas as partes.

Sorrio, volto para minha ducha, termino o banho e coloco o roupão. Zack demora um pouco mais, vejo que está pensativo. Vou para a sala, pego mais uma garrafa de vinho, sirvo minha taça, sento no sofá e encaro o fogo da lareira:

Capítulo Seis

- Perdeu o sono baby?

- Preciso fazer uma coisa, não sei como e vejo que você pensa o mesmo.

- Como assim, sabe o que estou pensando?

- Não sei e isso que me preocupa.

Fico triste de repente, Zack senta ao meu lado, me coloca em seu colo de frente e continuo:

- Tudo seria mais fácil se me dissesse o que está pensando.

- O que você quer saber?

- O que está te deixando pensativo?

- Tudo…

- Como assim, tem algo de errado?

- Penso que passei anos preso em um sentimento ruim, rodando de mulher em mulher sem esperança de sair do meu vazio aí…

- Aí?

- Aí chega uma mulher diferente de tudo que já tinha visto na vida…

- Como assim?

- Linda, alegre, trabalhadora, com um olhar sereno que parecem enxergar minha alma, ilumina meu caminho, me tirou do meu vazio, me deu o maior prazer que já senti na vida, me enlouquece só de sentir seu perfume…

- E qual é o problema?

Seus olhos encharcam e ele responde:

- O problema é que de você sumir por horas já tirou meu sono, fico imaginando quando você for embora, o que vai acontecer? Vai ser um sonho que termina em pesadelo e depois vou acordar na minha vida normal? Tudo o que vivemos nestes dias será apagado? Serão lembranças boas ou ruins?

- Ei… não fique pensando nisso…

- Como não pensar nisso? Encontrei a mulher da minha vida, a pessoa que sempre sonhei ter comigo para vida toda e é justamente a que não pode ficar nela?

- Eu não posso ficar agora, pois tenho coisas para resolver, uma vida para organizar, tenho um emprego que devo satisfação, tenho uma casa para dar um jeito e outros projetos que preciso finalizar…

- Do emprego você envia a carta de demissão por e-mail, a casa vende pela internet e projetos?

- Tenho alguns investimentos que preciso resolver, e estes eu tenho que estar presente para resolver.

- Precisa mesmo? Ou está só dando desculpas para voltar para sua vida de antes?

- Não é desculpa, é verdade o que estou dizendo, tenho que estar presente para resolver.

- Entendi! Eu aqui fazendo planos e você querendo voltar para seu ex é isso?

- Não! Não é isso, eu nem penso nele, nem tem motivo.

- Então não quer uma vida de fazenda?

- Não é isso!

- Então o que é?

- Eu não sei como resolver tudo sem estar lá, mas os meus planos mudaram, eu quero resolver tudo lá para poder ficar com você onde quer que esteja, ainda se tudo der certo quero ter um dinheiro para investir na fazenda e assim ajudar com mais.

- Não preciso do seu dinheiro, a fazenda não está à venda e nem mesmo o meu amor!

- Você está entendendo tudo errado, não quero te comprar nem mesmo comprar a fazenda, eu quero apenas finalizar um ciclo para entrar em outro tranquila.

- Quer transar com outras pessoas para ver se sou a escolha certa?

- Meu Deus, você só pensa nisso? Não! Não é sexo que quero resolver, quero vender tudo lá para viver com você.

- Já disse que não quero seu dinheiro!

- Por que? Por ser meu ele não vale?

- O que? Não!

- Ah, ótimo então como você quer dividir a vida com alguém se o que ela tem não vale?

- Não foi isso que eu disse!

- Foi isso que eu entendi!

- Eu sou responsável por minhas palavras e não pelo modo que você as entende!

- Maravilha! Agora sou burra.

- Meu Deus! Vou enlouquecer!

- Vai mesmo, e vai ser sem mim, pois se o que eu tenho não vale para você, eu também não tenho valor.

Levanto, vou para o quarto, agradeço por todas as coisas ainda estar na mala e fecho ela. Zack aparece na porta, coloca as duas mãos na cabeça:

- O que você pensa que está fazendo?

- Estou indo para onde sabe lá Deus quer que eu vá.

- Você não vai em lugar nenhum!

- Vou sim, vou para longe de você, mesmo que isso me doa.

Meus olhos enchem de lágrimas, minhas mãos tremem, estou de costas para ele e coloco a mala no chão, ele me gira rapidamente, está chorando como eu:

- Não faz isso! Eu imploro, não faz isso comigo!

- Você que me fez tomar esta decisão!

Ele se ajoelha em minha frente, abraça minhas pernas, sinto suas lágrimas molharem minhas pernas:

- Me perdoa, nunca quis isso, eu juro!

Me ajoelho na sua frente coloco minhas mãos em seu rosto secando suas lágrimas:

- Acho que este assunto é difícil para nós dois...

- Sim, não consigo me imaginar sem você.

- Eu também, mas temos que lembrar que tudo começou com um bilhete de passagem errado, nunca imaginei que quisesse ficar a vida toda no destino daquele bilhete, eu tenho uma mala para uma semana, tenho férias do mesmo período e tenho uma vida em outra cidade, então se você não entende isso, é melhor encerrarmos por aqui.

- Eu entendo, mas é difícil, não consigo reagir bem a despedidas.

- Mas meu Amor, eu vou voltar, quando eu terminar tudo eu vou voltar!

- Promete?

-Prometo! Minha vida não será vida sem estar com você.

- Te amo baby.

- Eu também te amo cowboy, mas temos que entrar em um acordo sobre este assunto.

- Eu tenho uma sugestão.

- Qual?

- Não vamos falar mais sobre isso, você não vai mais embora pelo menos agora, vamos curtir os dias que temos junto, nos amando, segunda feira voltamos a realidade dos fatos e voltamos no assunto, pode ser?

- Por mim tudo bem.

- Ok então baby.

Levantamos do chão, secamos as lágrimas, e Zack sorri:

- Acho que chorei todo o estoque dos últimos anos.

- Isso é bom, chorar alivia a alma.

- Realmente me sinto mais leve, ainda mais por ter você comigo.

Zack me abraça forte, eu correspondo, olho em seus olhos, ele me dá um beijo longo, sinto um alívio, estamos mais leves, termino mordendo seu lábio inferir:

- Vamos dormir?

- Vamos baby.

Tiramos o roupão, abro a mala para pegar uma lingerie branca, coloco a calcinha e Zack toma o sutiã da minha mão:

- Hoje você dorme assim, pode ser?

- Pode.

Dou de ombros, ele deita de cueca, nos aconchegamos em uma conchinha e adormecemos.

Acordo com o sol na janela, Zack ainda está dormindo por milagre. Resolvo levantar e preparar nosso café da manhã, olho na mala e salta em minha frente uma camisa azul clara de Zack, olho para minha calcinha e vejo que daria uma ótima combinação.

Vestida vou até a cozinha, olho na geladeira e encontro todos os ingredientes para fazer um café com ovos, pães e ingredientes para fazer cookies, como não são demorados no preparo faço tudo rapidinho para que fique pronto quando Zack acordar.

Cantarolo uma música enquanto preparo tudo, quando tiro a fornada de cookies, coloco em uma travessa, junto aos demais preparados para o café da manhã na mesa que encontrei do lado de fora, com vista para o lago. Volto na cozinha, pego o suco de laranja que preparei, não sei o que ele mais gosta no café da manhã então resolvi fazer várias opções.

Estou de costas para o quarto, quando estou perto de pegar a jarra com o suco alguém me abraça pelas costas me assustando:

- Desculpe Amor, não quis te assustar.

Viro para Zack que está com os olhos apreensivos:

- Me desculpe você, eu não deveria ter esquecido que não estava sozinha… Amor.

- Não se sinta obrigada a me chamar assim, e continuarei chamando você assim se sentir confortável.

- Está tudo bem, só não estou acostumada e eu adoro quando me chama assim.

- Que bom, mas agora temos uma coisinha para fazer.

- O que? Eu preparei o café da manhã…

Zack sorri e me coloca sentada na bancada:

- Já vamos tomar, só tenho que cobrar a taxa de um beijo de bom dia.

- Ah verdade.

Coloco os braços sobre seus ombros, lhe dou o beijo pedido, um beijo suave e demorado, como se neste beijo passássemos todos os desejos de um sobre o outro, quando termina Zack se afasta um pouco:

- Fui acordado pelo cheiro de café da manhã.

- Está tudo pronto, só falta o suco.

- Na verdade falta mais coisa.

- Como assim?

- Falta eu te elogiar, pois está linda com a minha camisa e falta eu dizer que te amo.

Sorrio e encosto meu nariz no dele:

- Eu também te amo.

Zack sorri satisfeito em ver que é natural a frase:

- Vamos tomar café então?

- Sim.

Vamos até a mesa que preparei, Zack olha sorrindo para tudo e encara os cookies:

- Você que fez?

- Sim, espero que goste.

- Ótimo.

- Eu não sei ainda certo o que prefere de café da manhã, então resolvi fazer um pouco de tudo.

- Está tudo perfeito.

- Prove antes de dizer.

- Está bem Amor, vou comer um pouco de tudo.

- Quero opiniões sinceras.

- Pode deixar.

Tomamos o café, Zack elogia cada item que provou, se estiver mentindo, faz muito bem, pois realmente acredito que ele está gostando:

- Você falou que não sabia o que eu gosto pela manhã, te respondendo, eu gosto de variedade como esta. Não gosto de todos os dias ter as mesmas coisas para comer, odeio repetição.

- Vou anotar.

- E você?

- Eu sou da mesma opinião, mas não fujo a regra de sempre ter algum tipo de café.

- Imaginei.

Sorrio tímida:

- Quais os planos para hoje?

- Vou te levar em dois lugares, um de manhã e outro de tarde e à tardinha vamos para o último destino onde ficaremos até amanhã de tarde.

- Ok.

- Que roupa devo vestir?

- São dois lugares turísticos de visitação e o terceiro você vai vestir roupa diferente lá.

- Hum, ok.

Terminamos o café, vamos para o quarto. Zack pega uma bermuda, sapato confortável e camisa, eu coloco um vestido longo casual, não sendo muito nem má vestida já que não sei para onde vamos. Zack arruma a mala, leva para o carro, coloco uma rasteirinha e espero não passar vergonha, pois ele mudou totalmente o estilo para ir nos passeios de hoje:

- Tudo pronto no carro Amor, vamos?

- Antes podemos tirar uma foto?

- Claro!

Ele se posiciona e consigo o melhor angulo para pegar a vista. Tiramos de várias formas, Zack faz caretas na maioria, mas consigo umas boas:

- Vamos?

- Vamos.

Concordo e vou para o carro, ele fecha tudo, vamos até o restaurante de ontem entregar as chaves para seguir viagem. Somos cercados por colinas, matas e não consigo descobrir para onde vamos, mas sigo confiante. Zack dirige com uma mão na minha perna, seus olhos cobertos pelos óculos escuros e os meus também, porém o vejo sorrir de pouco em pouco tempo:

- O que te faz sorrir?

- Não sei, parece que estou em constante felicidade, meus níveis de serotonina estão elevados como nunca estiveram.

- É o efeito Ana?

- Parece que sim.

Coloco a mão em sua nuca, fico fazendo cafuné durante a viagem e de repente sou surpreendida com carreiras enormes de plantação de café, dou um salto e meus olhos brilham:

- Isto é o que estou pensando?

- Não sei o que está pensando…

- A visitação é em uma fábrica de café?

- A parte ruim é que não tem como disfarçar.

- Eba! Sempre quis saber como o café é fabricado, selecionado e ver todo processo de perto!

Não consigo esconder a alegria, Zack se vê satisfeito. Andamos mais alguns quilômetros em meio às plantações de café até que chegamos na fábrica, mas só tem um casal nos esperando na entrada:

- Estamos atrasados, ou chegamos cedo?

- Por que?

- Porque visitações geralmente são em grupos.

- Não quando são pagas para ser particular.

- Amor, não precisava!

- Quero que você tenha a melhor experiência e nada melhor do que ter a atenção dedicada.

- Muito obrigada Amor, já está perfeito antes mesmo de começar!

Descemos da caminhonete, nos encontramos na frente, e o casal vem até nós:

- Bom dia, sejam bem vindos!

- Bom dia.

Respondemos juntos e a mulher começa:

- Meu nome é Valentina, sou especialista em café e este é Bruno, proprietário da fábrica.

- Prazer!

- Vamos começar?

- Vamos!

A visitação se inicia, Zack me dá a mão e seguimos o passeio de mãos dadas, quando paramos para explicações ele abraça minha cintura e eu faço o mesmo. Vemos todo processo de plantio, cuidado, processamento até o produto para o consumo além de provarmos toda a variedade. Zack no final pergunta quais gostei e ele compra duas unidades de cada:

- Por que duas?

- Porque assim ou temos para durar mais tempo, ou temos para você levar e consumir até voltar.

- Ok.

Sinto uma tranquilidade na voz dele em falar que vou e volto sentindo assim que o assunto está resolvido entre nós. Ao fim do passeio Valentina nos aborda:

- Temos um fotógrafo incluso no pacote, vocês querem fazer os registros em alguma ala especifica ou em todas?

Olho para Zack e ele dá de ombros:

- De minha parte pode ser em todo o processo.

- Ok.

Valentina concorda, encaro Zack para ver se fiz uma boa escolha e ele sorri:

- Vamos Amor.

Ele deixa a mão na minha cintura e começamos o book. Zack esbanja sorrisos, o fotógrafo é criativo nas poses. Ao fim de tudo somos convidados a aguardar as fotos serem reveladas. Deitamos em uma rede de frente a plantação de café, ficamos admirando o céu azul fazendo contraste com todo o resto.

Somos convidados a almoçar, mas Zack nega, fico intrigada, mas não contesto:

- Depois desta visita, vou tomar mais café.

- Que bom, pois vou continuar fazendo todos os dias e várias vezes ao dia.

- Isso me parece vício.

- Pode ser meu vício legalizado.

- Que bom que é legalizado.

Ele sorri, me beija e somos interrompidos:

- Desculpe por atrapalhar o casal, mas estão prontas as fotos.

- Sem problemas, obrigada.

Agradeço levantando da rede, pegando o envelope com as fotos. Zack levanta para olhar todas comigo:

- Ficaram lindas!

Digo aprovando as fotos e Zack concorda:

- Ficaram muito boas, muito obrigado pela recepção, realmente é muito bom conhecer todo processo, mas infelizmente temos um compromisso marcado e está na nossa hora.

- Muito obrigada! Estava tudo ótimo!

- Nós que agradecemos a visita, e qualquer dúvida tem o nosso contato nas fotos.

- Ótimo, muito obrigado!

- Muito obrigada!

Digo e sigo Zack até a caminhonete:

- Próxima parada?

- Dá trinta minutos daqui.

- Ok.

Quando pegamos distância da fábrica questiono:

- Você gosta de tirar foto?

- Não é meu forte, mas sei que as fotos contam histórias e quero muito contar a nossa história para várias gerações.

- Uau, que lindo.

- Espero que seja com um final feliz.

- Vai ser sim Amor.

Foco na estrada, me perco em pensamentos das gerações que Zack falou e nem reparo ao redor até entrarmos em um portão enorme, com entrada cercada de palmeiras, quando chegamos na frente Zack estaciona e vejo a placa de vinícola, por sinal uma das que já bebi muitas taças;

- Não acredito! Eu bebi muito deste vinho!

Zack sorri e já tem um senhor nos esperando:

- Bom dia casal! Prontos para conhecer a nossa vinícola?

- Preparadíssimos.

Pego na mão de Zack, não consigo conter um pulinho de felicidade e o sorriso escancarado:

- Muito obrigada Amor, esse dia não tem como ficar melhor.

Seguimos a visitação e fico encantada com o processo de cada um dos tipos de vinho, quando chega na degustação mostro para Zack quais são os meus preferidos, ele aprova todos.

Ao fim da visitação chegamos em um restaurante da vinícola onde servem massas com vinhos:

- Uau, isto está maravilhoso.

- Que bom que está gostando. Isto tudo eu organizei para você.

- Muito obrigada! Espero um dia te dar uma felicidade tão grande e cumulativa como você está me dando.

- Você já é minha felicidade.

Sentamos em uma das mesas e brindamos, com o vinho que eu o deixei escolher:

- Se você fosse poder pedir qualquer coisa o que pediria?

- Que eu consiga te fazer feliz todos os dias como ficou na chegada aqui.

- Eu só queria que você não fizesse coisas que odeia para me agradar.

- Mas eu não estou fazendo nada que eu não esteja gostando.

- Tem certeza?

- Sim Amor, conhecer o processo do café e do vinho eram minhas curiosidades, mas confesso que se fosse para eu vir sozinho não viria.

- Imaginei.

- Qual seu maior sonho?

- Ser estável financeiramente para ter uma família e poder viajar conhecer o mundo apresentando o mundo para o ou os filhos.

- Quer ter filhos?

- Por enquanto não, mas um dia quem sabe.

- Porque não agora?

- Porque posso ser moderna, mas gosto das coisas organizadas, primeiro namoro, noivado, casamento, lua de mel e depois filhos.

- Gostaria de filho ou filha?

- Gostaria de um casal, mas de início uma filha e você?

- Gostaria de um casal também e concordo com a menina primeiro, pois quero ser o super herói dela e dar problema para os genros.

- Nossa, já pensando nos genros.

- Claro.

Sorrio, dou um gole no vinho e somos servidos o almoço:

- Cachorro ou gato?

- Os dois são diferentes, mas se completam.

- Como nós.

Entrelaçamos os dedos, terminamos a refeição e seguimos viagem:

- Nem vou perder tempo a perguntar para onde vamos.

- Você verá daqui dez minutos.

- Ok, vou calcular.

Cuido no relógio e findado os dez minutos olhos ao redor e vejo longe um mar azul fazendo inveja ao céu, ondas baixas e ninguém na praia:

- Vamos para praia?

- Sim, vamos ficar até amanhã.

- Uau, eu adoro praia.

- Que bom, eu também gosto, mas não tinha certeza.

- Como vou fazer? Não tenho biquíni!

- Vamos passar em um shopping e compramos.

- Para ser do interior você é bem moderno.

- Eu tento.

Zack sorri, vamos até o shopping como tinha dito, passamos em uma sorveteria para pegar a sobremesa e vamos para loja. Começo olhar várias peças, Zack me ajuda pegando algumas saídas de banho, cangas e uns vestidos:

- Vestidos eu tenho.

- Eu quero que prove, acho que vão te deixar ainda mais linda.

- Ok.

Provo várias peças e saímos cheios de sacolas. Zack segue viagem sorridente até chegarmos em uma linda mansão à beira mar parece privativa;

- Praia privativa?

- Sim, não quero ninguém te olhando, só eu.

- Agora vou concordar, mas em futuros próximos se irmos em lugares assim não quero ter problemas com você de ter pessoas me olhando.

- Ok, mas agora que temos tão pouco tempo não vamos focar nisso ok?

- Ok, sem problemas.

- O que vamos fazer agora?

Diz Zack levando as malas para o quarto:

- Pensei em tomar um banho.

Dou uma olhada pela casa e vejo no fundo uma piscina:

- Você não quer inaugurar um biquini na piscina?

- Vi ela agora, parece uma boa pedida.

Pego um dos biquínis nas sacolas junto com uma saída de banho, quando vou no banheiro para me trocar Zack me aborda:

- Onde vai baby?

- Vou me trocar.

- Deixe-me te ajudar.

Zack pega o meu vestido e levanta, eu fico encarando seus olhos que se acendem. Fico somente de calcinha e Zack me observa:

- Não me deixe esquecer de você assim.

- Nua ou inteira para você? Completamente em suas mãos?

- Os dois.

Capítulo Sete

Ele me abraça forte, seus lábios me tomam, e toda calmaria dos últimos tempos são afastadas pelo fervor e paixão:

- Não estava mais aguentando te ver e não poder te tocar.

- Mas você podia me tocar.

- Não assim!

Zack me pega no colo, me joga na cama, tira sua roupa e sobe em cima de mim, tira minha calcinha, coloca dois dedos dentro de mim, seus lábios me tomam mais uma vez, enquanto ele estimula meu clitóris com os dedos e eu massageio seu membro ereto:

- Estava com saudades já.

- Eu também.

Ele tira os dedos de mim e lambe:

- Minha gostosa.

Zack me beija, seu membro me penetra, arquejo de prazer, seus movimentos logo se tornam rápidos, parece querer tirar o tempo perdido, quando eu acho que vai gozar ele sai de mim e desce até meu sexo. Sua boca habilidosa me abocanha e confesso achar estranho ele gostar tanto de fazer isso comigo, pois até então não tinha encontrado homens que fizesse com tanto prazer, ao pensar isso tenho uma ideia:

- Vem aqui para cima.

- Por que? Não está gostando?

- Eu tive uma ideia, sobe aqui.

Ele faz o que pedi, deita do meu lado, eu vou por cima dele no sentido inverso e assim fazemos o famoso meia nove, abocanho seu membro e ele me posiciona do modo que prefere. Tento me concentrar no que estou fazendo, mas sua boa é habilidosa, consegue em alguns momentos tirar meu foco, mas consigo tirar ele do seu e ficamos na disputa de prazeres.

Sinto sua ereção mais forte, meu clímax também está chegando. Saio de cima dele e viro, encaixo no membro e cavalgo, seus olhos reviram, suas mãos seguraram minha cintura com força me ajudando a gozarmos juntos.

Deito do seu lado, ofegantes ficamos em silencio, até que Zack me puxa para seu peito:

- Eu te amo.

- Eu também te amo.

Ficamos em silêncio até acalmarmos, depois levanto e coloco o biquini, Zack coloca uma sunga. Chegando na piscina olho onde são os degraus para entrar devagar. Já Zack dá um mergulho da outra ponta, quando vejo ele está na minha frente me puxando para seus braços, me afundando na água:

- Seu louco!

- Talvez um pouco.

Nos beijamos, aproveitamos a piscina com brincadeiras, sorrisos e beijos até o sol se pôr. Depois de secos no quarto pergunto:

- Vamos sair para jantar:

- Sim.

- Vamos onde?

- Vamos em uma baladinha.

- Uau, nunca imaginei você em uma balada.

- Bom eu tive vida entre o termino com a ex e a sua chegada na minha vida.

- Ok.

Digo com as mãos para o alto em defesa:

- Não sei se vai gostar, mas tenho um vestido para você usar nesta noite.

- Ok.

Zack traz uma caixa, abre na minha frente, dela tira um vestido preto com detalhes de brilho, parece que ficará perfeito e talvez um pouco provocante:

- Para quem não quer que eu seja vista de biquini este vestido parece curto.

- Depois do que falou fiquei curioso com a sensação de te verem sexy, e eu ter como dizer que eles podem até desejar, mas você tem dono.

- Que empoderado.

- Veste para eu ver se acertei.

Tiro o restante da caixa e visto, fico de costas para que ele me ajude com o zíper. O vestido fica exato, mas seu comprimento é um palmo abaixo do bumbum:

- Perfeita Amor.

- Muito obrigada Amor.

Termino de me arrumar e vamos para balada, na chegada ele logo me leva para pista, primeiro danço de frente para Zack que coloca suas mãos na cintura e as vezes desce um pouco mais e dá umas apertadinhas na polpa. Quando o ritmo da música muda fico de costas para ele, rebolo bem perto dele, cuidando para mais ninguém ver o que não deve:

- Não faz isso baby, que nossa festa vai terminar mais cedo.

- Se contenha cowboy.

- Vou tentar.

Continuo na provocação, até ele me virar, seus lábios me tomam, e me controlo para não pular em seu colo no meio de todos. Curtimos a noite, bebemos alguns drinks, depois de um tempo saímos da balada e pergunto:

- Vamos para casa agora?

- Sim.

Sorrio com malicia, incendiando e falo meio embriagada:

- Ok, então só dirige.

Abro sua calça e tiro seu membro:

- Não canso dele sabia?

- O que você vai fazer?

- Você vai ver.

Abocanho seu membro e ele para a caminhonete:

- Dirige!

- Como vou fazer isso.

- Teste de concentração.

Massageio ele, estimulo com língua e dentes sua glande, então ele retruca:

- Como vamos chegar em casa assim?

- Quer que eu pare?

- Não.

Ele diz suspirando, volto ao que estava fazendo, começo subir e descer com a boca e as mãos, estou cheia de desejo e fazer isso me anima ainda mais, sabendo que ele está em uma situação embaraçosa aumenta ainda mais:

- Estamos quase chegando.

- Ótimo.

Tiro minha calcinha e lhe dou, entramos na garagem, ele coloca o banco mais para trás. Levanto o vestido e subo em seu colo, me posiciono e cavalgo como se não houvesse o amanhã:

- Nunca sonhei com isso!

- Já estou realizando.

Digo ofegante, usando a força o ódio para cavalgar ainda mais rápido fazendo ele gozar soltando um gemido e eu o abafo com um beijo:

- Você é maluca.

- Sou sim e você que me deixa assim.

Entramos na casa, vou tirando o vestido e pulo na piscina, Zack pula logo atrás de mim:

- Se você fosse morar somente comigo, onde você moraria: opção um no chalé, opção dois em uma fazenda, opção três em uma casa assim?

- Gostei desta casa, as outras são boas pedidas, mas esta eu gostei bastante, mas teríamos que ter uma fazenda ou de tempos em tempos ir para minha.

- Podemos ir de tempos e tempos na sua, sem problemas.

- Combinado então.

Curtimos mais um pouco a piscina e vamos dormir.

Acordo com o café na cama. Zack está ainda de cueca:

- Bom dia Amor!

- Bom dia Amor...

- Espero que goste.

- Está perfeito... Quais os planos para hoje?

- Curtir a praia até meio dia e voltarmos para casa.

- Já?

- Infelizmente sim, assim chegaremos perto das dezoito horas e terá tempo de arrumar a mala se quiser e descansar para viagem.

- Ok.

Respondo triste, tomo o café e Zack me acompanha. Depois com biquini e saída de banho vamos para praia. Lá corremos na areia, brincamos no mar, nos beijamos e não vemos as horas passar:

- Que horas será que é?

- Deve ser meio dia…

Respondo e meu estômago ronca:

- Nossa, era para estarmos na estrada agora.

- Não tem problema, comemos no caminho, ou pegamos um lanche no shopping e vamos.

- Está bem.

Zack fica triste e sento no seu colo sentado na areia:

- O que foi?

- É triste pensar que vivemos tudo isso e teremos que voltar à realidade.

- Vamos fazer a realidade virar o nosso sonho.

- Problema que já na chegada em casa, as coisas já vão mudar.

- Por que?

- Porque não vou poder te chamar de Amor.

- Pode sim, se você realmente me ama como diz não terá problemas em me apresentar para sua família com sua namorada.

- E o que temos é um namoro?

- De minha parte sim.

- Mesmo você indo embora?

- Mas eu já disse que vou e volto.

- Quando?

- Quando eu conseguir resolver tudo.

- Isso são quantos dias?

- Não sei.

- Este é o problema.

- Vamos resolver Amor.

Ele somente acena com a cabeça, levanto de seu colo e vou arrumar as malas, ele demora um pouco para vir então já está tudo pronto, eu com um vestido meu normal e com todos os presentes guardados na mala.

Zack coloca tudo na caminhonete e seguimos a viagem de volta em silêncio, como se fosse o luto dos dias e momentos lindos que vivemos. Chegamos na fazenda como Zack planejou as dezoito horas, desço da caminhonete e Luna é a primeira a me abraçar:

- Estava com saudade!

- Eu também estava pequena, mas a tia está cansada.

Nem me flagro que me intitulei tia, só reparo quando Zack me encarou, vendo que fiz errado cumprimento os demais, peço licença para tomar um banho e dormir, pois a viagem foi cansativa. Com minha mala no quarto, pego um pijama limpo, vou tomar banho, nele deixo minhas lágrimas caírem, não escondo de mim a frustração dele não me apresentar para família como algo a mais. Chego no quarto e lá está Zack com a cabeça afundada entre as mãos, quando me vê dá um salto:

- Me perdoa Amor.

- Amor? Como assim Amor? Não foi você que não quer que nós chamamos assim aqui por causa da sua família que não pode saber que uma estranha forasteira se apaixonou por um membro da família?

Deixo as lágrimas correr:

- Amor, não chore, me desculpe, mas eu ainda não me acostumei com a ideia.

- Não me chame de Amor, e que ideia?

- Ideia de apresentar alguém para minha família, você chegou muito rápido e está indo como um sopro.

- E porque eu não estou aqui há anos ou desde que nasci não sou digna de ser apresentada?

- Me desculpe...

- Não desculpo.

- Como não?

- Não desculpo, você só me seduziu, me usou e agora está me descartando.

- Não, eu nunca faria isso!

- Nunca faria, mas está fazendo.

- Quer saber? Cansei!

- Cansou de que?

- De você entender o que quer.

- Talvez se você dissesse o que realmente quer ficaria mais fácil.

- Eu te apresento para todos se você ficar.

- Chantagem? Não, eu sou bem crescida para não cair nessa.

- E como vou te apresentar se você vai embora amanhã?

- Da mesma forma que me apresentaria antes, pois sabe que vou voltar.

- Não tenho certeza.

- A principal base de um relacionamento é a confiança, se você não confia que eu volto, como vamos confiar em algo mais?

- Confio no amor.

- Amor? Este que veio rápido e está indo com um sopro?

- Chega, não quero mais saber de nada.

- Ok.

Zack sai do quarto, eu continuo organizando as coisas que faltam, quando deito na cama, já sinto sua falta comigo, não quero dormir brigados. Saio atrás dele, encontro ele na sala aos prantos:

- Amor, vem dormir comigo, vamos aproveitar nossa última noite juntos?

Estendo a mão para ajudar a levantar, mas em vez disso ele me puxa e sento no seu colo. Seu rosto encharcado afunda entre meus seios e sinto o molhado:

- Não consigo me imaginar sem você.

- Vamos fazer assim, você anotar meu número, eu anoto o seu e todos os dias nos ligamos.

- Promete?

- Sim.

Ele pega um papel, anota e eu anoto, no fim ele pega os papeis a coloca no bolso. Subimos as escadas e vamos até o seu quarto:

- Vou mudar de suíte?

- Quero que seu cheio fique aqui.

- Vou deixar meu perfume, assim você sempre vai ter meu cheiro até eu voltar.

- Então já me dê ele.

Vou no outro quarto, busco depois dele me dar um dos papeis dos números que coloco na mala. Volto com o perfume e Zack coloca na cabeceira:

- Assim quando eu for dormir vou ter seu cheiro perto de mim.

- Isso mesmo.

- Te amo Amor.

- Eu também te amo Amor.

Me aconchego em seus braços sabendo que demorará alguns dias até voltar a dormir assim. Acordo com o sol na janela, Zack ainda não acordou, mas vejo no relógio que está quase na hora de ir. Levanto me visto, desço a mala. Na saída da casa todos me esperam, Luna me abraça chorando:

- Vou sentir saudade.

- Eu também!

Fico de joelhos e continuo:

- Mas eu vou contar um segredo, eu volto assim que resolver tudo para ficar aqui com vocês.

Ela sorri e acena, pois sabe que é segredo. Cumprimento os demais e quando vou me despedir da Dona Francisca:

- Cadê Zack?

- Acho que está dormindo, acho que é melhor assim.

- Verdade.

Logo o ônibus estaciona na frente, vou entregar a mala para o motorista, olho para trás e abano, subo um degrau quando ouço uma voz:

- Ana! Não vai!

Zack vem correndo até a porta do ônibus:

- Por favor, fica!

- Não posso, já conversamos sobre isso.

- Damos um jeito, você organiza tudo por aqui.

- Não é bem assim, eu preciso ir, você sabe que já falamos disso.

- Eu sei, mas eu não suporto a ideia de ficar sem você.

- Mas você tem meu telefone, vai poder me ligar todos os dias.

- E se você não atender.

- Impossível eu não atender, e se eu não atender é porque isso aqui foi um sonho e acordamos no pesadelo.

- Em quantos dias você volta?

- Se tudo der certo um mês.

- Ok, eu vou te esperar.

- E eu vou voltar.

- Eu te amo.

- Eu também te amo.

Ele me abraça, me tirando do degrau do ônibus, me beija, na frente de todos e depois do beijo sorrio:

- Agora tenho que ir, e você vai ter que explicar algumas coisas.

- Eu sei, pode ir, eu te amo.

- Eu também te amo!

Subo os degraus, me acomodo em uma poltrona, dou tchau para todos e sigo viagem. Chegando na cidade, vou logo para casa e a primeira coisa que vou fazer é ligar para Zack avisando que cheguei. Quando vou discar o número acho estranho que já conheço o número:

- Não acredito! Ele me deu o papel com meu número anotado!

Caio sentada no sofá e choro, realmente o sonho está terminando em pesadelo. Busco meu computador e tento encontrar algum contato de alguém de lá, mas não tem nada. Realmente só pode ser um pesadelo. Estou desolada, meu romance terminou em pesadelo, e ainda tenho que voltar para rotina normal, acordar trabalhar, voltar para casa, dormir e trabalhar novamente. Coloco o apartamento à venda, e aviso no meu trabalho que assim que vende-lo vou mudar de cidade, meu chefe fica triste, mas quando conto o que aconteceu ele aceita.

Continuo na busca de algum contato de lá, não consigo nada, é incrível como desapareceram, mas continuo procurando. Dois meses se passaram e ainda nada mudou, não consegui vender o apartamento, não consegui contato e também não recebi nenhuma ligação.

Acordo enjoada, não consigo ver a xicara de café que tenho que correr para o banheiro. Vou para o trabalho, recebo a tão sonhada mensagem de um comprador do apartamento: "Eu fico com o apartamento, vou fazer a transferência e quero as chaves o quanto antes".

Fico tão feliz de finalmente conseguir que quando vou dar um pulo de alegria me sinto tonta e caio na minha cadeira. Ouço vozes longe, pessoas me sacudindo e vejo um homem vestido de socorrista. Abro os olhos, estou sacudindo, parece ser na ambulância e meu chefe está comigo. Acordo no hospital, estou com acesso de soro no braço, ainda estou meio zonza, mas a visão volta ao normal:

- Ana? Ana! Que bom que acordou!

- Oi, chefe?

- Sim, você desmaiou na empresa e eu vim com você para o hospital.

- Ah, obrigada.

- Os médicos já fizeram os exames e logo virão com os resultados.

- Ok.

Tento me localizar, mas estou fraca, acredito que com os enjoos não fiquei com nada no estômago, devo ter desmaiado de fraqueza. Ouço um bater na porta:

- Posso entrar?

- Sim.

- Ana isso?

- Sim.

- Está melhor?

- Um pouco, pelo menos estou acordada.

- Sim, isso é ótimo.

- E aí doutor, eu tenho algo grave?

- Não, você está com um milagre.

- Como assim?

- Você está gravida!

Fico sem reação:

- Como assim? Mas eu uso anticoncepcional interno, um dos mais seguros.

- Sim, é um dos mais seguros, por isso este bebe é um milagre, pois ela veio daquele um porcento que o anticoncepcional não cobriu.

- Mas e agora?

- Agora vamos remover o anticoncepcional e fazer os exames de cuidado do neném, que segundo os exames tem três meses.

- Imagina se não seria isso… Já tem como saber o sexo?

- Sim pode ser feito o exame de sangue.

- Ótimo, então já quero fazer junto com os demais.

- Ok, o papai vai vir?

- Ainda não, o papai é de outra cidade.

- Entendo, bom, então vamos aproveitar e fazer já logo os exames.

- Sim, muito obrigada!

O médico sai e o chefe se aproxima:

- Meus parabéns! Que venha com muita saúde!

- Muito obrigada! Mas agora temos que ver, pois o senhor não poderia me demitir, mas eu quero ir para cidade do pai deste neném.

- Vamos fazer assim! Você faz todos os exames, espera os resultados e enquanto isso eu te ajudo com a venda do apartamento.

- Eu tenho que comprar um carro.

- Você pode olhar o carro que eu mesmo vou comprar. E quando sair do hospital você já estará de carro.

- Ok, eu só gostaria de mais um favor.

- Diga!

- Eu quero fazer um jogo destes de loteria com a data de hoje e a data do dia sete de três meses atras.

- Ok, eu faço o jogo e te envio.

- Ok.

- Maite que é sua melhor amiga da empresa, vou liberar ela para ficar com você e eu vou resolver as outras coisas, agora descansa.

- Muito obrigada! O senhor é um anjo.

- De nada! Nada mais justo eu fazer isso com a minha melhor funcionária.

- Muito obrigada.

Alguém bate na porta e lá está Maite, o chefe sai e fica ela:

- E aí? Como está?

- Melhor, um pouco assustada, mas melhor.

- E o que você tem?

- Estou grávida!

Maite grita e eu faço sinal para ela baixar a voz:

- E é do cowboy?

- De quem mais poderia ser?

- Estou brincando, será que é um menino ou uma menina?

- Bom, se for menino não tem problemas, mas ambos concordamos em que queríamos uma menina primeiro.

- Que fofo!

- Agora o chefe vai me ajudar com o apartamento e comprar um carro.

- Maravilha.

- Falando nisso, tenho que ver um carro.

- Já vê logo uma caminhonete como a do cowboy, pois como você vai morar lá, melhor ter uma igual que sabe que vai dar certo.

- Verdade, vou fazer isso.

Maite alcança meu computador, com poucas buscas encontro uma caminhonete branca idêntica à do Zack e já envio para o chefe. Também confirmo o recebimento do pagamento do apartamento:

- Está tudo se resolvendo, finalmente vou poder voltar, não aguento mais ficar sem ele.

- Eu imagino, mas calma, que agora tem um neném aí dentro.

- Sim, eu sei.

- E você pode entregar o apartamento que você pode ficar na minha sem problemas, até terminar tudo para se mudar.

- Ok.

O médico me busca para fazer os outros exames, deixo a lágrima cair ao ouvir o coraçãozinho do feto batendo rápido;

- Tem como gravar doutor? Para eu mostrar para o papai?

- Tem sim.

O médico faz a gravação e envia para mim, faço a coleta de sangue e volto para o quarto:

- Agora é só esperar o resultado dos exames.

- Muito obrigada doutor.

Maite me aconselha dormir, realmente estou exausta. Sou acordada algumas vezes por enfermeiros e pela refeição, mas volto a dormir. Os resultados demoram sair, já são oito horas da noite, acordo meio zonza e está no sorteio da loteria que pedi para o chefe jogar. A sequência de números vai me surpreendendo, parece que ao final do sorteio deu os números que pedi para jogar, mas não confio muito.

O bater na porta é rápido, o chefe entra correndo:

- Você ganhou!

- O que? Você ganhou!

- Não acredito!

- Sim, está aqui!

Ele me mostra a sequência e realmente é igual a que deu na televisão;

- E qual o valor do prêmio

- Você está milionária agora!

- Não acredito!

- Sim!

Agora sou eu que não controlo o grito e o médico entra no quarto:

- Desculpe, doutor.

- Sem problemas, vim te trazer os resultados dos exames, está tudo bem com o neném e quais os nomes pensados?

- Não é certeza, mas Aurora ou Conrado.

- Bom então dê as boas-vindas a Aurora!

- O que?

- Você está esperando uma menina.

- Não acredito!

As lágrimas correm, todos os sonhos realizados em um só dia, o médico me parabeniza, o chefe e Maite também, tenho vontade de sair correndo e gritando:

- E quando eu saio do hospital doutor?

- Agora mesmo, vou assinar sua alta e pode ir para casa, mas tem que me prometer que vai seguir uma série de cuidados que terá que ter.

- Claro! Muito obrigada.

- Eu te levo em casa.

O chefe logo se oferece:

- Ok, muito obrigada! Maite, você pode ir junto.

- Claro!

O chefe concorda.

Visto-me e vamos até a portaria, Maite e eu ficamos esperando na portaria, logo chega uma caminhonete igual a de Zack, até chego sonhar que pode ser ele, mas é o chefe:

- Comprou a caminhonete que eu tinha dito?

- Sim, pode subir no motorista, pois ela é sua!

A lágrimas correm, é muita coisa em um dia só:

- Pode ir dirigindo, pois eu não estou em condições com os olhos inchados de lágrimas.

- Ok, você que sabe.

O chefe nos deixa no apartamento e vai para casa de taxi, Maite fica comigo que como tive muitas emoções ficaram com medo de me deixar sozinha. Sento no sofá, Maite vai para os quartos organizar tudo para dormirmos. Deito na cama, começo a agradecer a tudo que está acontecendo e dormi ouvindo o coração acelerado da Aurora.

Capítulo Oito

Alguns dias se passam, o chefe realmente organizou os documentos do apartamento, a caminhonete agora está devidamente conferida mecânica e documentada. O prêmio saiu e já coloco parte junto com os investimentos que também renderam muito, agora tenho um salário maior do que quando estava trabalhando somente com os rendimentos.

Faço os últimos exames necessários da Aurora, Maite me ajuda com as malas e está tudo pronto:

- Tchau amiga, manda notícias.

- Pode deixar que vou mandar.

Me despeço do chefe e agradeço por tudo que fez por mim, entro na caminhonete e junto comigo uma aventura de ir para Capital. O caminho é longo, tento não exagerar, pois ainda tem risco na gravides, vou fazendo paradas, mas quando chego perto vejo que nada mudou nestes três meses. Passo reto de todos e vou direto para fazenda, estou morrendo de saudade de Zack.

Ao ver as cabeças de gado, meu coração já acelera, reduzo um pouco para entrar na estrada da fazenda. Estaciono devagarinho na porta da frente, quero fazer uma surpresa para Zack. Desço da caminhonete e não bato a porta, Luna sai da porta da frente falando:

- Acho que chegou alguém sim!

Quando Luna me vê vai dar um grito, eu faço sinal para ela não gritar, assim ela vem em passos leves e me abraça forte:

- Você voltou!

- Sim, eu prometi e cumpri, ainda tenho uma surpresa, onde está o seu tio?

- Bom, ele deve estar atras da casa grande pois acabou de chegar da cidade, mas se eu fosse você esperava um pouco.

- Como assim?

- É que algumas coisas aconteceram neste tempo que esteve fora.

- O que aconteceu?

- Bom, eu não vou te contar, é melhor que você descubra sozinha, mas antes, qual é a surpresa para o tio?

Vou na caminhonete, busco a pasta com os exames, vou até Luna, mostro as imagens e Luna deixa uma lágrima cair:

- Oh minha pequena, o que aconteceu? Não ficou feliz com a notícia.

- Eu adorei a notícia, qual vai ser o nome?

- Pensei em Aurora, o que acha?

- É lindo!

- Então porque continua chorando.

- É triste o que vai acontecer.

- Como assim?

- Vamos fazer assim, você vai pelo outro lado da casa, mas não fala com o tio, só vê o que está acontecendo.

Acho estranho, mas concordo. Vou até o outro lado da casa e fico espiando. Logo vejo Zack perto da caminhonete carregando algumas sacolas, acho estranho pois parece ter brinquedos nas sacolas, quase vou até ele, quando tomo coragem ouço uma voz:

- Denguinho, me ajuda a subir as escadas, acho que temos que trocar de casa, não está dando certo isso.

- Só um minuto.

- Denguinho, nosso filho não pode esperar!

Levo um soco no estômago com esta frase, Zack vai ser pai do filho da Luiza. Não acredito, caio aos prantos, resolvo sair dali o quanto antes, só olho mais uma vez a barriga dela e está muito maior que a minha que mal aparece, mas não tenho tempo para pensar, quero sair dali e chorar sozinha.

Saio correndo e Luna tenta me atacar:

- Ana, não corre, cuide da Aurora, eu sei que é triste, mas pense nela e venha me ver, preciso te contar tudo.

Não respondo uma só palavra, as lágrimas não me deixam falar, subo na caminhonete e sai acelerada, não me importo mais em chamar a atenção, só quero sair dali o quanto antes.

Enquanto isso Zack...

- Só um minuto.

Denguinho, nosso filho não pode esperar!

- Estou indo, esta é a última sacola.

Levo as sacolas e lá está Luiza com sua barriga saliente, sentada no sofá reclamando mais uma vez da casa. Levo ela até o nosso quarto, deixo-a deitada e vou arrumar as coisas do bebe no outro quarto.

É incrível como ainda entro no quarto e espero ver Ana, na verdade não sei se é certo deixar as coisas do neném aqui, tenho tantas lembranças. Ouço som de pneus queimando de acelerados, desço correndo as escadas e saio porta fora, vejo uma caminhonete igual a minha na estrada, até penso que posso ter sido roubado, mas a minha está no lugar que deixei.

Luna vem correndo chorando e eu não entendo o que está acontecendo:

- Luna, calma, respira e conta para o tio o que aconteceu?

- Ouviu a caminhonete saindo agora?

- Ouvi sim, é igual a minha, até pensei que fosse.

- Pois é, é igual a sua, mas não é a sua.

- Isso eu sei, a minha está onde deixei. O dono desta caminhonete te fez algo que está chorando?

- É ela, é uma dona.

- Uma dona? Mas quem é?

- É a Ana, ela te viu com a Luiza e ela não vai mais voltar!

- Como assim, a Ana? A Ana voltou? Mas eu achei que ela não voltaria mais.

- Mas ela voltou, te viu com a Luiza, descobriu do filho e saiu daqui daquele jeito, isso é perigoso!

- Como assim perigoso, perigoso por que?

- É que ela está...

- Ela está o que?

- Eu não vou te contar, isso ela tem que te contar.

- E como vou fazer agora a Luiza está lá em cima, e Ana para onde será que foi?

- Ela deve ter ido para o único lugar que ela conhece pelo menos para respirar um pouco e seguir viagem.

- Como assim? Não, não pode ser, esse pesadelo só piora.

- Vai atrás dela!

- Vou, vou sim.

Pego a caminhonete e se tivesse asas estaria voando, tento alcançar, mas não consigo, fico tentando pensar onde ela possa ter ido, só pode que foi na padaria.

Vou até lá, mas a caminhonete não está na frente, resolvo dar a volta para ver se ela foi em algum lugar que levei ela, mas quando começo a girar vejo nos fundos da padaria a caminhonete e me parece ser ela sentada no motorista:

- Te achei.

Falo comigo mesmo. estaciono a caminhonete do outro lado e vou caminhando até ela, quero entender o que está acontecendo, porque ela voltou depois de tanto tempo.

Ana na caminhonete...

Resolvo ir na padaria, preciso comer algo, pois minha pressão baixou e estou muito nervosa, não posso colocar em risco a vida da Aurora. Quando chego na frente, fico desconfortável em ficar tão exposta, vejo a entrada que vai para os fundos resolvo estacionar lá, minhas lágrimas não param, não quero sair daqui assim se não terá muitas perguntas e não estou afim de respondê-las.

Tento retornar o fôlego, saio da caminhonete. Escoro na porta, quando estou quase recuperada ouço passos, que de repente param. Levanto os olhos e lá está ele, Zack, parado bem na minha frente.

Não quero falar com ele, não agora, então como reflexo volto para dentro da caminhonete, me tranco nela, Zack vem até a minha porta e bate. Tapo os ouvidos para não ouvir sua voz, as lágrimas voltam, não consigo acreditar no que está acontecendo:

- Ana! Ana! Por favor saia da caminhonete, vamos conversar, deixa eu explicar.

- Não!

Grito de dentro da caminhonete:

- Ana abre! Eu quero falar com você!

- Não!

- Ana por favor!

Ele pede mais algumas vezes até que ele se escora na porta, olha para o lado e sai, de repente volta com um tijolo:

- Se você não abrir eu vou quebrar a porta!

- Você não teria coragem!

- Teria sim! Eu vou contar até três.

- Não!

- Um.

- Não!

- Dois!

- Não!

- Três!

Ele termina a contagem, quando vai arremessar o tijolo então grito:

- Você vai machucar sua filha!

Zack larga o tijolo, e fica paralisado, sem reação:

- O que?

Abro a porta e desço ficando na sua frente, com a pasta de exames.

- Se você quebrar o vidro da caminhonete, você pode machucar a sua filha.

- Como assim minha filha? Onde ela está?

- Está dentro de mim, eu estou grávida Zack, grávida de você.

Entrego a pasta e ele abre:

- Aqui estão todos os exames e todos dizem a mesma coisa, que ela está com três meses.

- Como assim? E cadê sua barriga?

- Minha barriga está aqui, não aparece porque está no início.

- Mesmo assim, não tem como, este filho não é meu!

- Como assim não é seu?

- Este exame deve estar errado, você deve ter burlado os resultados na internet somente para me dar um golpe.

- Como assim?

- A Luiza também está grávida e o dela eu sei que é de três meses porque o médico daqui disse que ela está, e ela tem muita mais barriga que você!

- Como assim? O dela deve estar errado, veja este exame eu fiz ontem, a Aurora existe, ouve o coraçãozinho dela!

- Mostro a gravação do coração dela.

- Isso você pode ter burlado.

- Não! Quem pode ter burlado alguma coisa é a Luiza, pois ela tem dinheiro para subornar o único médico da cidade.

- Não! Você que transou com outro, engravidou e agora quer vir me dar golpe!

- Como assim? Não, eu estava lá resolvendo tudo para voltar, consegui a poucos dias vender o apartamento e comprar o carro.

- Não quero saber, e outra, você disse que tinha sei lá o que que não engravidava.

- Eu pensei o mesmo, mas o médico a chama de milagre, pois ela saiu daquele um porcento que o anticoncepcional não cobriu.

- Não! Não pode ser! Isso deve ser golpe!

- Golpe do que?

- Dinheiro só pode!

- Que dinheiro? Eu não preciso do seu dinheiro, eu tenho o meu, muito mais do que pode imaginar.

- Eu não estou acreditando.

- Quem não acredita sou eu, você disse que iria me esperar e eu estava resolvendo tudo.

- E você também disse que ia te ligar e você iria atender.

- Claro se você não tivesse errado o papel, ter me dado o com seu número e não eu ter ficado com o meu número.

- Bem que vi que o número eu conhecia

- Que bom que percebeu, mas e agora o que vamos fazer?

- Agora você vai seguir o seu caminho e eu vou seguir o meu, este filho que você está esperando não é meu, você burlou os exames.

- Como tem tanta certeza? Você pode ver nos exames que foi mais de um médico que fizeram os meus exames, todos deram o mesmo, mas e se você levar a Luiza em outro médico vai dar o mesmo resultado?

- Vai sim!

- Então leva, ou quando nascer faz o DNA pois ele não é seu filho, vai perder o desenvolvimento e o crescimento da nossa filha, a tão sonhada primeira filha.

- Você está mentindo para mim, eu não vou acreditar.

- Zack é sério! Eu te amo, posso ter engravidado com o anticoncepcional, mas para engravidar basta transar e o que mais fizemos naquela semana foi transar, então não me venha com história. Mas se você prefere acreditar cegamente nela o problema é seu. Mas faz o que eu te disse leva ela em outro médico, e decide se você quer ou não saber da Aurora.

- Não quero, esse bebe não é meu filho ou filha e eu não quero saber dela.

- Ok. Mas lembre-se, você prometeu que iria me esperar…

- Eu não tenho mais nada para falar com você.

- Ok, posso te pedir uma coisa?

- O que?

- Primeiro, não conta que me viu, que eu vim para cá, a única que saberá é a Luna e vou me despedir dela saindo daqui.

- Ok, não vou contar, mais alguma coisa?

- Um abraço e as fotos que fizemos naquela viagem.

- Só um minuto.

Zack sai e volta com o envelope:

- Não tive coragem de jogar fora e também não poderia deixar em casa se não a Luiza acharia, e acabaria o mundo.

- Muito obrigada.

Viro as costas para entrar na caminhonete e ele me gira. Seus braços me prendem, seus lábios me tomam, o nosso beijo é cheio de saudade, o nosso calor ainda existe eu sinto isso, ele também sente, solto meus braços, enfio meus dedos em seus cabelos, seus braços me firmam e me escora contra a caminhonete, meu corpo arrepia, o dele também, um dos seus braços seguram minha cintura me deixando tão próximo como antes, em uma pausa par respirar ele me encara, dos meus olhos saem lagrimas, dos dele também, então ele me beija mais uma vez, nossa chama está acesa, pena que é tarde para colocar lenha. Depois do beijo termino mordendo seu lábio inferior e me solto dos seus braços:

- Você não vai mais dar notícias?

- Não, pode deixar que vou desaparecer.

- Ok.

- Só pega a dica de levar ela em outro médico ou depois fazer o DNA, para você ser enganado no início, mas não para sempre.

- Vou pensar.

- Tchau Amor cowboy.

- Tchau Amor baby.

Sigo pela estrada, estaciono um pouco adiante da fazenda, Zack vem logo atrás de mim e avisa a Luna que vem discretamente:

- Tchau pequena, infelizmente eu e seu tio não nos acertamos, ele vai ficar com a Luiza.

- Mas e a Aurora?

- A Aurora vai crescer sem o pai biológico dela, pois prometi que não darei notícias, mas vamos ficar bem, um dia quem sabe eu te encontre em algum lugar e você a conhece.

- Ta bom, eu dou um jeito de te encontrar.

- Eu vou deixar meu número com você caso precise e eu possa ajudar estarei lá.

- Ok.

Entrego um cartão, ela me abraça forte, dou um beijo em sua testa, e ela desce da caminhonete, então sigo viagem rumo a um tempo novo meu e da Aurora. Viajo quilômetros, sigo o caminho que fizemos viajando, passo pela entrada da cabana, pela vinícola, e depois de muito tempo chego na casa de praia, vejo uma placa de vende-se, tiro foto da placa para salvar o contato e sigo para um hotel.

Peço uma janta do hotel, tomo um banho e deito, estou exausta, mas com ótimos planos em mente. Demoro a cair no sono pois fico revivendo ver Zack com Luiza. O despertador toca, tomo outro banho, coloco um vestido, uma jaqueta jeans e um tênis confortável. Tomo café, disco o número da foto e respiro fundo:

- Bela Morada imobiliária, bom dia!

- Bom dia! Gostaria de saber mais sobre uma casa que está à venda...

- Poderia dizer qual?

- A da praia.

- Ah sim, você quer agendar uma visita?

- Mas como sabe de qual estou falando?

- É a única que temos na praia...

- Ah, ok! Para quando vocês têm horário disponível?

- O agente estará disponível em meia hora, pode ser?

- Ótimo em meia hora encontro ele lá!

Finalizo minha refeição, subo no quarto pegar a chave de caminhonete, vou devagar para aproveitar o trajeto, estaciono na frente da casa junto com um outro carro e dele desce um homem jovem de terno azul.

- Bom dia!

- Bom dia! Sou Marcos o agente imobiliário e você é?

- Ana a interessada…

Sorrimos, ele pega as chaves do bolso, abre a porta e começa a falar da casa:

- Ela é uma casa completa, tem quatro quartos, um escritório, sala e cozinha em conceito aberto, piscina, escadaria de acesso à praia, está mobiliada, mas pode dar seu toque especial, não sei se tem filhos, mas como tem vários quartos pode personalizar cada um.

- Só tenho uma a caminho.

- Que ótimo e o papai onde está?

- Recém separada então somos só nos…

- Você não quer uma casa menor talvez?

- Não, eu quero essa.

- Ótimo, então vamos negociar.

Ele pega um pano, limpa a bancada e dois bancos para que pudéssemos sentar:

- Bom, como você pensa em pagar?

- Depende de quanto custar…

E ali começa as negociações, que duram um tempo, mas chegamos em um valor final, ele já faz o contrato e assino.

- Parabéns a casa é sua! A equipe de limpeza deve chegar logo.

- Muito obrigada!

Ele sai e fica conversando com um homem do outro lado da rua, eu pego o celular, faço uma lista de o que preciso comprar e antes que termine a lista chega a equipe de limpeza:

- Olá, vamos deixar tudo brilhando!

- Muito obrigada! Vou sair fazer umas comprar e buscar as malas no hotel, pretendo não demorar...

- Moça, essa limpeza é completa, vamos terminar de noite provavelmente e estamos com a chave reserva que te entregamos ao terminar o trabalho.

- Ah ótimo então!

Pego as chaves, vou para o hotel, arrumo as malas e faço o checkout, vou para casa e o pessoal da limpeza me ajuda a descarregar tudo. Saio novamente, vou em várias lojas comprar itens de casa, roupas, já vejo coisas para o quarto da Aurora e roupas para ela também. Vejo o celular tocar, na tela é a Maite:

- Oi Amiga! Como estão as coisas por aí o cowboy onde está?

- Amiga, não deu certo o retorno, encontrei ele com outra gravida dele, então tirei meu time de campo, mas a parte boa é que viajei mais alguns quilômetros e comprei uma casa, é a dos meus sonhos.

- Uau amiga, que loucura, mas isso vai te fazer super bem, já está realizando mais um sonho da casa perfeita, então amiga, vai e conquiste o mundo que estarei aqui!

- Muito obrigada, vai dar tudo certo, estou sentindo que vem algo novo e vai ser maravilhoso!

- Vai sim, mas eu tenho que trabalhar aqui, outra hora conversamos ok?

- Ok! Beijão!

Capítulo Nove

As horas voam, quando vou para casa está tudo vazio, o homem que conversava com o corretor sai da casa da frente e vem até mim:

- A equipe de limpeza pediu para que eu entregasse a chave.

- Muito obrigada!

- Quer ajuda com as sacolas?

- Não é necessário, vou descarregar conforme consigo

- Ei, não vai fazer tanto esforço, sei que está gravida e não vou deixar você correr risco por bobagem...

- Pelo jeito é o bem informado...

- Na verdade sou amigo do corretor e ele me contou.

- Ah ótimo, super profissional.

- Não julgue ele, ele pediu para eu te ajudar por estar gravida e recém separada.

- Que ótimo, agora ganhei o troféu da gravida coitada do ano

- Não é isso..., mas não adianta, vou te ajudar igual, você gostando ou não

- Ok.

Entro na caminhonete, coloco para garagem, abro a porta que liga a garagem e a cozinha recebendo ajuda dele. Sento no sofá, meus pés estão inchados, o homem vê, me ajuda colocando algumas almofadas nas costas e tirando meus tênis:

- Está melhor?

- Sim, obrigada...

- Meu nome é Apolo.

- Prazer eu sou a Ana.

- Prazer Ana, onde deixo as sacolas?

- Pode colocar aqui na sala mesmo, vou abrir tudo e arrumar.

- Não vai mesmo!

- Vou colocar tudo na sala, e você vai dormir, amanhã te ajudo a arrumar tudo.

- Mas quem é você, para achar que pode me dar ordens?

- Não mando, mas ajudo e te cuido.

- Ok.

Ele termina de descarregar tudo, testa o chuveiro que está funcionando e me diz:

- Tudo em ordem, o chuveiro está funcionando, então vá tomar um banho e dormir para amanhã estar cheia de energia para o segundo dia de mudança.

- Muito obrigada Apolo...

- Espera ai!

- O que foi?

- Você comeu algo?

- Não ainda.

- Então vou pedir comida para você.

- Ok, obrigada, mas não precisa.

- Não tem essa, vai para o banho mocinha que vou pedir o jantar.

- Ok.

Levanto, vou para o banho, coloco um short e uma blusa solta, está quente:

- Aqui está, seu jantar.

Ele me alcança um prato com massa, provo e está delicioso:

- Muito bom!

- Que bom que gostou! Agora vou para casa...

- Não vai jantar?

- Não, já peguei uma porção para eu comer em casa.

- Ok, muito obrigada e boa noite!

- Boa noite.

Ele vem perto, coloca a mão na minha barriga e dá um beijo na minha testa:

- Boa noite mamãe e boa noite bebe.

Janto, e vou deitar, nem dá tempo de pensar em como foi movimentado estes últimos dias, pois adormeço antes. Acordo renovada, a cama é magnifica. Levanto e coloco um macacão de verão, vou até a cozinha pensando em esquentar uma água para fazer um chá, mas me dou conta que a chaleira que comprei está em alguma das sacolas, chá não tenho pois não fiz compras de alimentos.

Sento na banqueta, pesquiso uma padaria perto para fazer uma caminhada e já fazer a primeira refeição do dia. Termino de digitar na internet, quando toca a campainha. Abro a porta e vejo Apolo com algumas sacolas na mão:

- Bom dia Ana!

- Bom dia...

- Sei que não tem o que comer no café da manhã fiz umas compras para que possa tomar café.

- Estava pensando em ir na padaria tomar café e já fazer uma caminhada.

- Você vai caminhar bastante arrumando a casa, então deixe eu entrar.

Aperto o botão de controle, libero o portão e ele entra sorridente:

- Tudo bem?

- Tudo certo, dormi bem apesar de ser uma casa nova.

- Fico feliz que já está se adaptando bem a nova casa, isso é bom.

- Obrigada pela preocupação.

Ele me dá um beijo na testa, entra e coloca as sacolas na bancada, logo começa a tirar suas compras:

- Eu não sabia o que você gosta de comer no café da manhã então trouxe pão, bolo, suco, café descafeinado, capuccino, frutas...

- Nossa, mas é um café para um exército?

- Não, geralmente nos cafés da manhã dos hotéis que fico tem essas coisas, eu adoro todas então pensei em ser boas opções para fazer um café de boas-vindas.

- Hotéis que fica?

- Sim, viajo bastante então fico em vários hotéis.

- Ok...

Penso em perguntar o motivo das viagens, mas resolvo conversar sobre isso durante o café. Apolo termina de organizar o café enquanto sento em sua frente e observo:

- Não sei se você comprou, e se gosta das coisas desta maneira, mas eu gosto das coisas organizadas, então um kit de mesa posta para mim é fundamental.

- Que bom que concordamos, organização é fundamental em muita coisa.

- Ponto positivo.

- Estamos contando pontos?

- Não, mas tenho este costume de pontuar as coisas.

- Isso parece autoritário, parece que você que define o bom do ruim, bem o mal, isso é chato.

- Não via desta forma, é uma visão interessante das coisas.

- Ponto positivo para mim e negativo para você.

- Bom, já está dois a um

- Não vamos pontuar ok?

- Por que?

- Porque vou passar a controlar o que falo, pois sei o que querem ouvir, mas não estou afim de cuidar isso com as pessoas, sei lá quero liberdade.

- Seu ex marido era autoritário ou controlador?

- Primeiro lugar não é marido, segundo lugar digamos que ele não gostou muito que contrariei ele e terceiro isso não é da sua conta.

- Ótimo, já sei que é um assunto delicado.

- Mas e você?

- Eu o que?

- Você tem um assunto delicado?

- Que eu sabia não.

- Ok, espontâneo, livro aberto, que bom.

- E quais seus planos para hoje?

- Organizar esta bagunça já está de bom tamanho, deixar essa casa com um pouco mais da minha cara e fazer compras para cozinhar, amo cozinhar.

- Também adoro cozinhar, você já fez uma lista?

- Por que quer saber?

- Para eu te ajudar...

- Vem cá, você não tem nada melhor para fazer além de invadir a casa da vizinha?

Ele abocanha a fatia de pão que preparou e de boca cheia responde:

- Sabe que não...

- Ah que ótimo, e o que eu tenho que fazer para você me deixar fazer minhas coisas?

- Deixar isso tudo pronto e ficar sentada sem prejudicar o bebe.

- É uma menina...

- Que linda! Vai ser como a mamãe espero...

- Também penso que seria uma boa

- Bom então me diga como quer arrumar as coisas para que eu te ajude.

- Cara, me deixar!

- Não! Só saio daqui quando ver você sentada com tudo arrumado de perna pra cima, olhando um filme.

- Opção?

- Nenhuma diferente desta que dei.

- Maravilha!

Digo irônica revirando os olhos:

- Mocinha não revire os olhos para mim...

- Porque?

- Parece birra.

- E é!

Dou uma gargalhada. Retorno a seriedade e digo:

- Já que não vai me deixar em paz, então vamos à luta, primeiro tem que tirar todas as coisas das sacolas e separar por setor, tem coisas da cozinha sala, varanda, banheiro, quartos e por aí vai.

- Ok, só termina seu café antes.

- Sim senhor!

Seu sorriso é calmo, ainda não entendi o porquê está me ajudando tanto, mas se tivesse que fazer tudo sozinha demoraria mais. Termino de comer, lavo as mãos, prendo o cabelo em um coque e ele me acompanha:

- Por onde quer começar?

- Por qualquer ponta, mas primeiro temos que encontrar a tesoura que comprei para cortar as etiquetas.

- Eu arrebento.

- Para que se judiar se dá para facilitar as coisas com as ferramentas certas?

- Ok.

Apolo sorri e cobre com uma das mãos, coçando o queixo olhando para as pilhas de sacolas:

- Pensando em desistir?

- Não exatamente.

- Se quiser desistir vou entender.

- Como assim? Você realmente não acredita no que os homens falam?

- Desculpe, pelo menos os que prometeram coisas não cumpriram...

- Eu não prometi nada, então relaxa...

- É que ainda não entendi o motivo por estar me ajudando...

- E precisa ter motivo?

- Todos temos motivos para tudo, até mesmo para acordar.

- Faz sentido, mas não tem nada de mais.

- Então diga o motivo!

- Primeiro, de onde eu vim quando vemos uma pessoa que precisa de ajuda, ajudamos, minha mãe sempre me ensinou que devo cuidar, proteger e ajudar, em segundo lugar, só você está fingindo que está bem, mas você não está, vejo nos seus olhos, não precisa me contar, mas sinto que você está completamente perdida, o que me parece que você planejou algo por algum tempo e não deu certo, então está improvisando estando grávida dos meses iniciais, período que ainda tem riscos então levantar peso, fazer mudanças, não deveria fazer, terceiro lugar eu não tenho nada para fazer, estou de férias e não vejo problema algum em ajudar alguém que sei que precisa de ajuda, mas pelo jeito apanhou a ponto de não confiar em ninguém ou pensa que todos precisam se aproveitar de outros.

Quando ele falou que estou fingindo estar bem, meus olhos encheram de lágrimas, mas tento segurar, porém falho miseravelmente. Ele termina de falar e me puxa para um abraço, pela primeira vez em um tempo me sinto segura o que é estranho, por estar abraçando um completo estranho:

- Como você faz isso?

- Faço o que?

- Cativa as pessoas, desvenda o que está enterrado nelas e passa segurança para uma completa estranha?

- Não sei, mas só sei que eu vou te ajudar, você gostando ou não, vou estar aqui até mesmo quando você disser que eu não preciso mais estar aqui para você, e espero humildemente que um dia mereça sua confiança.

Minhas lágrimas molham sua camiseta e fico envergonhada:

- Desculpe...

- Por que está se desculpando?

- Primeiro, molhei sua camiseta, segunda por estragar suas férias, terceiro por não confiar nas pessoas...

- Tudo tem seu tempo, espero que ele seja bom daqui para frente.

- Para nós!

Digo em afirmação, fico mais um pouco no seu abraço e saio:

- Não sei se estou dengosa, mas seu abraço é muito bom.

- Que bom que gostou.

- Olha a malicia.

- A malicia está nos olhos de quem vê.

- Ta bom filosofo, mas vamos começar!

- Sim senhora!

Pego um puff e coloco perto das sacolas, começo abri-las, tiro e passo para Apolo tirar a etiqueta com a tesoura que achei de primeira, vou dizendo do que se refere cada coisa para ele separar. Ele pega um caixinha de som do bolso e liga um playlist diversificada muito boa por sinal:

- Que estilo de música você gosta?

- Sou bem eclética, então pode deixar as músicas diversificadas que é tranquilo, e você?

- Depende do meu humor.

Começo a rir:

- O que?

- Sou assim também, tem dias que saio de rock para música clássica.

- Bipolaridade é o nome disso.

- Não, apenas expressão de sentimentos por meio da arte.

- Que bela frase, você gosta de arte?

- Admiro quem faz, mas não sou do ramo, meu ramo é de exatas.

- Que triste.

- Não é não!

Respondo fazendo bico e depois sorrindo:

- Qual sua profissão?

- Agora nada, mas estou pensando em algumas coisas.

- Referente à o que.

- Consultoria, gosto de ajudar as pessoas, e adoro finanças, então vou juntar o útil ao agradável.

- Claro!

- Mas e você?

- Eu sou ator!

- Sério?

- Sim, mas porque a surpresa?

- Não imaginava.

- Não me viu em nenhum filme?

- Desculpe, não olho muito filme nem série, sempre estudei muito, trabalhei e não suporto ficar fechada olhando televisão, sempre preferi os livros.

- Nossa que soco no estômago!

- Me desculpe, não foi a minha intenção!

- Sem problemas.

Vi que magoei ele com a minha sinceridade:

- Vamos fazer assim, quando estiver tudo instalado você coloca um dos seus filmes e assistimos juntos, cine pipoca caseiro, o que acha?

- Parece uma boa ideia.

- Vindo de mim a ideia sempre é boa.

- E a modéstia não existe…

Sorrimos e enrolo mais uma sacola vazia:

- Você vai perceber que não escondo muito minhas opiniões.

- Já percebi, agora só estou preocupado do que vai falar do filme.

- Imagina, vou elogiar se eu gostar.

- Ah isso me deixou super tranquilo, foi reconfortante.

- Vindo de você acho que vai ser bom.

- Lembrando que sou o ator e não o escritor, então não escolho a história, nem os caminhos que ela leva.

- Eu sei, estou brincando! Não tenha com medo de mim, afinal você prefere sinceridade ou mentira?

- Prefiro as vezes não falar o que magoaria uma pessoa.

- Isso é mentir!

- Não, é só não contar.

- Parece mentira.

- Isto é uma conversa mais longa.

- Temos tempo…

- Na verdade não tem muito o que conversar, se você não quer magoar uma pessoa não conte para ela o que fez.

- Não! Se não quiser magoar uma pessoa, não faça o que pode magoar ela.

- Faz sentido, vou aplicar isso agora.

- Que bom, as mulheres da sua vida agradecem e todas as outras pessoas também!

- Mulheres?

- Sim mulheres! são as que mais sofrem se tratando de sentimentos…

- Quantas mulheres você acha que tenho na minha vida?

- Tirando sua mãe todas que você quiser e não quiser.

- Nossa!

- O que foi? Vai dizer que não tem fãs que enlouquecem por você, sonham em chegar perto de você e não venha me dizer que se você for em uma balada não sai sem nenhuma para um after!

- Isso é verdade, mas primeiro, não vou em baladas, segundo não saio com qualquer mulher e terceiro não gosto das fofocas que saem quando se referem a mim com qualquer mulher.

- Ok galã que não é galã.

- Você vai mudar de ideia sobre mim, vai sim.

- Se você provar ser diferente ok.

- Pode deixar.

- Mas então se eu sair na esquina com você vou sair em todas as revistas?

- Não, aqui nesta cidade é o único lugar que ninguém vem atras de mim, fiz um acordo com eles disso, que aqui é minha cidade de descanso então eles me deixam em paz ou destruo cada um deles.

- Uau que medo.

- Não precisa ter medo, você não.

- Ok.

Tudo desempacotado e separado, mas também é hora do almoço:

- O que vamos almoçar?

- Você que é o moço dos planos, me diga o que pensou?

- Podemos ir em um restaurante caseiro é umas três quadras daqui.

- Ótimo, comida caseira é uma boa pedida, só estou suada, posso passar uma ducha para irmos?

- Claro! Vou fazer o mesmo.

Sorrio de canto pensando ser uma indireta e me sinto uma boba quando ele complementa:

- Na minha casa.

- Ok nos encontramos em 20 minutos?

- Tranquilo!

- Nos encontramos aqui na frente.

- Ok.

Ele sai e vou para ducha, coloco um short jeans, uma camisa meia manga e uma sapatilha. Perfumada e renovada espero ele na frente do portão que logo chega com uma camiseta polo branca combinando com a minha, bermuda jeans e tênis:

- Você me espionou?

- Não, mas se tivesse combinado não ficaria parecido como ficou.

- Estou vendo…

- Vamos?

- Sim.

Seguimos caminhando e o azul do mar me tira atenção:

- Eu adoro o mar.

- Somos dois, bom fica evidente por onde moramos, mas sim, o mar é muito bom.

- Você já desceu as escadas para ver ele da sua casa?

- Ainda não.

- Ok, então já temos dois programas, olhar o pôr do sol na sua praia e depois um cinema caseiro.

- Parece bom.

- Concordo.

- Pena que não posso beber um vinho, mas faria uma ótima companhia para estes eventos.

- Champanhe você gosta?

- Sim, adoro!

- Qual sua bebida preferida?

Lembro de Zack me fazendo a mesma pergunta e a tristeza vem se querer:

- Pergunta errada?

- Não, desculpe, mas a minha preferia em primeiro lugar é o café, mas champanhe, vinho são boas pedidas.

- Literalmente o que você não pode beber.

- Por enquanto...

- O lado positivo é que você não se afundou no álcool com o que aconteceu...

- Verdade.

Capítulo Dez

- Bom! Chegamos.

Olho para uma casa antiga restaurada, nela mesas novas, mas que lembram moveis antigos, como se quisessem manter a energia de antigamente em um ambiente renovado:

- Parece bom!

- Bom dia Sr. Apolo! Tudo bem?

- Ei Joaquim! O que combinamos sobre o senhor?

- Eu sei, só estou brincando!

- Imaginei, estou bem sim e faminto!

- Está no lugar certo!

- Eu sei e trouxe uma pessoa para conhecer.

- Que ótimo!

Estendo a mão e me apresente:

- Prazer sou a Ana!

- Sou Joaquim, o prazer é todo meu!

Sorrio, ele segue em direção às mesas, Apolo lhe segue e faço o mesmo:

- Sintam-se à vontade, qualquer coisa é só chamar!

- Obrigado Joaquim!

Apolo deixa as chaves na mesa e eu faço o mesmo, seguimos para o buffet que surpreende na variedade, então pego um pouco de cada coisa, pois tudo parece uma delícia. Sentamos e dou a primeira garfada, está espetacular:

- Hum! Que delícia!

- Gostou? Aprovado?

"

- Aprovadíssimo!

- Que bom que gostou, estava com medo de não gostar.

- Medo eu tenho de comer em exagero.

- Está comendo por dois.

- Espera aí, eu ainda não preciso comer por duas, ela é muito novinha.

- Já escolheu o nome?

- Sim, Aurora...

- Que lindo nome! Tenho certeza que ela será ainda mais linda com este nome.

- Obrigada!

- Qual sua comida preferida?

- Adoro massas, mas pizza tem meu coração.

- Doce ou salgada?

- Os dois!

- Anotado!

Lembro de Zack falando também isso, meu sorriso se perde enquanto olho para o prato, quando percebo minha reação dou outra garfada e digo:

- Nossa! comi que fiquei triste.

- Mas você não comeu tanto, come mais um pouco.

- Essa delicia merece ser deliciada totalmente, pode deixar comigo.

Sorrio novamente e Apolo respira mais tranquilo. Seus olhos refletem sua preocupação, não quero causar angustia nele, então passo a cuidar mais minhas reações as lembranças de Zack:

- E você o que gosta?

- Lasanha tem meu coração.

- Anotado!

Sorrio e dou mais uma garfada:

- Meu prato está quase vazio...

- Guarda lugar para sobremesa!

- Pode deixar!

O silencio se estabelece e me sinto mal por ter cortado o clima com minha reação:

- Qual seu tipo de personagem preferido, vilão ou mocinho?

- O mocinho! Gosto de ser bem visto pelas pessoas.

- Você sabe que o vilão pode ser um mocinho que uma história mal contada.

- Nos filmes mocinho é mocinho e vilão é vilão.

- Mas na vida real, os mocinhos não podem virar vilão?

- Não sei.

- Imagina comigo, uma mocinha conhece um rapaz que já está namorando, mas eles se apaixonam tão forte que ele larga da namorada para ficar com a mocinha, que vai achar ele um herói por ter se livrado da namorada para priorizar a paixão deles, mas o mesmo que é herói para mocinha se torna o vilão da ex por ter partido o coração dela por outra garota, se cada um contar a história separadamente os papeis mudam totalmente.

- Uau! Você seria uma ótima roteirista.

- Não, obrigada, sou de exatas.

- Mas não é porque você é de exatas que não pode se aventurar na arte.

- Se um dia quiser uma opinião sobre, pode pedir, mas não espere que eu vá fazer algo na área.

- Ok...

Damos uma pausa e ele pergunta:

- Partiu sobremesa?

- Pode ser.

Ele acena e Joaquim veio:

- Tudo certo?

- Sim! Tudo sublime como sempre, mas agora queremos a sobremesa.

- Vou trazer o cardápio

- Ok.

- Posso recolher?

- Sim.

Ele recolhe os pratos e volta com o cardápio, uma sobremesa mais linda que outra, mas me encanto com uma taça de sorvete com morangos:

- Este parece ótimo!

- Então vamos pedir!

Ele faz sinal mostrando o cardápio a taça, mostra que são dois e Joaquim sinaliza com positivo:

- Desde quando você vem aqui?

- Fazem muitos anos, Joaquim foi meu amigo na faculdade e desde ali sempre que posso venho aqui prestigiar.

- Que bom!

Logo chegam as taças e a beleza se revela surpreendentemente saboroso:

- Tem alguma coisa que não é gostoso aqui?

- Que eu conheço não.

Rimos e me esbaldo no sorvete:

- Tem família?

- Não estou sozinha com a Aurora.

- Que triste.

- Um pouco, mas e você?

- Até tenho, mas estão distantes, consequência da vida de ator.

- Que triste.

Ele sorri:

- Que climão em?

- Só faltou o fundo musical.

- Sabe que na verdade, a vida é um filme que não ensaiamos.

- Uma boa verdade.

Termino a taça e lhe encaro:

- Vamos?

- Vamos!

Levantamos e vou cumprimentar Joaquim:

- Estava tudo divino, muito obrigada!

- Que bom que gostou, espero te ver por aqui mais vezes.

- É claro!

Apolo lhe estende a mão e seguimos rumo minha casa. Chegando vou direto trocar de roupa, mas me dou conta que tenho que compra itens alimentícios, farmácia e mais algumas coisas que vi que faltaram desempacotando tudo, então volto para sala:

- Quais seus planos agora?

- Ao seu dispor capitã.

- O que acha de irmos comprar mais algumas coisas e ir no mercado, ou se tiver algo para fazer eu compro tudo e aviso quando chegar com tudo.

- Vou junto.

- Ok.

Pego as chaves da caminhonete e vamos fazer as compras:

- Tem algum lugar para me indicar?

- Mercado, loja ou bazar?

- Todos…

- Posso dirigir?

- Por?

- Porque estou com vontade e nunca dirigi uma camionete…

- Posso confiar?

- Eu já fiz vários filmes de ação!

- E quem dirigia era o dublê.

- Me pegou.

- Eu dirijo!

- Ok…

Apolo responde desanimado. Chegamos no shopping maior da cidade:

- Aqui você vai encontrar tudo.

- Certeza?

- Sim!

- Ok.

Pego do bolso o celular e Apolo olha a lista que acabo de abrir:

- Deixe me ver o roteiro, ok já sei, por aqui!

Sorrio e o sigo rumo a uma loja de itens de casa, por incrível que pareça realmente encontrei tudo o que queria e quando estamos no caixa com as várias sacolas ele diz:

- Vamos fazer mais algumas comprar, podemos deixar aqui as sacolas e depois pegar tudo para levar no carro?

- Quer que um dos colaboradores leve até o carro?

- Não é necessário, pegamos depois as sacolas...

Respondo antes que Apolo diga algo:

- Isto ai!

Seguimos rumo a mais lojas, afim de ver se tem mais itens necessários na casa nova, e vou escolhendo cuidadosamente cada item, quando percebo Apolo me observando:

- O que foi?

- Seu modo de escolher as coisas, você cuida cada detalhe, com calma, isso é admirável.

- Nunca imaginei ser elogiada por escolher com calma os itens da minha casa.

Sorrio e ele corresponde:

- O mundo é cheio de surpresas...

- Concordo plenamente.

Me controlo para não expressar tristeza ao lembrar da surpresa de Zack, desta vez melhor sucedida, já que Apolo encontrou algumas coisas desta categoria da lista e segue na minha frente:

- Acho que com isso terminamos esta lista, agora só falta o mercado.

Olho no relógio e já passam de 16 horas, estou faminta:

- Que tal uma pausa para um lanche da tarde.

- Eu ia dizer o mesmo, não se deve ir ao mercado com fome.

- Então próxima parada praça de alimentação.

Quando estamos chegando Apolo diz:

- Estou faminto, comeria um hamburger com batatas agora mesmo.

- Boa pedida, vamos de hamburguer.

- Eu falei de mim, não precisa comer por minha causa.

- Eu só estava arrumando desculpa para matar a vontade de me esbaldar em um balde de calorias.

- Você tem uma já!

- Qual?

- A Aurora, é dizer que está com desejo que será atendido.

- Nossa que poder incrível que a Aurora me deu.

- Aproveite-o.

Ele coloca a mão na minha cintura me conduzindo para frente da fila, pegamos os cardápios, ele olha rapidamente e já pede o seu, eu dou uma olhada mais estendida, pois não conheço as opções, mas logo escolho entre as grandes delicias daquele cardápio:

- Vamos sentar onde?

- Pode ser perto daquela janela, adoro admirar a vista daqui.

- Você que manda.

Digo seguindo onde Apolo apontou e nos sentamos:

- Uma coisa que você odeia?

- Atraso, e você?

- Acho que atrasos também.

- Como assim?

- Dentre tantos essa aparece primeiro.

- Coisas que adora?

- Praia, pôr do sol, e nascer do sol, pizza, café vinho, champanhe e minha casa nova.

- E a Aurora?

- Aurora não é uma coisa.

- Verdade, me perdoe…

- E você?

- Viajar.

- Boa pedida.

Chamam nossos nomes, mas Apolo vai buscar os dois:

- Não quer ajuda?

- Não, pode deixar comigo.

- Ok.

Ao chegar, dou uma mordida e adoro:

- Que delícia!

- Aqui tem o melhor hamburger.

- Passo a concordar com isso.

- O que vai fazer de noite?

- Acredito que descansar.

- Ok.

O silencio fica um pouco e depois Apolo pergunta:

- Um sentimento?

- Confiança, segurança e você?

- Paixão.

- Que bom.

- O que foi?

- O que foi o que?

- Essa cara de julgamento.

- Não estou julgando nada.

- Está sim! Não gosta de paixão?

- Paixão cega.

- Paixão faz ferver, sonhar, voar.

- Quanto mais voa, maior a queda.

- Dramática.

- Realidade.

- A paixão não seria somente em uma pessoa, mas em coisas, exemplo minha carreira, sou apaixonada por ela.

- Pensando por esse lado não parece ruim, mas com segurança e confiança você voa mais alto nas suas realizações.

- Mais uma vez você ganhou.

- Falta em você argumentação.

- Prefiro ser feliz do que estar certo.

- Quem disse que quem está certo é infeliz?

- Me diga você.

- Uau, essa me pegou.

- Desculpe, não quis ofender.

- Ofensa nenhuma, na verdade concordo com você

- O sol brilha para todos, não é mesmo.

- Para com essas frases de efeito, por favor.

- Como quiser.

Como a última batata e Apolo já finalizou:

- Vamos para o mercado.

- Claro! Depois de você.

Sigo rumo ao mercado que é bem na frente da praça de alimentação, Apolo me segue pegando o carrinho, eu a lista. depois de uma volta em todos os corredores finalmente finalizo a lista, estamos prontos. Apolo manda mensagem para as lojas onde deixamos as sacolas então surgem colaboradores com nossas sacolas e nos ajudam a colocar tudo na camionete:

- Vamos mais uma vez organizar sacolas.

- Lembre-se que são as últimas.

Chegando em casa descarregamos tudo, Apolo já tira das sacolas e arruma, ou vou guardando o que compramos no mercado. Mais uma hora de trabalho e finalmente está tudo arrumado:

- Aleluia, finalmente terminamos.

- Estou exausta.

-Somos dois.

- Só por um banho e dormir um pouco.

- Concordo.

- Bom, vou tomar meu banho, muito obrigada por tudo.

- De nada!

Lhe dou um abraço e sinto a mesma paz e segurança do que a primeira vez que fiz isso:

- Estou a sua disposição!

- Então agora pode descansar.

- Pode deixar.

Apolo beija-me a testa, segue para o portão, eu o espero sair, em seguida tomo meu banho. Coloco um pijama curto, deito na cama, mesmo que não esteja na hora de dormir, mas estou exausta.

Minutos depois...

Vejo um vulto e sento na cama o lençol me cobre:

- Quem está aí?

- Vim ver quem está com você.

- Apolo? Pode vir estou no quarto.

Ele aparece:

- Quem estava com você?

- Ninguém.

De repente sai do banheiro Zack com uma toalha enrolada na cintura e com outra secando o cabelo:

- Zack?

- Sim, até parece que não lembra de dormir comigo.

Olho para mim, estou embaixo do lençol nua, fico totalmente sem reação com a situação:

- Bom, vejo que está bem, já vou indo.

Ouço um choro de bebe:

- Quem mais está aí?

Luiza aparece com um bebe nos braços:

- Como ela veio aqui?

- Ela está comigo.

Apolo responde:

- Como assim? E este bebe?

- É o meu filho.

Zack responde e eu não entendo mais nada, levanto com o lençol e pego o roupão:

- Como Apolo conhece a Luiza?

- Eu estou com ela.

Apolo responde e fico pasmada:

- E você Zack?

- Estou com meu filho.

- Saiam daqui agora!

- Ei espera ai!

Luiza fala e respondo:

- Esperar o que? Eu não estou entendendo nada, você tira os dois homens da minha vida, vem na minha casa, com o filho que não é de nenhum dos dois e ainda quer dar opinião?

- É fácil, escolha um que eu vou embora com o outro.

Luiza me responde irônica:

- Como assim escolher?

Apolo diz:

- Escolhe um dos dois e o outro vai com a Luiza, se me escolher não darei condição nenhuma, apenas vou lhe fazer feliz...

- Já se ficar comigo terá que ficar com meu filho.

Zack fala:

- Primeiro lugar, este filho não é seu, você sabe disso e segundo, além de criar um filho que não tem nada a ver com nenhum de nós dois, ainda tem a Aurora que logo chega.

- De qualquer forma vou ficar com o meu filho.

- Já comigo, não tem condição nenhuma.

Apolo fala, porém Luiza começa a falar, Zack também ao mesmo tempo são tantas vozes:

- Quietos!

Capítulo Onze

Dou um salto da cama...

Era um sonho, um pesadelo, olho para todos os lados, não tem ninguém aqui, as lagrimas brotam e deixo-as cair, meu celular toca, estou com os olhos embaçados, mas atendo mesmo assim:

- Alô?

Minha voz falha e ouço:

- Ana? Você está bem?

- Apolo? Desculpe, só um momento.

Tento respirar, mas meu nariz está trancado, seco as lagrimas, suspiro voltando para a ligação:

- Ana? Você está bem?

- Sim, o que precisa?

- Bom eu fiz uma janta, ia te convidar para me fazer companhia.

- Ah! Não precisa, eu como alguma coisa por aqui.

- O que está acontecendo?

- Nada, estou bem.

Ouço o interfone tocar:

- Alguém chegou aqui em casa, tenho que ver quem é, tchau.

Desligo a chamada, coloco o roupão, seco melhor as lágrimas, o interfone toca mais uma vez, vou até ele, tiro o interfone do gancho, mas ninguém fala nada, abro a porta para ver o portão, Apolo está lá, fico confusa e olho para o celular me perguntando se estava louca achando que era ele na ligação:

- O que você está fazendo aqui?

- Abre o portão Ana!

- Mas eu já disse que não quero janta eu vou fazer qualquer coisa.

- Ana! Abra o portão!

- Apolo pare com isso!

- Abra o portão!

- Está bem!

Abro o portão pelo controle, Apolo vem até mim, seus passos são firmes e rápidos:

- Apolo o que está fazendo?

Chegando na minha frente, me abraça é forte, com seu poder minhas lágrimas voltam a cair, descruzo meus braços e correspondo o abraço, deixo as lágrimas caírem, ouço seu coração, bate agoniado como o meu, o silencio toma conta até que pergunto:

- Apolo?

- O que?

- Você não vai fazer isso comigo, vai?

- Fazer o que?

- O que eu sonhei que fez…

- Não sei o que sonhou, mas jamais farei.

- Obrigada…

Deixo o silencio pairar mais um pouco e pergunto novamente:

- Apolo?

- Sim…

- Porque fez isso?

- Fiz o que?

- Veio aqui...

- Você fez isso comigo...

- Você estava angustiado...

- Você faz isso comigo, me cegou quando percebi que chorava.

- Mas por quê?

- Porque não quero te ver sofrer, não quero te ver chorar, quero te proteger destes demônios que tiram sua paz.

- Como você consegue tirar a agonia de mim?

- Quero fazer isso sempre, espero ter este super poder sempre que precisar.

- Desculpe te causar isso e te exigir isso.

Apolo coloca suas mãos no meu rosto, secando a última lágrima do meu olho:

- Apolo o que você quer de mim?

- Nada Ana...

- É sério! O que quer de mim?

- Quero sua felicidade, te ver feliz me faz feliz.

- Eu não entendo, sou uma completa estranha para você.

- Eu desisti de tentar entender...

- O que quer comigo?

- Ana, entenda eu não quero nada!

Seus olhos parecem ver minha alma, fico enfeitiçada, coloco minhas mãos sobre as suas no meu rosto, começo a ficar na ponta dos pés, meus olhos fogem dos seus e encaro seus lábios quando estou chegando perto deles Apolo muda o rumo dos meus olhos perguntando:

- Você tem certeza?

- Sim...

Respondo em um sussurro, o caminho até seus lábios é lento, mas vale cada segundo. Eles finalmente se encontram, sinto um calor, seguido de um calafrio, borboletas tocam meu estomago como nunca imaginei que tocaria, seus lábios quentes, macios me envolvem, mas são calmos, serenos, diferente do que tinha com Zack:

- Vamos fazer isso?

- Acho que vamos.

Dou de ombros e ele coloca as mãos na minha cintura:

- Vamos jantar?

- Vamos, só vou trocar de roupa.

- Não vai não!

- Mas estou de pijama e roupão.

- E que roupa melhor você deve usar na casa que quero que sinta que é sua.

- O que vão pensar de mim?

- Do que?

- Me separei a três dias e estou beijando um ator famoso agora.

- Vão pensar que você tem sorte.

- Talvez eu tenha mesmo.

- Pode contar que sim.

- Vamos?

- Só vou fechar a porta.

- Ok.

Fecho a porta de casa, e ele coloca a mão na minha cintura levando até sua casa. Entrando nela fico maravilhada, sua sala é em uma parte mais funda, de um lado tem um bar e do outro um piano de calda, junto com ele um violão e algumas guitarras, na parece quadros com as capas dos filmes que ele participou. Quando termino de maravilhar vejo Apolo me olhando:

- O que foi?

- Adoro causar isso em você...

- Isso o que?

- Admiração, surpresa...

- Realmente, você me surpreendeu.

- Agora quero tirar sua fome.

- Uau.

Ele pega minha mão, me leva até a cozinha, tira a tampa de uma panela e eu fico parada ao lado da bancada. Vou até ele, abraço pelas costas:

- E que delicia teremos?

- Macarronada!

Sinto um cheiro maravilhoso:

- Parece tão maravilhoso quando o cozinheiro.

Apolo solta a colher e me coloca sentada na bancada:

- Nunca imaginei isso.

- Isso o que?

- Você elogiando assim minha comida.

- Está chamando de inadequado a forma de eu elogiar?

- Não é isso... é que não imaginei ser possível elogiar assim.

Vejo que ele está se perdendo na forma de se explicar e eu resolvo me divertir:

- Está me chamando de que?

- Eu, eu não sei, é que eu, eu aí caramba, não sei...

Vi que minha brincadeira estava bagunçando demais as suas ideias então resolvo parar:

- Ei, calma, respira.

- Me desculpe...

Vejo seus olhos tristes, e resolvo acalmar seu coração, pego suas mãos e puxo ele para mais perto:

- Calma, eu estava brincando, não vou mais fazer isso, eu sei que não quis reclamar de nada...

- Eu confesso que imaginei muitas coisas com você, mas em nenhuma delas achei que você estaria aqui, assim, comigo, é um misto de surpresa, com alegria, com mais um monte de coisas que não consigo explicar.

- E não precisa, sei que é uma loucura, para mim também é muito novo, maluco, mas só consigo pensar em não me arrepender depois de fazer o que estou fazendo.

- Garanto que não vai.

Nos beijamos novamente e depois deito em seu ombro até meu estômago roncar:

- Mocinha! Hoje de jantar.

- Concordo.

Ele finaliza a macarronada em um refratário, leva até a mesa que já está arrumada, quando vou sentar ele puxa minha cadeira, agradeço, ele antes de sentar me serve. Aguardo ele terminar de servir para eu provar, dou a primeira garfada e realmente Apolo é um cozinheiro de mão cheia:

- Onde você aprendeu a cozinhar tão bem?

- Em um dos meus filmes, meu personagem era um chefe de cozinha, muito renomado, como tinha tempo para me preparar para o papel fui em uma faculdade de gastronomia aprender sobre, descobri minha segunda paixão, depois de atuar, me apaixono em cada prato que faço.

- Muito bom, meus parabéns ao seu professor, pois isso está muito bom, se um dia der errado na carreira de ator, já sabe que pode abrir um belo restaurante que vai fazer sucesso.

- Muito obrigado.

- Também parabenizo você, por ser tão bom no que faz.

- Fico lisonjeado.

Levanto da cadeira e vou até ele, colo as mãos em seu rosto e beijo os lábios, depois me afasto e ele me puxa:

- Você não vai me dar só este beijo, vai?

- Agora, somente este.

Sorrio maliciosa e volto ao meu lugar, Apolo me observa com um sorriso de quem não entendeu o que fiz:

- O que foi?

- Não entendo como faz isso comigo?

- Isso o que?

- Me vicia cada vez mais em você!

- Idem.

Ele sorri satisfeito com a minha resposta. Logo termino meu prato e ele me serve mais um pouco:

- Vou comer só mais isso, pois está uma delícia, mas depois me dou por satisfeita, se não vai ser difícil dormir.

- Pode ficar acordada…

- Acho não ser o ideal para a bebe

- Verdade, me perdoe.

- Imagina, não tem do que se desculpar, é fácil esquecer, pois a barriga não aparece muito.

- Mas você pode fazer mais duas coisas?

- O que?

- Comer uma sobremesa comigo, olhando um filme.

- Bom com este jantar, vou ter que esperar ficar um tempo acordada, então seu convite é uma boa pedida.

- Yes!

Apolo comemora com ar de vitória e sorrio:

- O que foi?

- Mais um sonho realizado com você!

- Como assim?

- Sempre sonhei em fazer isso aqui em casa, quando te conheci até pensei se haveria um dia que concordaria e agora vou fazer os dois...

- Espera ai! Você nunca trouxe ninguém para cá?

- Não!

- Mentira!

- É verdade, como eu disse aqui é meu refúgio, ninguém vem aqui...

- Até hoje?

- Até hoje...

- Uau fico lisonjeada.

Ele sorri envergonhado, beija minha mão, nos encaramos com sorrisos e terminamos a refeição:

- Magnifico!

- Que tipo de filme você gosta?

- Dos que tem finais felizes...

- Todos têm finais felizes, só muda que hora é feliz para o mocinho e feliz para o vilão.

- Você me entendeu...

- Sim entendi.

Apolo responde sorrindo:

- Você gosta de drama, comedia, romance, aventura?

- Todos menos drama e terror, e ponto para quem tem um pouco de todos os outros.

- Nossa um gosto bem divertido para filmes e series.

- Prefiro filmes, séries demoram demais

- Também sou assim.

- Que bom.

Apolo se levanta, pega minha mão e me leva para sala, liga a televisão onde já tem um filme selecionado, mas não consigo ver o nome:

- Fique aqui eu já volto.

- Como quiser.

Ouço mais barulhos na cozinha, estouros de pipoca, depois de uns minutos Apolo aparece com duas bacias de pipocas e duas colheres:

- Não sabia qual preferia então fiz doce e salgada.

- Comer pipoca de colher? Essa é nova para mim.

- Calma, tem mais que não consegui trazer.

- Ah ok.

Ele traz um pote de sorvete, até parece que ele sabe meu sorvete favorito. Senta ao meu lado, coloca o braço me trazendo para me aconchegar em seu peito, na nossa frente as duas bacias de pipoca, o pote de sorvete, e começa o filme.

Fico encantada com a filme, ao longo da história os personagens tem que se separar por motivos maiores e Apolo dá uma pausa:

- O que aconteceu?

- Preciso te contar uma coisa…

Meu coração palpita, fico angustiada e Apolo continua:

- Eu vou ter que fazer uma viagem será de uma semana...

- Mas você não está de férias?

- Sim, mas minha empresária marcou essas entrevistas antes de eu declarar ferias, e eu não comparecer vai complicar minha credibilidade na carreira.

- Entendo, quando se trata de profissão temos que ter comprometimento.

- Que bom que entende, mas sempre vou falar com você.

- Imagina! Cumpra seus compromissos que estarei lhe esperando quando tiver uma folga ou quando voltar.

- Vou sentir muita saudade.

- Vai nada! Nem vai lembrar de mim.

- Impossível, você não sai da minha cabeça.

- Aposto de diz isso para todas.

- Somente nos filmes...

- Ei! onde estão as câmeras?

- Sua brincalhona, pare de me chamar de mentiroso.

- Desculpe...

Ele me encara, levanta meus olhos para que eu olhe os seus:

- Promete que vai me esperar?

- Prometo.

Nos beijamos, dou play no filme e sorrimos:

- Vamos terminar este filme.

- Como quiser!

O filme termina, me levanto, me alongo e Apolo me abraça:

- E agora?

- Agora vou para casa.

- Como assim? Não vai ficar comigo?

- E você não vai ficar comigo lá?

- Isso é um convite?

- Quem sabe...

- Se for verdadeiro eu aceito.

- Então vamos!

- Ok.

- Que horas você vai viajar?

- Amanhã cedo, mas eu me organizo.

- Se você confirma isso, então ok.

Vou pegando as chaves, e ele pega o celular. Chegando em casa vamos para o quarto, tiro o roupão e Apolo me acompanha, depois ele vem até mim:

- Você não precisa fazer nada, podemos somente deitar e ficarmos...

- Shhh...

Coloco o dedo sobre seus lábios, coloco as mãos em sua cintura e vou conduzindo-o até cair na cama, e vou gatinhando sobre ele. Apolo senta, tomo seus lábios em um beijo suave, puxo a barra da sua camiseta, ele me ajuda a tirar, abre os botões do meu pijama e o tira, assim fica exposto meu busto nu em sua frente, ele admira um pouco e eu lhe roubo mais um beijo, enquanto isso ele tira o short do meu pijama e o dele em seguida:

- Vamos fazer isso?

- Sim..., mas com muito cuidado, estou no período de risco ainda.

Digo e ele deita na cama indo mais acima ficando alinhado com os travesseiros e eu fico sobre ele, meu corpo passa pelo dele, até chegar em sua boca, nosso beijo é calmo, sedutor, transmitindo um sentimento de "estou aqui para você", ele suavemente pega minha cintura com uma mão, me abraça com outro braço, trocando de posição lentamente, agora ele em cima de mim, suas mãos encontram as minhas e os dedos se entrelaçam, me beija novamente, pega no canto da cama a camisinha, abre ela sem olhar e me pergunto se ele aprendeu isso para mais um filme ou já sabe de tantas que abriu, mas espanto este pensamento, volto a focar no momento. Seu membro está completamente ereto, mas estamos indo com calma.

Ele fica entre minhas pernas, vai se preparando vagarosamente, seus lábios nos meus em um beijo longo, minha respiração acelera, e ele finalmente penetra, lentamente para que meu corpo de adapte a ele:

- Tudo bem?

- Sim…

Ele vai um pouco mais fundo para começar a se movimentar, seus movimentos são lentos, com cuidado, me faz apreciar cada um deles, suas mãos firmes nas minhas, e ele solta um gemido em um sussurro:

- Ah ainda melhor do que imaginei…

- Estou aqui para você…

- E eu para você…

Apolo afunda seu rosto em meu cabelo sem parar, parece que ele sabe exatamente como me deixar louca, mesmo em um ritmo lento e sedutor, solto minhas mãos e passo as unhas em suas costas, ele morde meu pescoço, encontra meu ponto "G" e fica ali alimentando meu prazer de um modo que nunca imaginei ter, meu corpo mostra sinais de rigidez, meus pés se puxam e as suas pernas sinto enrijecer da mesma forma, o clímax está perto para nós dois, para mi é literalmente novidade chegar desta forma:

- Se entrega para mim…

Sua voz no meu ouvido parece uma suplica, relaxo meu corpo, sou tomada pela onda de satisfação e sinto minhas energias correrem pelo corpo inteiro, ele me acompanha sem parar ele toma meus lábios mais uma vez, chegamos no fim, ele perde as forças, mas tenta se firmar ao máximo para que não coloque seu peso sobre mim, vai para o lado, se levanta e confere se está tudo no seu devido lugar sem vazamentos. Vou no banheiro, passo uma ducha no corpo, me enrolo na toalha e ele me espera:

- Posso?

- Claro!

Ele entra e se banha, termino de me secar, vou até o closet, agora me permito usar uma camisola de seda bordô, já ele após se secar coloca sua cueca novamente. Deito na cama e ele deita ao meu lado:

- Como isso foi acontecer?

- Isso o que?

Apolo tira uma mexa do meu cabelo do rosto e responde:

- Eu me apaixonar por uma completa estranha...

- Não foi só você...

- Fico feliz em ouvir isso.

Ele me abraça, deito em seu peito, a segurança volta a mim, beijo novamente e depois ele beija minha testa uma das mãos ele entrelaça os dedos na minha cintura e a outra entrelaço ao lado da sua cintura, como se estivéssemos amarrados:

-         Boa noite Vida...
-         Boa noite.

Respondo e a tranquilidade me permite adormecer logo. Acordo a cama está vazia, olho a hora e já são dez horas da manhã, com certeza Apolo já está no destino da viagem, penso porque ele não me acordou, mas antes de criar coisas na minha cabeça vejo um bilhete na cabeceira que dizia assim:

Meu coração se enche, deito novamente com o bilhete no peito e com um sorriso no rosto. Levanto e visto outra roupa, vou para cozinha onde está uma bandeja com o café da manhã como Apolo falou, enquanto abocanhando o sanduiche olho o celular e as notificações aparecem, é uma foto de Apolo com a legenda: "Cheguei Vida! E você acordou?". Respondo com uma foto com a xícara na mão com a legenda: "Acordei e já estou me alimentando", espero um minuto ele responde: "Que bom, agora vou para entrevista, assim que der mando notícias", respondo com: "Bom trabalho bebe".

Termino o café com a vista do mar. Resolvo ir comprar coisas para Aurora, me sinto bem energizada e quero seguir o ritmo de comprar, agora que a casa está finalmente arrumada, só falta o quarto e as roupas da Aurora.

Pego as chaves, pesquiso todas as lojas infantis e vou uma por uma, encontrar uma coisa mais linda que a outra, dou pausas para lanches e quando penso onde almoçar logo vem o restaurante de Joaquim na mente e vou para lá:

- Seja bem vinda Ana!

- Muito obrigada!

Sou recebida na porta por Joaquim:

- Sinta-se à vontade, qualquer coisa é só chamar.

- Muito obrigada!

Sirvo-me e quando dou a garfada meu celular toca:

- Alo?

- Como você está Vida?

- Estou bem, mas poderia ser outra pessoa atendendo meu celular...

- Se fosse daria uma grande confusão.

- Não quero nem imaginar, como foi a manhã?

- Foi bem, cheio de entrevistas fotos, mas é uma chatice e você?

- A minha também foi boa, estou comprando as coisas para Aurora, uma coisa mais linda que a outra, vou ir em todas as lojas infantis da cidade.

- Que bom, deve ser muito bom fazer isso.

- Mas você também não está mal, está cumprindo compromissos da sua profissão que você adora.

- Verdade, mas não deixa de ser cansativo.

- Claro! E o que vai fazer de tarde?

- Tenho reunião e mais reunião, queria estar aí com você.

- Calma, temos tempo.

- Verdade, mas já estou com saudade.

- Mas já, me viu hoje cedo.

- Parece que faz dias, que não vejo sua beleza.

- Espera aí!

Tiro o telefone da orelha e envio uma foto para Apolo:

- Ah bobinha, eu já tenho uma foto que fico olhando toda hora.

- Como assim?

- Meu papel de parede do celular...

- Não estou entendendo.

Ouço a notificação com uma foto do Apolo, sou eu dormindo:

- Ei isso é invasão de privacidade.

- Mas você também tem foto minha.

- Não tenho não.

- Olha a sua galeria.

Olho minha galeria e tem fotos dele e uma nossa, eu deitada em seu peito:

- Quando tirou essas fotos?

- Ontem, não consegui dormir logo de tão feliz que estava de estar com você, então fiquei te olhando tão linda dormindo que resolvi guardar esse momento comigo em uma foto, mas eu sabia que você falaria algo referente, então resolvi tirar fotos para ficar com você também.

- Você é um romântico nato.

- Recém agora percebeu?

- Não, mas gosto de ser sincera com as pessoas, principalmente do que penso delas.

- Que bom!

- Vou ter que ir agora Vida! Boa tarde e se cuida.

- Pode deixar, você também!

Finalizo a ligação, vou para sobremesa. Alimentada volto a maratona de lojas até finalizar a lista e estar com o carro cheio de sacolas. Vou para casa e me delicio organizando tudo, e só paro quando finalizo.

Capítulo Doze

Ao sentar o celular toca, olho quem é, Maite, lembrei que fiquei devendo uma ligação para ela:

- Alo?

- Oi Amiga! Esqueceu de mim?

- Pior que esqueci, fiquei te devendo uma ligação.

- Percebi, por isso resolvi ligar.

- Claro!

- Deixe-me ir na cozinha pegar algo para comer e já continuamos.

- Ok!

Pego uma fruta, sento na beira da piscina e volto a ligação:

- E aí como você está?

- Eu estou bem, aqui está tudo normal, trabalhando, bebendo um vinho, comendo, mas isso você já imaginava, eu quero saber se você! Por isso liguei!

- Eu também estou bem, deixa eu ver!

- Como assim?

- Chamada de vídeo mulher, aceita aí!

Aceito a ligação, Maite está com uma taça de vinho e dá um grito quando me vê:

- Onde você está?

- Estou na praia.

Viro a câmera e ela vê o mar junto com o pôr do sol que é a vista da piscina:

- Uau, que lindo! Mas imaginei que estaria na fazenda, não sabia que na fazenda tinha praia, você não me contou isso.

- Não sabia porque não tem.

- Como assim, me conta tudo!

- Deixe-me escorar o celular, pois vai cansar meu braço se ficar segurando.

- Não tenho bom pressentimento quanto a isso.

- Bom, eu vou resumir um pouco.

- Não resume muito, você me conhece.

- Ok, bom, cheguei na casa de Zack e encontrei ele com outra mulher grávida...

- De um filho dele?

- Não! Ele acha que é, mas não é, ela deve estar com uns cinco meses e ela disse que tem três meses, então ele resolveu acreditar no médico da cidade deles e não em mim que mostrei todos os exames.

- Estou apavorada Amiga!

- Imagina eu...

- O que você fez?

- Saí de lá voando, viajei quilômetros, passei pelos mesmos lugares que passamos na nossa viagem, chegando nesta cidade vi que esta casa estava a venda, de manhã liguei para a imobiliária, negociei um ótimo valor e comprei a casa.

- Espera aí! Você não está me dizendo que esta é a casa que vocês ficaram?

- Sim!

- Por quê? Você ficou maluca?

- Porque é uma ótima casa, é perfeita, do jeito que quero com a vista que quero, e aqui eu pensei em morar.

- Mas tem lembrança dele em todos os lados.

Acabo soltando um sorriso lembrando que Apolo tomou conta das minhas lembranças e não me deixa lembrar de Zack:

- Espera aí! Que sorriso é esse?

- Bom, as lembranças estão indo embora.

- Tão rápido? Me conte isso direito!

- Aí Amiga não me julgue, mas conheci uma pessoa, meu vizinho de porta por sinal...

- Hum já estou ficando ansiosa, quem é ele?

- Bom ele é meu vizinho, começou me ajudando por eu estar grávida, em um período crítico da gravidez dos três primeiros meses.

- E?

- E ele espantou meus demônios do Zack, acabei me envolvendo mais do que queria e pensava ser possível tão rápido.

- E quem é ele?

- Você deve conhecer...

- Quem é?

- É aquele ator o Apolo.

- Espera aí! Você está pegando o Apolo?

- Pegando não digo...

- Vocês transaram?

- Sim.

Digo e ruborizo na mesma hora:

- Então você está pegando!

- Ai que demais! Será que ele tem amigos? Irmãos?

- Não sei, não falamos sobre isso.

- Claro! Estava ocupada pegando aquele gostoso!

- Ei! Me respeita!

- Claro! Desculpe! Mas estou tipo a minha amiga está pegando o Apolo!

Ela falou gritando:

- Ei! Quieta! Não é oficial, ele está em outra cidade, não sei como vai ser, transamos uma vez, eu estou grávida de outro, ele é um ator e preza muito pela carreira, acho que vou ficar com ele embaixo do tapete para não o prejudicar.

- Ai amiga! Imagina!

- Não sei, vamos ver quando ele voltar.

- Voltar de onde?

- Ele está em viagem a trabalho.

- Vou stalkear ele todinho!

- Claro que vai!

Tenho a notificação de outra chamada:

- Amiga! Apolo está me ligando!

- Ok, depois conversamos mais, enquanto isso vou stalkear ele todinho.

- Ok, até mais amiga! Beijão!

Atendo Apolo:

- Alo?

- Como foi sua tarde Vida?

- Foi boa, terminei minha lista de lojas, coisas para comprar para Aurora, já arrumei o quarto dela e agora estava falando com uma amiga.

- Amiga? O que você contou para ela?

- Bom ela queria saber o que aconteceu desde que sai da minha cidade natal de onde ela é.

- E você contou algo sobre nós?

Fico na dúvida de o que responder e não entendo o motivo da pergunta, então improviso:

- Não, não contei nada, por?

- Porque não temos nada concreto ainda…

Levo um soco no estômago e ele continua:

- Digo, depende da situação e para quem contamos as pessoas comentam, seria difícil explicar uma gravides…

Outro soco no estômago, agora não é mais sobre mim, mas sobre minha filha também, então engoli em seco e digo:

- Realmente, são grandes empecilhos na sua carreira, uma mulher comum e ainda grávida de outro cara.

Ele não entende a ironia e diz:

- Ótimo! Que bom que entende.

- É… entendo sim, somente uma besta não entenderia isso.

- Espertinha.

- Obrigada…

Respiro fundo e digo:

- Está um pôr do sol lindo aqui, vou curtir aqui com a Aurora, estou cansada, depois vou tomar um banho e ir dormir.

- Ah, mas eu nem falei da minha tarde…

- Você já falou bastante hoje.

- Ok.

- Tchau Apolo.

Desligo a chamada e as lágrimas brotam, deixo sair tudo, afinal os últimos dias foram bárbaros na minha vida. Um tempo passa, vejo cada estrela surgir entre lágrimas e suspiros, até que Maite me liga:

- Oi Maite!

- Oi amiga, você estava chorando?

- Sim, levei alguns socos no estomago...

- Como assim? A Aurora está bem?

- Aí desculpa, eu falei metaforicamente...

- Ah, que bom que esclareceu, estava apavorada aqui.

- Desculpe...

- Amiga! Você não precisa se desculpar.

- Aí, nem eu sei o que fazer.

- O que aconteceu? Você estava tão feliz antes da... Ligação do Apolo... O que ele fez?

- Nada, eu que fiz...

- O que você fez?

- Cai nos encantos dele como mais uma idiota que cai na lábia dele.

- Como assim amiga, me explica por favor...

- Espera aí.

Pego a função do celular de pegar as gravações das chamadas e envio para ela:

- Ouve isso e depois me liga.

- Ok.

Minutos depois ela me liga:

- Credo amiga, eu senti seus socos no estomago.

- Então eu não entendi nada errado? Ele realmente falou que somos pedras na carreira dele.

-É ele falou... queria estar aí para te abraçar.

- Não seria má ideia.

- Bom se arrumar um emprego bom para mim aí eu vou correndo, pois ainda não sou milionária.

- Vou pesquisar algumas vagas.

- Obrigada Amiga.

- Olha, eu vou desligar, preciso ficar sozinha um pouco.

- Eu entendo Amiga, se precisar me ligue.

- Pode deixar, beijo.

Desligo a chamada, fico em silencio, deito na espreguiçadeira, depois me atiro na piscina, preciso de um banho de água fria para acordar para vida. Vejo o celular tocar, no visor o nome do Apolo e não atendo. Fico boiando encarando a lua e o interfone toca. Acho estranho, não encomendei nada, mas vou atender, agradeço por ter deixado um roupão perto da piscina, chego no portão tem um rapaz:

- Ana?

- Sim! O que precisa?

- Tenho uma entrega.

- Deve ser engano, não pedi nada.

- Bom tem remetente, mas o endereço está certo.

Pego o buque de flores, e uma orquídea:

- As duas?

- Sim, tenha uma boa noite.

- Obrigada e igualmente.

Fecho o portão, vou até os fundos na piscina, sento e leio o cartão:

"Vida, me desculpe, eu fui um tremendo babaca com o que eu falei, percebi tarde demais, depois de você não atender mais minhas ligações, ver as mensagens e sei que nem sinal de fumaça te mostraria algo…"

Sei que tem mais coisas escritas, mas rasgo em vários pedaços, não quero ver suas desculpas esfarrapadas, mas as flores estão lindas, quando levo até a cozinha vejo cair mais um envelope, pego e tem mais coisas escritas:

"Eu sabia que não leria inteiro o primeiro, então quero resumir para facilitar a sua vida, quero dizer que, eu não quero que os outros saibam por outras línguas, quero estar com você quando contarmos para o mundo que estamos juntos e que teremos uma filha, mesmo que não seja minha de sangue, foi isso que eu quis dizer, espero que me perdoe... OBS: Não sabia qual você gostaria mais, então mandei as duas"

Um sorriso bobo invade meu rosto, ligo para Maite:

- Oi Amiga! Tudo bem?

- Sim, eu só quero te mostrar uma coisa.

Viro a câmera mostrando as flores, tiro foto da carta e envio:

- Amiga! Esse babaca é perfeito.

Rio com o que Maite diz e pergunto:

- O que eu faço agora?

- Agarra esse homem, fica com ele, e descobre se ele tem um amigo, irmão, sei lá.

- Interesseira.

- Todas somos.

- Verdade.

- Bom, acho que tenho um pedido de desculpas para fazer.

- Vai lá amiga!

- Beijo.

Ligo para Apolo:

- Vida?

- Oi...

- Recebeu a entrega?

- Sim, por isso liguei.

- Que bom, antes de qualquer coisa, me perdoe, eu não tinha percebi o peso das minhas palavras até desligar a chamada sem entender o porquê você ficou brava comigo, quando ouvi a chamada percebi, liguei e já era tarde.

- Quase me perdeu...

- Não quero nem pensar nisso.

- Está perdoado, mas por favor, cuide mais o que fala, estou gravida e essas palavras me causam dor.

- Me desculpe, prometo que vou cuidar o que falo.

- Obrigada, mas me diga, como foi sua tarde?

- Foi boa, em uma entrevista surgiu uma oportunidade bem interessante.

- Que bom, quando puder me conta mais sobre.

- Pode deixar, conto sim, quando voltar de viagem.

- E quando você volta?

- Consegui remarcar algumas entrevistas então vou para casa depois de amanhã.

- Que ótimo, já estou com saudade.

- Eu também Vida! Vou ter mais uma reunião agora, e amanhã farei todas as outras que faria durante os outros dias da viagem.

- Agenda cheia.

- Sim, mas tudo para voltar antes para você.

- Obrigada!

- Vou ter que desligar, vá comer alguma coisa antes de dormir.

- Pode deixar.

- Beijo!

- Beijo!

Desligo a chamada, vou na cozinha, faço um sanduiche e vou olhar um filme, mais um do Apolo, quero saber mais sobre eles. Escolho um romance clássico, amigos desde a infância, ele descobre que ama ela quando ela namora outro cara.

Admiro ele ainda mais, tomo banho e vou dormir, abraço o travesseiro que ele dormiu, seu cheiro está nele. Acordo e meu celular está cheio de mensagens dizendo boa noite, bom dia, fotos do seu café da manhã, entrando em reunião. Respondo com bom dia e foto da praia, resolvo fazer uma caminhada na praia até um café que vi ali perto.

Depois caminho mais pela cidade, apreciar as pequenas coisas, detalhes de tudo, afinal, aqui é minha nova casa. Reparo que não tem nada relacionado a investimentos, cuidado com patrimônio especificamente e penso em ser algo que prejudica o lugar.

Volto para casa, percebo que cansei das férias, sem o Apolo fico sem muitas coisas para fazer. Resolvo fazer algumas receitas de doces e biscoitos para receber Apolo bem. Cozinha cheia de louças, mas os armários cheios de gostosuras caseiras, com isso fico exausta. Deito na espreguiçadeira da piscina com um biquini e tomo sol.

Do nada Zack invade minha mente, passa um filme do que vivemos, das transas cheias de desejo, selvagens, brutas e extremamente prazerosas. Apolo toma lugar com seu suspense, calmaria, e fico dividida, os dois me tomam de formas diferentes, claro Zack me balançou mais que Apolo, mas Apolo me dá a segurança que Zack não deu.

Me perco nos pensamentos, sorrio quando volto a realidade, comparando os dois, sou uma louca de me envolver tão rápido com alguém depois de um termino, mas também imagino perder uma oportunidade se não ficar com ele e me arrepender com certeza por levar em conta a opinião alheia.

Acordo com frio, acabei dormindo na beira da piscina, ainda estou de biquini, entro e vou direto para banheira onde arrumo um banho para me esquentar. Olho o celular e tem milhares de mensagem de Apolo, não sei como ele não mandou ninguém aqui em casa. Ligo para ele:

- Alô? Vida? Tudo bem?

- Oi, sim desculpe, fui tomar sol e cai no sono.

- Entendi, mas você está cansada?

- Eu fiz algumas coisas e acabei cansando.

- Você deve ir no medico, tem que fazer o acompanhamento.

- Sim, vou ligar para meu médico e pedir uma indicação.

- Isso mesmo, você tem que conferir se está tudo certo.

- Sim, é que foi tudo uma loucura que não deu tempo para pensar nisso.

- Eu sei, mas deve fazer isso logo.

- Sim senhor! E como foi seu dia?

- Foi ótimo, terminei todos os compromissos, amanhã já vou para casa.

- Que horas?

- Não sei.

- Sabe sim! só não quer me contar.

 Digamos que sim.

- Ok, o que está fazendo agora?

- Estou jantando e você?

- Estou na banheira.

- Hum, fazendo do que?

- Me deliciando...

- Com o que?

- Comigo mesma.

- Que sedutor e convidativo.

- É mesmo?

- Sim, se te contar que agora estou no meio de um restaurante e não posso ficar em pé...

- É mesmo? E se eu te contar que estou com espuma por todo corpo, mas meus seios estão fora da água enrijecidos pelo frio, descendo estou toda molhada, não somente pela água, mas por pensar em o que estaria fazendo comigo se estivesse aqui, então coloco dois dedos sobre me sexo e fico massageando lentamente ele...

- Faria melhor se deixasse eles entrarem em você, como eu faria...

- E como faria isso?

- Lentamente, fazendo cada musculo do seu corpo implorar pelo meu toque.

- Assim estou fazendo.

- Ana, não vai me deixar levantar daqui se continuarmos conversando assim.

- E qual o problema? Eu estou bem aqui, longe de você, o que posso fazer?

- Parar de me enlouquecer assim...

- Que pena, vou parar então.

- Acho bom.

- Então deixa eu terminar meu banho e você dê um jeito de ir para o quarto.

- Pode deixar.

Desligo a chamada e saio da banheira, rindo por ter mentido para Apolo sobre o que estava fazendo na banheira. Visto-me, janto e vou deitar na cama desta vez.

Capítulo Treze

Vejo um vulto no quarto, levo um susto e por um minuto penso que posso estar sonhando, mas sento na cama e me belisco, estou acordada, limpo os olhos e Apolo diz:

- Ei Vida! Desculpe te acordar.

- O que?

- Você invade minha casa no meio da noite e não quer que eu acorde?

- Desculpe, queria te fazer uma surpresa.

- E conseguiu, mas que bom que é você.

- Vem aqui.

Apolo me estende as mãos e me abraça, depois me beija:

- Estava com saudade...

- Eu também.

Deitamos na cama, Apolo me colhe no seu abraço e durmo novamente. Acordo com sua respiração:

- Bom dia Vida!

- Bom dia...

- Dormiu bem?

- Depois de invadir minha casa, sim.

- Desculpe...

- E você dormiu bem?

- Sim, muito bem...

- Posso te fazer uma pergunta?

- Sim.

- Por que me chama de Vida?

- Porque isso que você fez comigo, me deu vida, estava preso em um mundo besta sem cor e você colocou vida em tudo.

- Uau, nunca tinha imaginado que seria isso.

- Isso é bom ou ruim?

- Bom.

- Que bom, vamos levantar?

- Sim, estou com fome.

- Vou preparar algo para nós.

- Não, eu já fiz coisas para tomarmos café.

- Ótimo!

Nos vestimos e vejo que Apolo veio com as malas para cá, acredito que nem passou em casa, me sinto importante com isso. Durante o café Apolo diz:

- Quais seus planos para hoje?

- Nada em mente, por?

- Por que eu tenho umas coisas em mente.

- Ok.

- Depois vou em casa deixar as malas e você coloque algo confortável e um biquini.

- Como quiser.

Terminamos o café, ele vai para casa, cumpro o que ele pediu. Apolo buzina, saio de casa, uso um vestido e por baixo um biquini, não imagino onde ele vai me levar, mas estou animada:

- Não sabia que tinha um jipe.

- Sim, gosto de carros assim.

Apolo desce do carro e me ajuda a entrar, este é mais alto que os outros carros:

- Para onde vamos?

- Para um programa especial cheio de surpresas.

- Uau, estou animada!

- Que bom!

Seguimos rumo a praia, em uma cabana ele compra duas águas de coco, vejo dois chaveiros que são duas peças de quebra cabeça, se completam e as duas são da vista da cabana, em uma delas está escrito: "Eu de você" e no outro "Você de mim", mostro para Apolo, ele compra e seguimos viagem.

Apolo entra em uma estrada de chão que hora tem mata dos dois lados e hora temos a vista da praia, não faço ideia de onde estamos indo, mas quando chegamos fico boquiaberta:

- Que lindo!

- Meu paraíso particular... ninguém vem aqui, a maioria nem conhece.

Estamos em uma praia linda, deserta, sua areia é branquinha, o mar é azul claro, ondas calmas, cercada de montes rochosos, simplesmente magnifico. Ele desce do carro e me ajuda a descer, depois pega uma cesta de piquenique, igual à dos filmes:

- Nunca tinha visto uma cesta assim, somente em filmes.

- Esta é a vantagem de ser ator...

- Então você roubou uma cesta?

- Não!

Ele responde sorrindo:

- E apenas perguntei onde eles compraram.

- Ah, bem explicado.

Sorrio e lhe beijo, depois ele vai para o centro da praia, tira as coisas da cesta, primeiro uma toalha, depois doces, frutas, bolos, sanduiches e senta de um lado da toalha, eu descumprindo a regra sento ao seu lado, praticamente em seu colo e ele sorri:

- Adoro ter você assim perto de mim.

- Eu adoro estar assim perto de você.

Lhe beijo mais umas vezes, parece indomável essa vontade, como um vício, quero ter seus lábios o tempo todo, depois digo:

- Vamos comer?

- Sim!

Pego um morango, dou uma mordida e pergunto:

- Você falou um dia que tinha uma ótima oportunidade em uma entrevista, vai me contar?

- Não ainda, está no início, nada concreto, mas assim que der certo você saberá.

- Que misterioso.

- Essa será a surpresa da vida.

- Fiquei curiosa.

- Não precisa, você vai saber quando acontecer.

- Está bem…

- Mas e você, não sei nada de você.

- O que você quer saber?

- Que tal um resumo de como chegou aqui.

- Bem direto você…

- Sim, mas conte só se não tiver problema…

- Evito pensar e falar disso, mas acho justo que você saiba como aconteceu.

Dou uma pausa respiro fundo e começo:

- Tudo começou com meu namoro em crise, eu não existia mais na vida dele como mulher, somente a pessoa com quem ele morava, pagava as contas enquanto ele ficava de dia em casa afundado em jogos, a noite afundado em bares e baladas, sem mim, claro... Então terminei o namoro e fui fazer uma viagem, não sei o que aconteceu ao certo, mas fui parar em uma cidadezinha, onde não tinha se quer uma pousada, consegui um lugar para ficar em troca de ajudar com o trabalho, pois era uma fazenda de gado de corte, fiquei aos cuidados do filho mais velho, que me mostrou um mundo novo, cuidados, carinho e me apaixonei...

- Ele é o pai da Aurora?

- Sim, mas antes de fazermos algo eu o ajudei a resolver um antigo conflito com uma namorada de infância, me arrependo amargamente de fazer isso, mas tive que voltar para onde eu morava, pois tinha emprego, compromissos, ele não queria que eu fosse, mas fui igual com a promessa que voltaria.

- Uau... continue...

- Três meses depois volto grávida e encontro ele com a antiga namorada que ajudei ele a resolver os problemas, grávida de uns cinco meses, e ele sendo enganado que o filho era dele.

- Mas como ele é burro.

- Sim, tentei provar e argumentar, mas o médico da cidade que com certeza ela subornou tem a opinião mais verdadeira do que eu cheia de exames na mão, então sai de lá, viajei horas até chegar aqui, encontrar esta casa, resolver que aqui seria meu lar, meu e da Aurora.

Apolo me abraça forte, minhas lágrimas caem, as mesmas que estavam guardadas, pois estava contando de cabeça erguida, mas Apolo e seu super poder de me fazer chorar, destruiu isso:

- Não acredito que tinha passado por tudo isso... por isso você estava insegura em me dar uma chance...

- Insegura? Te beijei no segundo dia que te conheci!

- Graças ao seu sonho.

- Maldito sonhos!

- Ei! Não fale assim dele, foi ele que deu você pra mim.

Me arrepio ouvindo-o falar assim. Sento em seu colo de frente puxando a barra do vestido para que pudesse me acomodar:

- Você tem que parar de me fazer chorar quando não quero demonstrar fraqueza, segundo, não adianta pensar que vou te contar o sonho, pois não vou e terceiro, me beije, pois sei que posso confiar que não fará tamanha traição comigo.

Apolo sorri, coloca uma mão na minha cintura e outra no meu rosto, me traz para mais perto e diz:

- Aos sonhos que temos.

- Aos sonhos que temos…

Seu beijo me arrepia, seu coração bate forte como o meu, parece que ele tira o peso que carrego destes acontecimentos e fico aliviada de ter encontrado ele e me permitido ficar com ele, mesmo que em tão pouco tempo.

Depois do beijo lento, cheio de promessas de um futuro melhor, saio do seu colo, vou correndo para o mar, ele levanta e antes que eu chegasse no mar Apolo me pega no colo me levando até a água, a água está amena, ideal para o calor que está não sendo gelada nem quente, simplesmente perfeita. Apolo me abraça, estamos de pé na água e as ondas nos fazem subir e descer, seus olhos encaram minha alma, sinto que não preciso de armas nem exército com dele, que finalmente encontrei alguém ideal. Depois de me encarar digo:

- O que está procurando?

- Mais segredos…

- Não precisa procurar, não tenho segredos, mas você tem…

Apolo se espanta e pergunta:

- Que segredo?

- Sua história, não sei de nada…

Ele me beija mordendo meu lábio e depois de puxa-lo pergunta:

- O que você quer saber?

- Da sua família…

- Bom, como eles estão agora não faço ideia, pois sai de casa brigado com eles aos dezoito anos e não falei mais com eles.

- Como assim? O que aconteceu?

-Eu fui ator desde criança, sempre trabalhei muito, sempre tive o que precisava, mas nunca reparei no resto, no quanto ganhava, onde ia o dinheiro… Quando fiz dezoito anos resolvi tomar o controle da minha carreira e descobri que meus pais tinham gasto todo meu dinheiro em luxos bobos, em jogos e péssimos negócios, naquela idade estava falido, mesmo trabalhado tanto. Então briguei com eles e nunca mais voltei, fui atras de estudo sobre finanças, controlei meu dinheiro, continue trabalhando e graças ao universo dei certo na carreira, fiquei famoso e rico.

- Você não pensa neles?

- Um pouco, de vez em quando, sei que eles ainda moram no mesmo lugar, mas não sei nada mais que isso.

- E você não pensa em ver eles?

- Acho que não tenho coragem, eles devem me odiar.

- Ou devem estar arrependidos de ter perdido o filho por ganancia e queiram te pedir perdão.

- Não sei dizer, não consigo pensar nisso.

- Você sabe que se não resolver isso, vai só carregar rancor e magoa que somente pesam na sua vida…

- Eu até penso, mas como eu disse, não tenho coragem.

- Bom, e que tal se fizermos o seguinte…

Apolo me beija tentando tirar meu foco:

- Ei! Deixe-me falar!

- Desculpe.

- Desculpado..., mas pensa assim... como você me encoraja a chorar e me libertar dos meus pesos eu serei sua coragem de tentar curar esta ferida, eu vou com você até a casa dos seus pais, se der errado a culpa é minha e eu não vou mais falar nada sobre isso, mas serei seu apoio no que de ruim acontecer, e se der certo ficarei muito feliz em te ajudar a resolver isso...

- Posso pensar?

- É claro! Isso diz respeito somente a você, tomar a decisão de resolver algo para aliviar o seu coração.

- Vou pensar com carinho.

- Agradeço...

Voltamos para praia e comemos mais um pouco:

- Nossa! Este dia está bem aleatório, deveríamos ter ido almoçar, mas já estamos no lanche.

- Você quer almoçar?

- Não! Estou cheia, e um dia não será o fim se os horários não ser cumpridos rigorosamente.

- Você que sabe...

- Bebe, não se preocupe, se eu precisar de algo eu vou te avisar.

- Avise mesmo, não quero que nada falte para você.

- Por que você me trata assim?

- Assim como?

- Como um bebe.

- Vida olha pra mim!

Encaro seus olhos e ele continua:

- Quando eu te vi pela primeira vez, você estava descendo do carro para ver a casa, eu senti que você estava perdida, buscando de alguma forma pilares para que te dessem forças para continuar, depois falei com o corretor da casa que me contou que estava grávida, então passei a cuidar e ter ainda mais atenção você...

- Mas por quê?

- Porque eu sentia que devia, você precisava disso... Então você voltou cheia de sacolas pesadas, dei o primeiro passo, comecei a ajudar, quando você me deixou chegar perto eu percebi que a sua maior dor era não ter com quem contar, mas você pode contar comigo, então te abracei, você deixou cair o primeiro muro que construiu pelo que te aconteceu, você chorou, antes daquele momento eu já tinha me encantado com seus mistérios, porém naquele momento você me desarmou para o amor, paixão, pelo sentir algo por alguém, e partindo daquilo que comecei a pensar se me daria uma chance algum dia, mas nunca pensei ser digno disso, quando você teve o sonho, eu sei que estava frágil, mas de alguma forma decidia, posso ter sido rude da forma que agi, mas não me arrependo, pois graças a isso você está aqui comigo, você pra mim e eu para você.

- Obrigada.

Sussurro e Apolo me abraça, seu coração está angustiado, e o meu perdido com tudo que ouviu:

- Você acha que isso é amor?

- Eu li sobre isso, atuei sobre isso, mas nunca tinha sentido nada igual por ninguém...

Abaixo a cabeça e Apolo ergue novamente encarando meus olhos:

- Ana, não se preocupe com títulos, nós sabemos o que sentimos um pelo outro, eu sei que sua decepção foi grande, suas expectativas foram frustradas por imprudência e falta de comprometimento de outro, mas pense que isso lhe gerou uma ser, uma vida que com certeza será o bem mais precioso que adquiriu na vida, eu sei que tem dificuldades por tudo que aconteceu, e eu estou te dizendo agora que aceito, aceito ser seu amigo, seu homem, seu companheiro, seu porto seguro, mas também o seu barco para ir além do horizonte, serei seu ninho para pousar, mas quero ser suas assar para te ajudar a voar, meu bem, você me fez encontrar dentro de mim todas coisas que eu pensei existir somente em filmes, e estarei disposto a esperar o tempo que for preciso para você entregar como vou me entregar, deixar sentir o que sinto, seja lá quanto tempo demorar, porque eu cheguei à conclusão que te amo.

- Apolo, eu já vou lhe pedir perdão pelas vezes que não responder da mesma forma, lhe agradeço por estar disposto por mim e me comprometo a ficar disposta para você, mas eu quero fazer isso dar certo, porque eu quero ser digna do seu amor.

- Não importa o tempo, não importa como, o que me importa é você… Te amo, e se não quiser que eu fale mais isso eu paro…

Meu coração aperta, passa um filme na cabeça de todos os "Eu te amo" que Zack e eu dissemos, mas tenho medo de perder Apolo, então abafo os deja vus com Zack e digo em um sussurro:

- Eu também te amo…

- Vida, você não precisar responder se não se sentir confortável.

- Não tente entender tudo o que acontece ou passa na minha cabeça, se eu respondi é porque tenho um proposito e o meu proposito agora é você, te fazer feliz como você me faz e estar disposta a isso como você também está, ok?

- Ok…

Selamos com um beijo, seu coração bate mais tranquilo, o meu também, espero que continue assim. Deito em seu colo e ele fica acariciando meu cabelo, fico correndo as unhas no braço que colocou em cima de mim e o silencio, com as ondas do mar, os pássaros cantando acalmam nossos corações, recarregando as energias:

- Eu sei que isso parece chato, mas quero te fazer um pedido, ou uma pergunta?

- Qual é pergunta?

- Posso te chamar além de Vida te chamar de Amor?

- Apolo e sua ansiedade.

- Desculpe, realmente é muito ansioso, não vou perguntar mais, vou ir mais na calma.

- Apolo, calma!

Levanto do seu colo, sento nele ficando de frente mais uma vez:

- Desculpe, foi uma pergunta idiota, me perdoe, é que eu fiquei pensando em quão perfeito seria acordar de manhã e te dizer "bom dia amor" ou quando tomar banho pedir "amor me traz a toalha", desculpe...

Resolvo brincar um pouco com sua ansiedade e falo mantendo a máxima seriedade possível:

- Amor, você tem que acalmar seu coração, ficar imaginando essas coisas não é saudável.

- Verdade me desculpe...

Apolo dá uma pausa e parece que então percebe o que eu falei:

- Você pode repetir o que você falou?

- Amor, você tem que acalmar seu coração, ficar imaginando essas coisas não é saudável.

Seus olhos brilham, o sorriso toma conta do seu semblante, coloca as duas mãos no meu rosto e pede novamente:

- Repete novamente?

- Essas coisas não são saudáveis.

- Antes disso

- Ficar imaginando

- Antes... tipo o início...

- Amor? Amor, você tem que acalmar seu coração...

- Isso! Amor! Amor! Amor!

Ele me beija passando pelos seus lábios toda sua alegria:

- Amor, você pode me chamar de Amor sim e espero ouvir muitos bons dias como descreveu.

- Pode deixar que vou fazer várias frases com amor para você.

- Obrigada.

Apolo me abraça e quando solta diz:

- Vamos?

- Para onde?

- Para a próxima parada.

- Vamos!

Apolo recolhe tudo enquanto fico molhando os pés no mar:

- Amor! Vamos?

- Sim.

Respondo e indo ao encontro dele que vem em minha direção. Ele pega minha mão, seguimos rumo ao próximo destino. Seguimos pelo litoral até chegarmos em uma fogueira beira mar, perto dela entramos em uma lanchonete:

- Está com fome?

- Um pouco?

Apolo pede o cardápio e confiro todas as opções, fico na completa dúvida:

- O que vai pedir?

- Uma porção de carnes, peixes e frutos do mar.

- Parece bom, pode pedir o mesmo para mim.

- Ok.

Ele faz o pedido e aguardamos, logo puxa a cadeira para ficar mais perto de mim:

- Você tem imã?

- Devo ter, você também tem.

Apolo me abraça, logo começa uma banda se organizar:

- O que vai ter aqui?

- Aqui tem uma festinha, mas é bem tranquila, somente mostra a receptividade desta cidade e que a praia carrega.

- Parece bom.

Terminamos de comer, a música começa, e nós dançamos, fazia tempo que não dançava e a banda tocava de todos os ritmos, hora lento, hora animado, hora mais seduzente, nestas danças fazia questão de exalar meus feromônios e minha deusa interior prendendo Apolo em mim, me sinto nos céus ao perceber que ele está enfeitiçado, depois de várias músicas vejo que ele começa a cansar:

- Você não cansa?

- De dançar é difícil…

- Vou pegar uma bebida para nós.

- Ta bom, vou continuar dançando aqui.

- Ok, logo volto.

Apolo some em meio as pessoas, eu sigo dançando, de repente um homem, embriagado começa a querer dançar comigo, tocar em mim, afasto ele algumas vezes, ele continua insistindo, empurro ele mais forte e procuro Apolo, mas não vejo ele em lugar nenhum, o homem fica mais violento, pegando firme nos meus braços:

- Apolo! Socorro!

Grito e ele surge, pega no ombro do homem e diz:

- Tira as mãos da minha mulher!

E lhe dá um soco, que como um nocaute derruba o homem no chão, seguro seu braço antes que ele faça mais estragos, e Apolo me olha:

- Você se machucou? Ele fez alguma coisa com você?

- Ele só pegou forte no meu braço, mas não deu tempo de ele fazer nada mais, você apareceu bem na hora.

- Tem certeza

- Sim Amor, estou bem, mas vamos sair daqui, antes que esse cara levante.

- Vamos sim.

Entramos no carro e vamos para casa, no caminho Apolo pega dois milkshakes para nós:

- Vou colocar os milkshakes na geladeira, e vou tomar um banho.

- Eu vou deixar o carro em casa e volto logo.

- Ok, pega a chave para entrar depois.

- Até logo Vida!

- Até!

Dou-lhe um beijo e ele vai para sua casa, eu passo na cozinha em seguida vou para o banho. Fico revivendo cada momento do passeio, das conversas e revelações, mas foco também no agora saindo do banho. Apolo chega e pergunta por mim:

- Amor? Onde você está?

- Estou no quarto, me vestindo…

- Ok, vou arrumar um filme para vermos.

- Ta bom, logo chego aí.

Visto-me com um baby-doll com detalhes em renda, coloco um robe da mesma cor e vou para sala:

- Minha deusa, não se vista assim, se não quiser me provocar...

- E quem disse que não quero provocar.

- Bebe, lembre-se que está gravida.

- Eu sei... quer que eu troque de roupa?

- Não precisa.

- Ok, eu perguntei pelo menos.

Chego perto de Apolo que está no sofá já com duas bacias de pipoca, sento ao seu lado, sinto um frio, ele percebendo vai rapidamente no quarto e volta com um cobertor:

- Não precisava.

- Precisava sim, você está com frio.

- Foi só um arrepio, mas obrigada.

- De nada! Agora partiu filme.

- Vamos lá.

O filme começa, sem querer o cansaço do dia começa a pesar meus olhos e não percebo, mas acabo dormindo. Acordo preguiçosa, olho ao redor e estou no quarto, não sei que hora é, mas estou sozinha. Acho estranho, pensei que Apolo fosse dormir aqui, estou com a boca seca e resolvo ir na cozinha pegar um copo de água.

Pego o roupão e vou indo, as luzes estão apagadas, mas vejo uma sombra na porta de vidro com vista para o mar, chegando perto é Apolo:

- Está com insônia?

Chego perto dele e abraço pelas costas:

- Talvez um pouco...

- Por que?

- Não sei, fiquei pensando no que me falou sobre me acertar com a minha família, e isso tirou meu sono.

- Ei, o que acha de irmos lá amanhã.

- Você vai?

- Claro que sim.

- Ok.

- Agora vamos dormir, eu ia tomar um copo de água, mas vou fazer um chazinho para nós.

- Eu aceito.

Pego a chaleira, coloco a água esquentar, vou no armário, pego o chá de maracujá, Apolo senta em uma das banquetas e fica me olhando:

- O que foi?

- Já estou imaginando, você com um barrigão, você deve ficar linda com barrigão.

- Bom isso vamos descobrir…

- Mas não deixa de ser curioso, aliás, você já arrumou um médico para acompanhar aqui?

- Já peguei o contato com o meu, tenho que marcar a consulta.

- Vamos ver isso o quanto antes, quero saber como está o bebe.

- Sim.

O chá fica pronto, e sirvo:

- Que chá diferente…

- Chá de maracujá, é o que posso tomar, não gostou?

- Diferente, mas gostoso.

- Que bom que gostou.

Termino meu chá e bocejo, Apolo boceja também:

- Não sei se foi você, ou se foi o chá, mas acho que passou minha insônia.

- Que bom, então vamos dormir.

Apolo lava as xicaras e lhe espero, quando termina me abraça me levando no colo para o quarto, deitamos na cama, me acomodo de conchinha em seus braços e ele me abraça:

- Boa noite Amor

- Boa noite Amor...

Capítulo Catorze

Acordo e o sol já entra pelas cortinas, reparo que do jeito que eu deite acordei, me viro vagarosamente para não acordar Apolo, mas a tentativa é fracassada, pois ele já está acordado:

- Bom dia Amor.

- Bom dia, Amor...

Ele beija minha testa e sorri:

- Dormiu bem?

- Sim e você?

- Também, mas você dormiu o suficiente para ficar preparada?

- Preparada para o que?

- Conhecer seus sogros?

- Vai me apresentar assim para eles?

- Claro! Você é minha companheira, e é assim que vou lhe apresentar, até porque eles não entenderiam uma amiga que eu chamo de Amor e não consigo sair de perto.

- Faz sentido..., mas acho bom não contarmos na minha gravidez...

- Por?

- Porque não quero roubar a cena, e também não seria fácil explicar a gravidez de outro, etc.

- Você que sabe... Por mim não tem problema contar.

- Deixa para contar detalhes mais para frente.

- Ok.

- Vamos?

- O que acha que devo vestir?

- Bom, eles são muito rígidos?

- Não eram.

- Então vou usar um short jeans, uma regata com uma camisa por cima e um tênis.

- Boa escolha.

- Por que?

- Porque se olhar na sacola que trouxe ontem é algo parecido o que eu escolhi.

- Não vou olhar, vou vestir-me e você faça o mesmo.

- Como quiser.

Levantamos e vou para o closet, visto-me como pensei, Apolo fica se vestindo, enquanto faço passo uma maquiagem leve depois encontro ele, fico boquiaberta ao ver que até os tons da roupa combinaram:

- Acha que devo trocar?

- Não, você está perfeita.

- Obrigada! Vamos tomar café?

- Se bem conheço lá terá café, por isso estamos indo cedo.

- Que bom que está animado.

- Você me deixou assim.

Coro e Apolo me beija carinhosamente:

- Está na hora de ir.

- Então vamos.

Pego as chaves da caminhonete e vamos, Apolo dirige, uma mão está no volante e a outra na minha perna, pego ela e ele entrelaça os dedos e beija-a:

- Demora para chegar?

- Uns trinta minutos.

- Ok.

Apolo sai da rodovia e entra em uma estrada de terra:

- Eles moram onde?

- Em uma fazenda, bem no interior, me criei lá.

Ao falar de fazendo meu pensamento voa para Zack, mas volto ao presente e sorrio:

- Estou curiosa para saber como é.

- Eu estou mais curioso em saber como seremos recebidos.

- Calma, vai dar tudo certo.

- Estou contando com isso.

A viagem segue em silencio até chegarmos em campos com cavalos:

- Deixe-me adivinhar, na fazenda criam cavalos?

- Acertou, você gosta de cavalos?

- Até que gosto, mas gravida não acho uma boa por enquanto.

- Verdade, vou te proteger disso então.

- Obrigada.

Apolo entra em uma estrada mais estreita que o fim da em uma casa, ele desliga a caminhonete:

- Acho que chegou a hora.

- Vamos lá Amor, vai dar tudo certo.

Ouço uma mulher de mais idade dizendo:

- Quem chegou? Será que estão perdidos? Nunca vi esse carro por aqui antes?

Um senhor fala:

- Vai lá olhar mulher.

Desço da caminhonete, Apolo vem ao meu encontro e a mulher nos olha:

- É um casal de... Espera ai! É quem eu acho que é?

Sai o senhor de casa, nos vê e boquiaberto e diz:

- Acho que é...

Pego a mão do Apolo que está travado e puxo fazendo caminhar:

- Vamos lá!

- Vamos...

Ele chegando mais perto diz:

- Mãe... Pai... sou eu o...

- Apolo!

A mulher grita alegre, e abraça Apolo, o senhor vem logo atras, abraça ele também, eu fico mais afastada admirando a linda cena. Sai de casa mais um homem, aparentemente da idade de Apolo, junto com ele uma mulher e um menino que parece ter dez anos, também ficam parados olhando a cena. Depois de algumas lagrimas caírem a mão de Apolo começa falar:

- Nos perdoe filho...

- É verdade filho, nos perdoe, estamos muito arrependidos do que fizemos com você.

- Eu os perdoo, como também peço perdão por me afastar tanto tempo.

- Nós agradecemos o seu perdão e perdoamos você também meu filho.

- Muito obrigado pai..., mas isso só aconteceu de eu voltar graças a esta mulher! Ana, minha namorada...

Saio de trás dele e a mãe dele vem me abraçar:

- Muito prazer, sou Serena, mãe do Apolo!

- O prazer é todo meu.

Em seguida vem o pai de Apolo:

- Muito prazer Ana, sou Theodoro.

- O prazer é meu...

- E apresento a você Estevam, irmão mais novo do Apolo, Sofia, sua esposa, e o pequeno é Henrique.

Estevam me abraça, Sofia e Henrique também:

- Prazer!

Depois Estevam abraça Apolo e ambos choram, acho lindo os dois demonstrarem os sentimentos, depois disso Sofia e Henrique lhe abraçam também:

- Como fez ele voltar para nós?

- Uma longa conversa bastou.

Apolo me abraça e sua mãe diz:

- Dá para ver que você é especial.

- É sim mãe.

Ele me beija a testa e todos nos olham, fico corada, mas não digo nada:

- Vocês estão com fome?

Apolo sorri e responde:

- Viemos sem tomar café da manhã.

- Então vamos passando!

Apolo com a mão na minha cintura seguimos eles entrando na casa:

- Sentem-se, chegaram bem na hora.

- Posso dizer que foi proposital chegar esta hora.

- Que bom meu filho que ainda lembra da nossa cultura.

Fico em silencio, olhando todos conversando, até que sinto um toque:

- E aí? Como é namorar um famoso?

Sofia pergunta:

- Não é tão difícil como imaginei.

- Que bom, mas e você? Como é o irmão do Apolo?

- Bom ele me conquistou pelo seu jeito carinhoso e cavalheiro de ser.

- O Apolo também.

- Bom, aqui acompanhamos a vida dele pela mídia, olhamos todos os filmes dele.

- Que bom que acompanharam ele, mesmo distante.

- Sim.

- E não teve ciúmes do Estevam por todo este acompanhamento do Apolo?

- Não! Ele que chamava para acompanhar.

- Que ótimo!

Apolo se intromete na conversa:

- Tudo bem por aí?

- Sim, se precisar eu peço socorro.

Sorrio e ele me acompanha:

- Ok.

Terminamos o café, saímos para varanda, parece que Sofia percebe que estou meio perdida, e mesmo sem saber o motivo me tira dali:

- Vem comigo, vou te mostrar a fazenda.

- Ok.

Caminhando pela fazenda em silencio Sofia não se aguenta:

- Estou sentindo você desconfortável, pode me contar por que?

- Várias lembranças, mas nenhuma ruim a ponto de eu estragar o reencontro da família.

- Ok, te ajudo de alguma forma?

- Eu estou bem, estou feliz pelo Apolo, somente pode me ajudar a sair da atenção.

- Pode deixar que eu te ajudo.

Depois de um passeio na fazenda voltamos e Apolo me abraça:

- Onde você estava?

- Estava passeando pela fazenda, a Sofia me mostrou tudo.

- Que bom que fez amizade.

- Claro! Ela é ótima!

- O almoço está pronto.

- Nossa como passou rápido a manhã.

- Sim, achei o mesmo.

Sentamos na mesa e a mesa é farta, servindo de tudo um pouco o prato ficou pequeno, mas como tudo tranquilamente, Apolo me encara, pois continuo em silencio:

- Amor, você está bem?

- Estou sim.

- Por que está tão quieta?

Fico refletindo em o que responder, aliás não posso estragar o momento em família, respondendo que aquela cena de família reunida na mesa me dispara gatilhos do Zack, então digo:

- Apenas estou deixando vocês conversar, colocar os assuntos em dia.

- Posso confiar nesta resposta?

- Pode sim Amor.

Digo colocando a mão na sua perna, então a mãe do Apolo pergunta:

- Então me conte como se conheceram?

- Ela foi morar na frente da minha casa, me encantei no momento em que a vi.

- A quanto tempo vocês estão juntos?

- Tempo suficiente para termos certeza do que queremos e o que sentimos.

Respondo, Apolo pega minha mão e beija. Fico olhando todos, estão todos felizes, cheios de assunto, histórias para contar, a alegria de todos, a convivência assim parece que fico em um limbo entre a mesa da casa de Zack e a mesa da família de Apolo. Termino a refeição e vou no banheiro, converso comigo mesma que tenho que focar no agora, esquecer o passado, principalmente o Zack, penso que ele esteja em família com Luiza, isso me produz raiva suficiente para me alocar e fixar no agora.

Saio do banheiro e no caminho encontro Apolo:

- Onde você estava?

- Estava no banheiro, tem algum lugar para ficarmos sozinhos uns minutinhos?

- Deve ter o meu antigo quarto, deixa eu ver com a mãe se ele não está ocupado.

- O que está ocupado?

Ela surge do nada, e Apolo se vira:

- Queria saber se meu antigo quarto está ocupado?

- Claro que não! Como você deixou ele está.

- Posso ver ele?

- Claro filho, pode ir.

Apolo pega minha mão, entra em um corredor passamos várias portas até chegarmos em uma que Apolo para, abre devagar e entra, está tudo limpo, impecavelmente organizado, tem poster dos trabalhos que fez antes de sair de casa. Ele paralisa olhando tudo, parece estar vivendo um filme, depois de um tempo ele diz:

- Bom, este é meu quarto.

- O seu primeiro matadouro?

Ele sorri sentando na cama pegando minha mão e me puxando para sentar em uma de suas pernas:

- Só se for de você, pois eu que morro por você neste quarto.

- E quantas morreram por você antes de eu entrar aqui?

- Nenhuma, você realmente não acredita que eu nunca trouxe namorada para casa?

- Duvido mais a cada dia que te conheço mais.

- Por que?

Lhe dou um beijo molhado, nossos lábios dançam, coloco meus braços sobre seus ombros, e Apolo segura minha cintura com força, depois do beijo respondo:

- Por isso! Seu beijo, seu jeito, seu corpo... Apolo, não é à toa que você tem nome de Deus Grego, pois você parece um, então fica difícil de acreditar que não tinha rios de garotas loucas por você, fica difícil de acreditar que não teve namoradas deitadas nesta cama...

- Ok, vou confessar! Sim já trouxe garotas para cá, já tive namoradas, e rios de garotas enlouquecidas, que choravam quando eu assumia namoro com alguma outra garota.

- Então por que mentiu que não trouxe ninguém aqui.

- Aquele Apolo que deitou com garotas nesta cama, não é o mesmo Apolo de hoje, mudei muito, para mim hoje, vendo e lembrando as coisas neste quarto são completamente sem sentido, sem valor...

- Então você, quer dizer o Apolo de antes morria de amores pelas garotas que deitaram aqui?

- Não, eu transava com elas por transar, para ser o pegador que era moda na época, mas apaixonado, e morrer de amores só descobri isso com você, eu realmente achei que amor era coisa de trouxa que assistia filmes, com você eu penso que vivo em um filme de tão bom e perfeito que é.

Levanto do seu colo, fecho a porta, tranco, tiro a chave do trinco, coloco em um parador do lado, viro para Apolo e ele está curioso com o que passa na minha mente, tiro a camisa, os tênis e ele se levanta:

- Ah não bebe, deixa que eu faço isso.

- Como quiser...

Apolo abre o cinto, o shorts cai no chão, abro os botões da sua camisa e sua bermuda, ele tira minha blusa estamos semi nus, ele me beija, me seguro em seus braços, ele sai da minha boca fazendo um trilho de beijos pelo meu pescoço, até chegar em meus seios tirando um para fora do bojo, eu lhe ajudo abrindo o sutiã para que fiquem livres que logo abocanha um e cubro minha boca para não gemer, um das mãos massageiam o outro seio e a outra desce em meu sexo, a minha resposta é instantânea:

- Você tem certeza que quer fazer isso aqui. agora?

- Você tem alguma objeção?

- Acho que sim, tipo sua família está a alguns cômodos ao lado...

- É só nós não deitarmos na cama...

- Por que?

- Porque ela ringe.

- Que bom que sabe.

Ele volta aos meus lábios, seus dedos tiram minha calcinha e eu tiro sua cueca, abocanho seu membro já ereto e Apolo geme cobrindo a boca:

- Ah bebe, isso eu não aguento...

- Então senta no chão que mudo o plano de ação.

Vamos sentando no chão, eu fico por cima dele, agarro seu cabelo, tomo seus lábios, ele segura minha cintura me levantando vagarosamente para encaixar nele. Assim como subi ele vai me descendo, a velocidade me mata, coloco mais peso e desço mais rápido, mas não contava com um gemido que acabo soltando, Apolo cobre minha boca. Começo a subir e descer mais rápido e ele me puxa falando no meu ouvido baixinho:

- Você está tão molhada...

- Isso tudo por você...

- Aí bebe, assim você acaba comigo...

- Essa é a ideia, se acabe comigo neste chão deste quarto.

- Por que?

- Porque quero te mostrar e para o Apolo antigo que nenhuma vagabunda que passou por aqui me supera, quero que a partir de hoje você entre neste quarto e só lembre de mim.

- Pode ter certeza que isso vai acontecer...

Continuo subindo e descendo, Apolo cobre a boca para não gemer, adoro o modo que mexo com ele, e mordo meu lábio para não gemer também, sinto seu corpo enrijecendo e vou até seu ouvido:

- Se acaba pra mim, goza gostoso vai!

Ele segura minha cintura forte, me ajuda a subir e descer um pouco mais rápido, de repente me tira para o lado, seus jatos espirram em nós, desço ligeiro e abocanho ele, pegando na boca, judiando por estar sensível Apolo cobre a boca e solta um gemido revirando os olhos:

- Ah assim...

Quando os jatos param me levanto e Apolo me segue:

- Vamos ali no banheiro.

Ele abre uma porta, entrando no banheiro enxaguar a boca, Apolo pega uma toalha para secar, pois passamos água nos lambuzar, depois de secos ele me beija:

- Você é impossível.

- Você que me deixa assim.

Vestidos, confiro no espelho se parece que transamos no chão do quarto, aparentemente estamos normais, saímos do quarto e vamos para varanda, Apolo com a mão na minha cintura e o Estevam pergunta:

- Onde estavam?

- Apolo estava me mostrando o quarto dele, e me contando histórias de namoradas antigas.

- Que mancada irmão, não se fala de ex para atual!

- Se fala de ex quando a atual se garante, e é mil vezes melhor do que as antigas...

Apolo responde e sorrio dizendo:

- E outra que agrega valor, pois quanto mais ex tiver e é você que ele chama de amor, é sinal que você vale muito.

Olho para Apolo que coloca o polegar no meu queixo e me dá um beijo leve, fico corada por fazer isso na frente dos outros, mas todos sorriem vendo, Sofia diz:

- Estevam, porque você não fala das suas ex?

- Porque eu não sabia desta regra.

- Ah sei, depois vamos conversar em particular.

- Caramba, queria brincar com Apolo e agora eu estou encrencado.

Sorrio e digo:

- Calma Sofia, entenda que ele não fala das ex porque nem lembra delas por ter uma mulher maravilhosa ao lado, e outra que conheço mulheres que enlouquecem quando falam de ex, quem sabe ele achou que você fosse assim.

Sofia sorri e abraça Estevam:

- Verdade, vou pensar assim.

Estevam a vira de costas para nós e agradece em silencio fazendo sinais de: "Obrigado! Vocês me livraram de virar o jantar de hoje":

- Acho que podemos ir…

Apolo diz e sua mãe questiona:

- Mas já! Imagina! Não vão não!

Então digo:

- Podemos ficar mais um pouco, sem problemas, a não ser que Apolo tenha agenda.

- Não tenho, podemos ficar mais um pouco sim.

- Mais um pouco não, vão ficar até a janta.

A mãe de Apolo afirma e sorrimos. Ela levanta e diz:

- Vou arrumar um café da tarde.

- E eu vou levar a Ana para mostrar uns lugares da fazendo.

- Mas eu mostrei a fazenda para ela.

Sofia fala e Apolo responde:

- Mas não com meus olhos.

Ela abre a boca para dizer algo, mas não fala nada, ele pega minha mão e vamos caminhando:

- Para onde vamos?

- Já vai ver.

- Ok.

Seguimos por alguns potreiros e subimos um morro, devagar por causa da gravides, e chegamos embaixo de uma arvore, olho ao redor a paisagem parece uma pintura composta por lavouras, cavalos, e bem no fundo dá para ver uns barcos no mar:

- Que lindo esta vista.

- Eu sempre vinha aqui quando tinha algum problema ou estava cansado...

- Por que?

- Porque aqui eu via onde estava, mas o quão longe poderia chegar, que o universo é imenso, a perder de vista e assim deveria ser a vista, uma imensidão de coisas lindas para serem vividas.

- Que lindo isso, muito boa essa visão das coisas.

Apolo senta na grama, sento ao seu lado, ele me abraça e ficamos em silencio um pouco:

- E como está sendo a reconciliação?

- Maravilhosa, fiquei surpreso de como foi, e estou muito grato por você ter me ajudado a fazer isso.

- Não tem o que agradecer.

- Nem com um beijo?

- Vai me agradecer só com um beijo?

- Não! Claro que não! Lhe darei todos os meus até não querer mais.

- Espero que isso não aconteça.

- Espero o mesmo!

Quando vamos nos beijar o celular dele toca, Apolo olha e se levanta:

- Vou atender e já volto.

- Ok.

Capítulo Quinze

Fico sentada e ele anda de um lado para outro, não presto atenção no que ele fala, pois se eu pudesse escutar ele não se levantaria para atender, tento manter a calma, abafo meus demônios da desconfiança e fico olhando a paisagem, depois de alguns minutos Apolo volta:

- Ana, aconteceram algumas coisas, e tem uma pessoa enlouquecendo que se eu não fazer uma reunião vou perder vários contratos.

Começo achando estranho ele me chamar de Ana, ainda mais por estarmos sozinhos, mas abafo meus demônios da desconfiança e respondo:

- E o que fazemos?

- Voltamos para casa, vou te deixar em casa e vou ter que pegar o primeiro avião para onde esta pessoa está.

- Ok, vamos então se é tão importante.

- Não é importante é devastador.

Fico surpresa com a reação dele, e vamos até a sede:

- Mãe agradeço tudo, mas tenho um compromisso urgente!

- Oh meu filho o que aconteceu?

- Eu tenho que resolver umas coisas e tem que ser logo.

- Que pena meu filho, mas se é importante entendemos.

- Desculpe…

- Volte mais vezes!

- Sim, vou voltar assim que resolver isso venho mais vezes.

- Ok.

Apolo abraça todos e eu faço o mesmo, depois vamos para a caminhonete, vamos para casa. Ele dirige rápido, fico um tanto preocupada, mas não falo nada, perigo deixá-lo mais nervoso. Chegamos em casa, ele somente me dá um beijo, o celular toca novamente e ele atende grosseiro:

- Eu já estou indo! Já comprou a passagem? Maravilha! Nem banho vai dar tempo! Ok, vou sim! Já chega!

Me assusta ver Apolo tão alterado, com as chaves na mão do carro e espero ele sair para fechar o portão. Penso em perguntar se ele quer carona para o aeroporto, mas antes que abrisse a boca um carro preto estaciona na frente da sua casa, ele sai com uma mochila nas costas, sem olhar para mim entra no carro e o mesmo sai acelerado.

Fico um pouco vendo o nada, até que resolvo entrar, tomo um banho para relaxar. Depois vou na praia, caminho beira mar, ouvindo música no fone, ligo para Maite:

- Oi Amiga!

- Olá…

- O que aconteceu?

- Não sei, Apolo recebeu uma ligação e ficou transtornado, fiquei preocupada.

- Coisa de trabalho?

- Parece que sim, ele falou alguma coisa de contratos.

- Então deixa ele resolver, aposto que quando estiver tudo resolvido ele vai lhe explicar tudo.

- Espero que sim.

- Mas e você como esta?

- Estou bem, hoje ajudei Apolo se reconciliar com a família.

- E ele tem irmãos?

- Tem um, mas é casado e tem um filho.

- Que pena, achei que ia encontrar meu par junto com o seu.

- Você vai encontrar, pode ter certeza.

- Espero mesmo.

Rimos e pergunto:

- O que está fazendo?

- Estou perdida nas redes sociais, e você?

- Estou no pátio da minha casa.

- Pátio?

- Sim.

Viro a câmera e Maite sorri:

- Eu ia dizer que só poderia ser a praia, aí deve ser o paraíso.

- É sim, já estou me sentindo em casa.

- Eu queria o mesmo... Espera aí, tem alguém tocando o interfone.

- Ok.

- Amiga, desculpa, mas está chegando um carinha aqui, vou ficar ocupada.

- Ok, bom encontro aí.

- Obrigada Amiga, beijo!

- Beijo!

Desligo, confiro mais uma vez se Apolo me mandou algo, mas não tenho nada. Subo as escadas, peço uma comida e assisto um filme. A comida chega, janto e ainda não recebi nada de Apolo. Espero mais umas horas e resolvo dormir, pois retorno dele não receberei hoje acredito.

Acordo e tem uma mensagem as quatro da manhã de Apolo dizendo que está bem, mas que não vai poder conversar muito, pois está cheio de problemas para resolver, então respondo: "Boa sorte Amor", mas não alivia muito a angustia que estou sentindo.

Dois dias passam e fico achando o que fazer, e meio dia toca meu celular, meu coração pula de alegria é Apolo:

- Oi Amor! Tudo bem?

- Oi, sim, está tudo bem e você?

Apolo responde apressado e parece cochichando:

- Estou bem, mas com saudades.

- Eu estou com muitos compromissos.

- Quando você volta?

- Não sei ainda, mas vou ter que ficar mais umas semanas, bom eu tenho que ir, tchau!

- Tchau...

Respondo e ele desliga. Algo de muito errado deve estar acontecendo, mas não consigo saber o que é, pois ele não me conta nada. Envio mensagens e nenhuma é respondida, fico perdida, os dias ficam vazios.

Semanas depois estou almoço sozinha, estou desanimada, e Apolo não dá notícias desde a ligação. O interfone toca, penso ser alguma entrega, e quando saio a alegria volta a mim:

- Apolo!

Acabo falando mais alto do que quero, abro o portão em seguida, Apolo vem rapidamente, me abraça forte me tirando do chão:

- Amor! O que aconteceu?

- Eu estava preso em uma situação complicada, mas consegui me libertar e voltar para você.

- Mas e conseguiu resolver?

- Totalmente ainda não, vai mais uns meses para resolver tudo, mas estou aqui para você.

- E quando volta?

- Não sei, mas não vamos pensar nisso, venha cá!

Apolo me beija, meu corpo esquenta, meu coração aquece e palpita, seu coração bate forte, meu Apolo voltou estou tão feliz, ele parece matar mais do que uma saudade. Ele me pega no colo, me leva para o quarto, começo tirar a roupa e ele me beija apressado, deito na cama e ele vem por cima de mim, sem muitas preliminares coloca camisinha, e penetra em mim, minha sorte é que seu beijo já me deixou preparada para recebe-lo, ele se movimenta rápido, logo ele se lembra da minha gravidez e diminui seu ritmo, saiu de mim:

- Me desculpe, eu estava com tanta saudade e com tanto medo de te perder que me perdi.

- Sem problemas.

Ele me beija mais devagar, faz um trilho de beijos e para entre minhas pernas, minhas expectativas crescem e ele me surpreende com movimentos habilidosos, que não permite controlar meus espasmos, aproveito para gemer, não tem ninguém para ouvir, e Apolo me olha malicioso, eu aproveito, pego seus cabelos, me livro de todos os pensamentos, relaxo totalmente e meu prazer vem, ele limpa o canto da boca vitorioso, depois deita ao meu lado:

- O que foi isso?

- Precisava compensar minha ausência.

- Agora deixa eu deitar em seu peito.

Deito nele, e sinto Apolo receoso:

- O que aconteceu?

- Eu preciso te contar uma coisa…

Meu celular toca e é um número estranho, resolvo atender:

- Alo?

- Olá quem fala?

- É Ana e com quem estou falando?

- Está falando com a verdadeira...

Levanto da cama e vou para cozinha, Apolo fica deitado:

- A verdadeira o que?

- A verdadeira mulher do Apolo...

- Como assim?

- O Apolo sempre mentiu para você, sabe esse mês que ele ficou longe? Era porque estava comigo, na nossa casa, acompanhando a minha maternidade.

- Como assim? Isso é um trote!

- Olhe o vídeo que te mandei, pode olhar a data em cima e verá que falo a verdade.

Tiro o celular da orelha, recebo o vídeo, clico nele e são imagens de câmeras, no alto estão os dias que ele estava fora, são vários recortes dele beijando, abraçando uma mulher com a barriga já crescida, está gravida, quando vou fechar o vídeo fico enjoada vendo-o transando com a mulher do vídeo no sofá quando olho a data minhas pernas tremem, a data é de ontem:

- Viu meu bem, Apolo é meu, o filho dele é meu, e se quiser me falar algo estou na casa dele.

Levo um soco no estomago, fico totalmente enjoada, minhas pernas tremem e suo frio, mas me recomponho, preciso tirar um canalha da minha cama:

- Muito obrigada por meu esclarecer, pena que foi tão tarde.

- De nada bebe, vida ou amor.

Minha raiva cresce ainda mais, desligo a chamada e vou até o quarto, Apolo está lá incrivelmente sensual deitado na cama, como todas sonham ter, então pergunto:

- É fetiche?

- O que?

- Transar com mulheres gravidas?

- Como assim?

- Bom transou com uma ontem, com outra hoje, quantas mais transou.

- Ei espera aí... deixa-me te explicar.

- Ah agora tem o que explicar?

- Como você soube?

- Você sabia das câmeras?

- Câmeras?

- Estas câmeras!

Mostro o vídeo e seu olhos enchem e as lagrimas se tornam rios:

- Deixa-me explicar!

- Aproveita que eu ainda estou com um milésimo de paciência.

- Amor!

- Não me chame assim! Como já não me chama assim a quase um mês.

- Ta ok, Ana, não é o que parece.

- E o que está parecendo? Que você tem uma mulher gravida, não sei onde, ficou um mês fora, volta como se nada tivesse acontecido?

- Ana!

- O filho é seu mesmo?

Apolo baixa a cabeça e já sei a resposta:

- Sim, o bebe é meu filho, mas foi um acidente!

- Você tropeçou e seu esperma caiu dentro dela?

- Não, nós transamos como todos fazem.

- Então não é um acidente!

- Ta ok! Entendi, mas foi uma transa sem significado!

- Bom, por isso você ficou um mês transando com ela?

- Ta, está difícil de convencer que eu não amo ela, eu amo você, e eu só fiz o que tem nestas filmagens porque ela jurou que destruiria minha carreira se não fizesse.

- E como ela faria isso?

- Contando que ela estava gravida de mim e que eu estava com você.

- E como ela soube de mim?

- Ela colocou um cara atras de mim, ela tem várias fotos nossas.

- Eu não acredito nisso!

- Eu tentei pegar, mas ela tem várias copias e eu não consegui pegar todas.

- Bom, então já sabe o que fazer!

- Ana! Vamos dar um jeito!

- A questão é que não quero dar um jeito, cansei de ser enganada, saia daqui! Va ficar com ela, cuida do seu filho!

- Como vou fazer isso sem amor?

- Faça com o sentimento que tinha quando transou com ela, eu não vou estragar a vida de uma família.

- Mas não tinha sentimento.

- Vai construir um, agora saia da minha casa, saia da minha vida e de preferência saia da casa da frente, não quero te ver!

- Por favor, nos dê uma chance!

- Se tivesse contado a verdade desde o início eu teria pensado em um jeito de fazermos isso, mas você acabou com toda a confiança e segurança que tinha de você.

- Eu posso recuperar, prometo que a partir de agora não terá mais mentiras.

- Não adianta, perdeu sua chance, saia daqui agora!

- Ana! Vamos fazer isso?

- Sim, saia da minha vida!

- Ana, um abraço…

- Não quero mais nada vindo de você! Saia.

- Ana, então deixa eu te dizer, você foi a mulher que me mostrou o que é o amor, com você descobri que o amor não está somente nos filmes, e eu espero que encontre alguém que te faça voar e continuar voando como eu queria ter feito.

- Tchau Apolo!

- Adeus, Ana…

Apolo sai e sento na cama, não entendo como posso ter me enganado duas vezes, vou desistir do amor, de príncipes e de finais felizes.

Seis anos depois...

- Bom dia meu Amor, está na hora de acordar.

- Bom dia mamãe, obrigada por me acordar.

- O café está servido, vou ter que ir em um cliente, mas a Manu vai te acompanhar no café.

- Está bem mamãe, é aquele cliente chato e só tem tempo de manhã cedo.

- Este mesmo.

- Diga para ele que somos perfeitas sozinhas e que não quero um papai.

- Já conversamos sobre isso, você sabe que não deve dar importância para este tipo de comentário.

-Eu sei, ninguém pode ver uma mãe cuidando da filha sozinha que comentam.

- Eu sei filha, e me desculpe por fazer você passar por isso.

- Eu entendo mamãe, e saiba que você é perfeita, sendo mãe, pai e tudo mais.

- Eu te agradeço filha por ser tão compreensiva.

- Eu já tenho cinco anos então eu entendo de muitas coisas.

- Eu sei, por isso não te escondo nada.

- Por isso que eu te amo mamãe.

- Agora eu tenho que ir, me dê um abraço e um beijo.

Ela vem para mais perto fazer o que pedi, depois saio com minha pasta entro na caminhonete e suspiro falando sozinha:

- Eu não entendo porque ainda não troquei de carro.

Manuela, nossa auxiliar da casa e baba bate no vidro:

- Você esqueceu seu celular.

- Muito obrigada!

Abro o portão e vou na empresa do cliente, não é bonito, nem atraente, vive fazendo cantadas baratas e dizendo que devo arrumar um pai para minha filha, mas estamos em comum acordo que não queremos mais um membro na família.

Chego no cliente e sou bem recebida, uso um vestido até a altura do joelho, de um ombro só, fúcsia, formal apesar de ele ser colado ao corpo, destacando minhas curvas, mas não tenho problemas com isso, pois afinal estou solteira, pode aparecer um sapo bonito por aí.

Sorrio sozinha com meu novo dilema que se os príncipes encantados não são perfeitos, melhor procurar um sapo. Meu salto fino anuncia minha chegada e todos os colaboradores me encaram, vou até o fim do longo corredor até chegar na sala dele:

- Sr. Denis.

Digo batendo na porta, ele já salta para me receber, puxa a porta e aponta para que eu sente em algum das poltronas em sua frente.

- Bom dia Srta. Ana, tudo bem?

- Tudo certo e com o senhor?

- Tudo maravilhoso, ainda mais com esta belíssima esculta perante meus olhos.

Sorrio amarelo para não perder o cliente e já respondo:

- Belíssimo estão seus resultados nos investimentos, eu sou apenas uma mera mortal, consultora financeira.

- Você quer prestar consultoria na minha vida também, tipo na minha casa?

- E ter que administrar uma ex esposa neurótica que ainda mora com o senhor e mais quatro filhos? Não obrigada!

Ele fecha o sorriso e eu continuo:

- E eu tenho uma coisa para falar pro senhor, cansei de ficar aturando suas atitudes, então das duas uma, ou o senhor para com este seu atrevimento e cantadas baratas sem graça, ou eu vou para de prestar serviço de consultoria para o senhor e indico uma colega minha.

- Oh não, imagina, vou parar.

- Quer saber de uma coisa, estou encerrando nosso contrato, pode deixar que envio para sua conta a multa de quebra de contrato e o senhor seja feliz.

- O que? Como assim?

- É isso mesmo, os resultados te enviarei, mas vou deixar as copias impressas e tchau.

- Como assim tchau?

- Veja só.

Levanto vou até a porta saio, somente com a mão digo tchau e saio. Estou cansada disso, nem mesmo preciso trabalhar então chega de engolir sapos. Vou na caminhonete e saio com raiva, aviso a secretária para fazer o termo de rescisão de contrato e me passar a conta para trazer a transferência.

Em minutos estou com os dados nas mãos e vou para casa, no caminho resolvo deixar a caminhonete na lavagem a duas quadras de casa, resolvo ir andando até em casa, mesmo que de salto. Vou olhando o celular, ouço Aurora falando com alguém, chegando mais perto vejo um homem ajoelhado em sua frente, mas não enxergo a Manu.

Capítulo Dezesseis

Ignoro que estou de salto, saio correndo o mais rápido que consigo, e quando chego em uma distância boa grito:

- Aurora! Se afasta deste homem agora!

Aurora de assusta, dá dois passos para trás e chegando perto vejo a Manu segurando seus ombros que estava atras da parece de entrada, respiro um pouco mais aliviada, mas dou um grito para o homem:

- Se afaste da minha filha agora!

O homem se assusta e em um salto fica em pé, corro mais rápido até chegar perto:

- Não acredito! Você aqui?

- Olá Ana.

Zack responde calmo e sorridente, como se estivesse vitorioso em nos ver:

- Manu, leve a Aurora lá para dentro, eu tenho que falar com este homem sem que ela escute.

- Ok, vamos Aurora!

Espero elas entrarem na casa então me viro para Zack:

- O que está fazendo aqui? Como nos encontrou?

- Ei, espere, nem um bom dia, quanto tempo, que saudade?

- Não está sendo um bom dia, só fazem seis anos então não é muito tempo e não estou com saudade.

- Podemos conversar?

- Diga.

- Podemos entrar para conversar?

- Por que você quer entrar, acredito que não temos nada muito extenso para conversar.

- Eu acho que sim, e quero ver que mudanças fez na casa.

Encaro a casa, algumas memórias do que vivemos naquele sábado e domingo voltam. Em momentos assim me arrependo de ter saído da fazenda, dirigido até aqui, visto a placa de venda e comprar a casa no outro dia:

- Está longe...

- Estou pensando se tenho ou não o que falar com você, acredito que ficou tudo bem claro a seis anos atrás.

- Eu quero falar com você justamente do que aconteceu seis anos atras e o que aconteceu de lá até hoje.

- Zack, por favor, estamos bem sozinhas, ela nem sabe quem você é e também não está fazendo falta, então é melhor ir embora.

- Me deixe pelos menos conversar com você, quero esclarecer as coisas.

- Eu não tenho nenhuma dúvida, vai para sua casa e nos deixe em paz.

Digo virando as costas, fecho o portão na cara dele e ele grita:

- Eu não vou sair daqui na frente enquanto você não aceitar falar comigo.

- Vai apodrecer aí então.

Fecho a porta e vou para o meu escritório, no caminho a Manu me avisa que recebi flores sem remetente. É um buque de flores do campo, pelo menos são bonitas:

- Obrigada por avisar, mas sem saber quem enviou fica difícil agradecer ou retribuir o mimo.

- Verdade!

- Vou conferir uns documentos do escritório.

- Ok.

Manu responde e vou revisar a documentação do cliente, depois de uns minutos ouço batidas na porta:

- Pode entrar.

- Ana, o homem ainda está lá na frente.

- Deixe-o lá, logo vai desistir.

- Você o conhece?

- Infelizmente sim, ele é um fantasma do passado.

Aurora aparece atrás de suas pernas e pede para entrar:

- Claro filha, pode entrar.

- Manu, posso falar a sós com minha mãe?

- Pode sim.

Manuela responde e sai fechando a porta, Aurora senta no meu colo de frente para mim e olha no fundo dos meus olhos:

- Mamãe, o que este homem quer conosco?

- Como assim filha?

- Ele tocou a campainha e disse que queria falar comigo e com você.

- Ele é um fantasma do passado que logo vai desaparecer.

- Você tem certeza?

- Sim, ele deve estar confuso e quer conversar com a mamãe, mas a mamãe não quer falar com ele, pois ele representa muitas dores na mamãe.

Aurora chega mais perto e sussurra:

- Posso te contar um segredo?

- Sim filha.

-Eu o reconheci.

- Como assim?

- Ele é meu papai, não é?

Me afasto para ver seus olhos, engulo em seco, me escoro no encosto da cadeira:

- Do que você está falando?

- Eu sei que ele é Zack, meu papai.

- Como você sabe?

- Ele falou o nome dele, eu tinha um trabalho de dia dos pais na escola que pediram uma foto dos nossos pais, com a ajuda da Manu nós vasculhamos as gavetas, encontramos um envelope de fotos que tinha você e um homem, no envelope estava escrito, para o casal Ana e Zack.

- Por que você não me falou nada antes?

- Eu sei que este assunto te machuca, ele não tinha dado sinais de vida, como me contou que ele não acreditou que eu fosse filha dele, não dei muita importância, mas agora ele reapareceu, eu fui olhar a foto que eu tinha e confirmei que era ele.

- E como sabe que as fotos são com ele?

- Bom, são de seis anos atrás, tem a data atras das fotos então não ficou difícil de ligar as coisas.

- Às vezes eu odeio ter uma filha tão inteligente.

- Não me odeie, eu só quero o seu bem.

- E o que você quer que eu faça?

- Eu quero que você o receba, não precisa contar que eu sei quem é, diga para ele que eu acho que é um cliente da sua empresa.

- Filha, você lembra tudo o que a mamãe contou que ele fez a mamãe passar?

- Sim e também lembro de você me contar que amava ele.

- Bem como falou, eu amava, não amo mais.

- Mamãe, não minta para si mesma, pois para mim não consegue mentir.

- A mamãe vai pensar neste seu pedido, e eu conto a minha decisão.

- Ok, agora vou para escola.

- Ok filha, até mais tarde.

- Até mamãe, te amo.

- Eu também te amo.

Aurora sai, fecha porta, eu deito na cadeira soltando o ar dos pulmões e falo sozinha:

- Não acredito que ele ressurgiu depois de tantos anos, e eu não acredito que Aurora o reconheceu por uma foto.

Passo as mãos no cabelo e faço um coque desarrumado, não sei o que pensar. Olho para mesa, vejo meu celular tocando, é da empresa. Atendo e me distraio, esqueço até mesmo de almoçar. A tarde passa, eu foco no trabalho, não dando tempo para pensar na situação de Zack, quando ouço batidas na porta:

- Pode entrar.

- Mamãe?

- Oi meu amor, vem me dar um beijo!

Aurora vem, abraça forte, me dá um beijo e depois me encara:

- O papai ainda está na frente de casa.

- Não tive tempo de pensar nele, e eu gostaria que você não o chamasse assim, pelo menos não por enquanto.

- Ta bom, mas ele ainda está lá na frente.

- Eu imagino.

- Você não vai fazer o que te pedi?

- É sério filha, fazer o que me pediu é mexer em uma ferida aberta.

- Mas as vezes temos que mexer no ferimento, limpar para curar.

- Eu odeio quando você usa minhas frases contra mim.

Lembro de quando ela caiu de bicicleta e ralou o joelho, não queria que eu mexesse e eu falei esta mesma frase para ela:

- Eu tenho escolha?

- Não, um dia menos dia você vai fazer o que pedi.

- Está bem.

- Para vocês conversar tranquilos eu posso ir na casa da Julia para dormir?

- Boa tentativa, mas não, você vai ficar em casa no seu quarto fazendo o dever de casa.

- Mas mãe, eu já tinha combinado com a Julia hoje cedo.

- Como assim?

- É sério, a mãe dela também já está sabendo e eu disse que você tinha deixado.

- Como fez isso sem me perguntar.

- Eu achei que deixaria.

- Posso ligar então para a mãe da Julia e ela vai confirmar?

- Sim.

Ligo para Marta, mãe da Julia:

- Oi Marta, tudo bem?

- Oi sim, já estou estacionando para pegar a Aurora!

- Já está estacionando?

- Me levanto da cadeira e vejo o carro dela na frente.

- Ótimo, somente queria confirmar que não teria problemas.

- Imagina, ela está pronta?

- Logo saímos.

Respondo e desligo a chamada:

- Sua pestinha!

Aurora sorri e dá uma piscada:

- Sua mochila está pronta?

- Sim, tem roupa limpa, toalha o uniforme para amanhã, os cadernos, escova de dentes.

- Boa menina, pegou chinelo?

- Sim, pijama também.

- Ok, então vamos lá.

Aurora pega sua mochila de rodinhas e levo ela até o carro de Marta:

- Oi Marta, tudo bem?

- Tudo sim!

Responde ela me dando um beijo na bochecha e pegando a mochila da Aurora:

- Pode ficar tranquila que vou cuidar bem das duas, vamos fazer o dever de casa, assistir filme e fazer guerra de travesseiro!

- Eba!

As meninas gritam pulando:

- Queria participar também, mas tenho algumas pendencias para resolver.

- É claro, não tem problemas, nós poderíamos marcar uma noite de drinks o que acha?

- Maravilhoso, pode ser aqui em casa, tenho várias opções.

- Você sempre tem.

Sorrio e me despeço de todas, Aurora me dá um beijo, entra no carro e todas saem cantando. Quando vou fazer sinal para Zack vejo minha caminhonete vindo. O rapaz da lavagem vem sem camisa, seu cabelo loiro reluz no sol e seu tanquinho molhado me faz morder o lábio na imaginação:

- Olá Srta. Ana! Aqui está! Está limpinha como sempre gosta.

- Ótimo, muito obrigada, já envio o pagamento.

- Sem pressa, e quando quiser é só chamar, tem o meu número, de precisar de qualquer coisa mesmo estarei aqui em qualquer horário.

- Ok muito obrigada.

Ele vira as costas, sai em passos largos, volta e meia olha para trás conferindo se estou olhando, faço isso até ele virar a esquina. Pego a caminhonete e estaciono na garagem. Quando vou fechar o portão buzino e Zack me olha rapidamente:

- Pode estacionar aqui dentro.

Ele sorri largo, liga a caminhonete e estaciona ao lado da minha:

- Muito obrigado!

- Você sabe onde é o banheiro, pode deixar a sua mochila no quarto de hóspedes e tomar um banho.

- Ok.

Ele diz tentando se aproximar, mas dou dois passos para trás de braços cruzados:

- Uau que linda a casa, você realmente a deixo com sua cara.

- É isso que se faz com um lar.

- Realmente.

- O quarto é a segunda porta a direita e o banheiro a terceira.

- Ok.

Ele responde ansioso, parece alegre e nervoso ao mesmo tempo. Deito no sofá e fecho os olhos um pouco.

Minutos depois...

Levanto do sofá e vou até o quarto, tem sua mochila com uma roupa separada, vou em passos leves até o banheiro e pela porta entre aberta vejo ele, seu corpo ainda é o mesmo, seus braços fortes ensaboados calmamente. Só de vê-lo já me sinto atraída. puxo um pouco da saia, alcanço meu sexo, estou molhada e começo a me acariciar, com a outra mão abro o vestido em cima e liberto um dos meus seios, ele está rígido igual a seis anos atras, me vejo enfeitiçada por ele. Ao me ver ali ele sai molhado do chuveiro, com suas mãos levanta mais meu vestido e se ajoelha na minha frente, seus dedos me penetram e solto um gemido leve:

- Está molhadinha baby.

- Sim, você me deixa assim.

Ele então se levanta, me coloca em seu colo, sem calma me penetra, meu gemido é alto, me seguro na parede, seus movimentos são rápidos e fortes me enlouquecendo em segundos:

- Eu estava com tanta saudade…

Falo entre dentes e ele sorri com malicia:

- Goza pra mim baby.

- Sim é claro!

Ele acelera o ritmo, sinto a parede roçando minhas costas até que solto um gemido.

Olho para todos os lados, e agradeço que ele não tenha visto, sabe-se lá o que eu estava fazendo enquanto dormia no sofá:

- Estou pronto.

Surge Zack com uma calça jeans e sem camisa:

- Volte já no quarto e coloque uma camiseta no mínimo.

Ele suspira e volta com um camisa sem abotoar:

- Abotoa esta camisa!

- Por que?

- Estou me blindando de você.

Enquanto ele abotoa lembro de quando eu desabotoava as camisas dele e mordo o lábio sem perceber, sinto um polegar no meu lábio soltando-o, Zack se aproxima na intensão de me beijar, mas saio da hipnose a tempo, dou alguns passos me afastando dele:

- Vamos para o escritório.

- Como quiser.

Chegamos na porta e ele pede que eu entre primeiro:

- Feche a porta e sente-se.

Aponto para a poltrona na minha frente do outro lado da mesa. Zack se acomoda e digo:

- Bom, agora me diga, o que quer falar comigo?

Ele engole em seco vejo uma gota suor escorrer em seu rosto, isso me dispara outro gatilho e nos vejo transando na beirada da mesa, ambos suados, mas acordo do gatilho, ligo o ar condicionado da sala e ele agradece:

- Por onde eu começo?

- Não sei, quem queria conversar era você não eu, então deve saber o que quer me falar.

- É difícil, mas vou tentar.

- O tempo é seu de falar.

- Primeiro, o que vivemos naquela semana foi real, eu realmente me apaixonei por você em todos os aspectos e sentidos, e não queria que nossa história terminasse como terminou.

- Neste ponto concordo com você.

- Pois bem, em segundo lugar, eu realmente estava sendo sincero todas as vezes que falei que te amo e posso continuar dizendo.

- Continuar dizendo não, você me amou e você me amava, mas não venha me dizer que me ama, pois se realmente amasse não teria feito o que fez.

- Eu entendo sua raiva e ressentimento, mas vamos resolver tudo isso.

- Prossiga.

- Quando você foi embora eu contei para toda família o que tinha acontecido entre nós, que tínhamos nos apaixonamos e que iriamos construir uma família juntos.

- Daí você resolveu que construir uma família com a Luiza era mais fácil e rápido.

- Não, não foi assim.

Tento não deixar correr a lágrima que verteu nos meus olhos, mas foi em vão, seco e volta a encara-lo:

- E como foi?

- Em primeiro lugar quando fui te ligar não funcionou.

- Isso não foi culpa minha.

- É realmente, mas você pode deixar eu falar para eu conseguir dizer tudo que preciso?

- Ok.

- Eu errei com os números, tentei te encontrar de todas as formas que imaginei, mas não consegui, e foi assim que comecei a desanimar, passaram uma semana, chegou o dia do casamento da Luiza, ela apareceu lá em casa desesperada que o Eduardo tinha descoberto a nossa transa no banheiro e ia fazer um escândalo no casamento. Como ela seria ridicularizada na frente de todos queria saber o que podíamos fazer, quando me contou enjoou, vomitou no meio da fazenda. Fomos até o médico e descobrimos que ela estava grávida. Resolvi que deveria parabenizar o Eduardo e contar com o bom senso dele se casar com ela por ela estar grávida, mas ele fez totalmente o contrário, me falou que não transavam a dois meses e que o filho deveria ser meu.

- Ta espera aí, para não ficar muito longa as minhas respostas, primeiro eu também tentei encontrar algum contato da cidade, não encontrei nada, e segundo você realmente acreditou que apareceriam sintomas de gravides depois de uma semana?

- Sim, não sou médico e não entendo dessas coisas, somente acreditei no que me disseram.

- Ou seja, deixou eles te fazerem de idiota.

- Infelizmente sim, mas como não poderia deixar ela na rua da amargura, levei ela para minha casa, mas não fazíamos nada de sexo.

- Claro porque nos primeiros três meses a gravides ainda tem muito risco de aborto.

- Três meses?

- Sim.

- Agora faz mais sentido, pois depois de um mês e pouco ela me procurou para transar.

- Caramba só de você me contar isso eu já sei que você foi enganado.

- Agora eu também sei, mas continuando…

- Sim, desculpe.

- Eu não tirava você da cabeça, mas já tinha passado um mês, o mês que você prometeu que voltaria, eu comecei a acreditar que você realmente não voltaria, fui tentando construir um amor com a Luiza, já que ela estava esperando um filho meu, e mesmo assim descobri que ela usava seu perfume.

- Ela usava ou passou a usar quando viu que deixei o meu lá?

- Eu fui muito trouxa…

- Continue…

- Bom, ela imitava sei cheiro seu jeito e fui espelhando o amor que sentia por você nela, a barriga foi crescendo e quando eu estava sentindo algo ela começou a reclamar da casa, reclamar da fazenda, mas eu achava que era apenas mau humor da gravidez.

- Nada a comentar, continue.

Vou até a cafeteira que tenho no escritório, faço um café para nós e Zack continua:

- Depois você apareceu como um raio, me tirando do conforto que tinha estabelecido me dizendo que estava grávida, que a Aurora era minha filha e que Luiza estava mentindo.

- Daí preferiu dizer que eu estava mentindo e me mandar embora.

Respondo colocando a xícara de café em sua frente e sento novamente na minha cadeira:

- Eu errei.

- Isto todos nós sabemos.

- Fiquei na dúvida que a Luiza estava falando realmente a verdade, depois de mais dois meses levei ela para outro médico, fingi atender uma ligação, mas na verdade me escondi e ela começou oferecer vários valores para o médico mentir que o bebe era de cinco meses e não de sete como realmente era, e foi assim que descobri. Depois disso ainda fiz o DNA para comprovar com toda certeza que o filho não era meu, carreguei todas as mochilas dela, o quarto do bebe, deixei ela na porta da casa do Eduardo com o exame e tudo em mãos.

- Ficou malvado,

- Eu posso ser muita coisa, mas o que mais odeio é mentira, ainda mais uma que me fez perder a melhor coisa da minha vida.

- Entendo.

Dou um gole de café, quando largo a xícara ele tentar pegar minha mão, tiro rapidamente, fecho o semblante e o encaro:

- Depois disso passei a te procurar, mas não conseguia em lugar nenhum.

- E como me encontrou tantos anos depois?

- Vi uma reportagem na televisão de uma jovem, bem sucedida conselheira de finanças foi eleita a melhor empresa do país e iria competir mundialmente.

- Droga, o que é bom para algumas coisas é péssimo para outra, mas como encontrou onde eu moro?

- Liguei para empresa, disse que queria uma consultoria, mas que eu tinha que falar com você logo, e sua secretaria me falou que estaria trabalhando em casa somente.

- E ela te passou o endereço?

- Não.

- Ok, pelo menos não preciso demiti lá.

- Eu fui em uma floricultura, pedi que entregasse um buque na sua casa, como eles sabiam o endereço, pois segundo eles você recebe várias flores. Segui o entregador e quando cheguei tive certeza que era você que estava morando nesta casa, pois era justamente a casa que ficamos e que pensamos em comprar para construir uma família.

- Então é seu o buque sem remetente...

- Sim.

- Ok, e que você quer que eu faça?

- Eu quero o seu perdão!

- Perdão? Você ainda tem cara de me pedir perdão? Você sabe tudo que passei durante aqueles três meses? Procurando vendedor para apartamento, procurando contato para falar com você? E finalmente quando tudo dá certo, vendo o apartamento, descobri a gravidez, fico milionária, compro uma caminhonete que sei que seria boa para a lida no interior, abandono tudo, vou atrás de você mesmo que com a gravidez sendo arriscada o abordo devido a longa distância e como sou recebida? Com acusações de mentira, dizendo que estava te dando golpe sendo que nem teria motivo para te dar golpe e ainda encontro você com sua ex que você mesmo dizia que não amava mais, sendo chamado de Denguinho!

- Me perdoe.

- Não! Você me fez viajar até aqui sem parar as lágrimas, quando cheguei aqui na frente vi a placa de venda, no outro dia liguei negociei e comprei, assim tive um lugar bom para criar minha filha, dando educação, amor e sendo tudo que ela precisa tanto quanto mãe como pai.

- Eu imagino como deve ter sido difícil, mas eu quero compensar todo seu sofrimento, quero ser um pai para nossa filha, quero compensar o tempo perdido.

- Não chama ela de sua filha, ela é minha filha, não sua.

- Eu sei que te fiz sofrer, causei dores em você, quero ser o curativo que vai te curar, sei que é cara de pau te pedir isso, mas você aceita me perdoar, deixa eu te desmachucar.

- Não é tão fácil.

- Eu sei, mas eu imploro.

- Me dê um tempo para pensar, você realmente me machucou muito, mesmo tendo sido enganado, não tinha o direito de jogar uma mulher gravida na sarjeta.

Seus olhos se enchem de lágrimas, ele as deixa correr, as minhas também correm, afundo o rosto em minhas mãos. Zack se levanta e ajoelha ao lado da minha cadeira, gira para que eu fique de frente para ele:

- Ana eu quero consertar a nossa história, eu quero ser tudo aquilo que não fui nos últimos anos, quero ser seu amigo, seu companheiro, seu amor, seu marido e quero ser o melhor pai para nossa filha.

- Chega! Não quero mais falar com você, você me desperta muita tristeza que eu já tinha superado, saia já daqui!

- Por nossa filha me perdoe!

- Não use nossa filha contra mim! Sai já daqui!

Levanto da cadeira e vou até a porta do escritório. Zack levanta do chão e vai até a porta:

- Por favor, pense em tudo que vivemos, pense em nossa filha.

- É nisso que estou pesando, uma semana de amor e seis anos de sofrimento, saia daqui.

- Você não está pensando direito.

- Estou sim.

- Você está pensando em tudo mesmo?

Ele tira uma mexa do meu rosto que escapou do coque e coloca atrás da minha orelha fazendo eu olhar em seus olhos, seu toque me emociona e me afasto novamente:

- Sai daqui!

Zack olha para sala que é o próximo cômodo da casa, respira fundo e coça a cabeça. Eu estou com a mão esquerda no alto da porta, a outra mão aponto para fora do escritório e coloco na cintura depois:

- Me odeie, mas me odeie depois disso!

Capítulo Dezessete

Ele me agarra com força, suas mãos rápidas, prendem as minhas e tento gritar, mas sou abafada por um beijo, tento me soltar, mas seus braços não permitem, ele me joga contra a parede e não liberta meus lábios, tento desviar e me soltar, mas estou imóvel, meu coração dispara, fico sem fôlego e ele libera um pouco para que eu possa respirar:

- Fique calma eu não vou te machucar, mas eu sei que sonhou com isso mais cedo.

- O que? Como você sabe?

- Confirmei agora.

- Droga.

- Eu ouvi seus gemidos e se arquear no sofá como fazia quando transamos.

- Como não te vi quando acordei?

- Quando vi que chegaria no êxtase sai correndo e me escondi no quarto.

- Não acredito nisso.

- Pode acreditar, mas agora me conte, como era o sonho.

- Eu não!

- Não mesmo?

- Não!

Ele sussurra no meu ouvido:

- Então vou adivinhar.

Ele mordisca minha orelha me arrepiando, sua barba por fazer me estremece quando passa no meu pescoço seguido de beijos leves, sua mão esquerda fica acima do meu ombro, escorada na parede, seu corpo está próximo, do outro lado está ele me mordendo e provocando. Enquanto isso sua mão direita pega minha cintura, começa me levar para perto dele sentindo sua ereção, tento me afastar, mas ele me firma, quando paro de tentar fugir ele solta minha cintura, começa a levantar meu vestido, e pelo caminho vai dando pequenas apertadas na minha coxa. Sua mão esquerda agora me traz um pouco para frente para alcançar o zíper do vestido que abre em um piscar de olhos:

- Você não pode fazer isso comigo!

- Fazer isso o que?

- Me hipnotizar, eu viro uma marionete nas suas mãos.

- Deixe-me te dar prazer, deixe eu ser seu homem!

- Eu não quero um homem na minha vida, nem Aurora quer.

- Você não quer outro homem na sua vida, você quer a mim.

Ele me fala encarando meus olhos, os meus enchem de água, respiro fundo e digo:

- Sai daqui!

- Não negue a si mesma, você sente o mesmo que sinto, você não nos apagou, nossa chama ainda existe sei disso pois seu corpo não esconde, seus olhos não mentem e seu coração te entrega.

- Não! Isso são reflexos do sexo, não te amo mais, não te quero aqui!

- Não são reflexo de sexo, no seu beijo tem sentimento, de início é excitação, mas depois vem tudo o que sentimos a seis anos, seus olhos são água cristalina, não esconde nada.

- Me deixe em paz por favor.

- Não vou!

Zack me abraça forte, depois coloca suas mãos embaixo de minhas coxas e em reflexo pulo em seu colo, ele me leva até a ponta da mesa do escritório, afasta os objetos que tenho para que eu sente confortável:

- Você não deveria!

- Dever não é querer.

- Você está maluco!

- Eu posso estar maluco, mas é de saudade de você, de amor por você.

- Não, você só vai me fazer sofrer.

- Deixe-me tirar este medo de você, quero que confie em mim, que se entregue a mim sem pestanejar.

- Como? Se você é meu amor e meu ódio?

- Você me ama ainda.

A lagrimas escorrem, e olho para baixo, mas Zack levanta meu rosto:

- Deixa eu compensar tudo que te fiz sofrer, me deixe eu te curar, faça isso pelo que ainda sente por mim.

Colo as duas mãos em seu rosto, dou-lhe um beijo leve nos lábios e as lagrimas continuam a correr:

- Eu posso ainda te amar, mas eu não amaria só pelo sexo, mas pela pessoa incrível que é, por ser meu protetor em pesadelos, meu guia do novo, pois amo seu jeito maroto, gosto do seu jeito família, e sei que seria um ótimo pai, mas me deixa primeiro conversar com nossa filha e depois continuamos a nossa conversa?

- Eu deixo sim, eu deixo você pedir para ela tomar a decisão de se fico ou não, e eu vou respeitar, mas por favor, me deixe te dar todo o prazer que você não teve nestes últimos seis anos?

- Como ousa?

- Por favor!

- Não!

Desço da mesa, saio do escritório, corro pela casa e ele corre atras de mim, fico ao redor da ilha de um lado para o outro até que ele me alcança e eu acabo sorrindo que nem criança:

- Eu quero ser o motivo deste seu sorriso todas as manhãs.

Ele me coloca sentada na ilha ele se posiciona em meio as minhas pernas e me beija, não me esquivo mais, desisti, coloco meus braços em seus ombros, meus dedos desfilam no seu cabelo, liberto todo o medo que estava sentindo e espero que eu possa confiar nele.

Zack me carrega até meu quarto, termina de me despir e tira do seu jeans uma camisinha:

- Concordo, proteção é a melhor coisa.

Ele primeiro me penetra bem fundo duas ou três vezes, depois coloca a camisinha, aranho suas costas e minhas pernas abraça sua cintura, seus lábios passeiam nos meus, nos meus seios, e não consigo segurar por muito tempo, logo gozo com um gemido alto:

- Isso baby, que gozo gostoso.

Enquanto ainda estou em espasmos ele continua penetrar, cada vez mais rápido potencializando ainda mais as sensações até que ele deita em cima de mim e avisa que gozou. Deito em seu peito, ele beija minha testa, sorrio e me acomodo. Depois de alguns minutos levanto a cabeça e ele está com um sorriso satisfatório:

- Conseguiu o que queria?

- Sim e não.

- Como assim?

- Sim consegui chegar perto o suficiente, confirmar que com você não é só sexo, é calmaria também, pois adoro este tempo que temos assim, somente sentindo um ao outro em silencio, mas ainda não consegui tudo que quero, que é ficar pra sempre.

- Isso não depende de mim, e sim da Aurora, mas não pense que já tem passe livre total, depois da aprovação da Aurora teremos um período de teste e será sua última chance.

- Não me importo quantas exigências faça, a única coisa que me importa é estar com vocês, porque eu te amo.

- Ok, então a primeira exigência é que você vá dormir no quarto de hospedes.

- Como assim? Não vou dormir com você?

- Não, e se desobedecer vai dormir na caminhonete do lado de fora.

Ele faz beiço, nas não dou importância, posso ter transado com ele, mas ele ainda não tem caminho livre em nossas vidas. Zack levanta, vai para o outro quarto e eu vou tomar um banho para dormir. Acordo as cinco e trinta da manhã, coloco minha roupa de malhar, vou fazer minha corrida matinal na praia. Faço isso por uma hora, quando chego no pé da escada para voltar em casa meu celular toca, acho estranho por ser Aurora:

- Bom dia filha, tudo bem?

- Bom dia mãe, sim, quer dizer não...

- O que aconteceu filha?

- Acordei agora e fiquei na dúvida.

- Que dúvida?

- Você não deixou o pa... o Zack dormir na rua, deixou?

- Não filha, eu sabia que você não gostaria que eu o deixasse assim então deixei ele dormir no quarto de hóspedes por enquanto.

- E vocês conversaram?

- Sim, mas queremos conversar com você também.

- Por que?

- Porque você é quem manda em nossas vidas.

- Nossa que poder!

- Exato.

- E quando vai ser esta conversa?

- Quando você voltar da escola, pois como está na casa da Julia, vai para escola e depois vem para casa.

- Você não pode me buscar?

- Posso, mas o que vou dizer para Marta e para Julia?

- Com a Julia eu me acerto e quanto a tia Marta você pode dizer que precisa de mim para alguma coisa e que vai me buscar.

- Está bem filha, se organize aí, que vou passar uma água no corpo e vou te buscar.

- Ok.

Subo os degraus correndo, vou para ducha e reparo que Zack ainda não acordou, coloco um vestido longo casual e quando vou para cozinha Manuela está chegando:

- Bom dia Manu!

- Bom dia!

- Manu, eu estou indo buscar a Aurora e gostaria que preparasse um café bem gostoso para nós, será café para três, pois temos visitas.

- Visita? Quem?

- O homem que estava aqui na frente.

- O fantasma?

Diz ela sorrindo e coro:

- Sim, ele mesmo, seu nome é.

- Zack!

Diz ele vindo do quarto de hospedes, está com uma camiseta polo, calça jeans e tênis, totalmente diferente das calças cheias de lama e botas country:

- Exato, Manuela este é Zack, Zack esta é a Manuela, nós a chamamos de Manu, mas para você é Manuela.

- Prazer.

Ambos se cumprimentam e Manuela pergunta:

- Devo fazer algo de especial?

Olho para Zack de cima a baixo e respondo:

- Não, não precisa.

Zack sorri:

- Onde vai?

- Vou buscar a Aurora.

- Posso ir junto?

- Não.

- Ok.

Coloca as mãos para o alto, na tentativa de criar barreira para sair, mas dou meia volta para garagem. Vou até a casa de Julia, me desculpo por não ter lembrado do compromisso que tínhamos marcado. Ela diz que não tem problema e Aurora entra na caminhonete, me dá um beijo e coloca o cinto:

- Quer fazer alguma pergunta antes de chegarmos em casa?

- Não, não tenho dúvidas.

- Ok.

Aurora me conta como foi divertida a noite na casa da amiga, fala tudo que aconteceu e termina exatamente na frente de casa. Abro a garagem e ela sorri ao ver a outra caminhonete. Entramos e Zack está terminando de subir os degraus da escada que dá na praia. Aurora vai até ele, estende a mão e ele a cumprimenta:

- Filha, você quer conversar primeiro ou quer tomar café?

- Tomar café.

- Ok.

Nos juntamos na mesa que Manuela arrumou na beira da piscina, todos nos servimos. Aurora encara algumas vezes Zack que sorri ao ver a curiosidade da menina. O silencio é quebrado por Aurora:

- É muito ruim ficar tantas horas sentado em um carro?

- De início não, mas depois começa a doer até o que não sabia que poderia doer.

- Você mora muito longe?

- Algumas horas de carro.

- Você gosta de viajar?

- Sim, mas não sozinho.

- Minha mãe e eu viajamos todos os anos.

- É mesmo? E para onde já foram?

- Vários lugares legais, se você se der bem na conversa te mostro os álbuns.

- Se eu me dar bem?

- Sim.

- Ok.

Zack se recosta na cadeira e sorri com a audácia de Aurora:

- E para onde vão este ano?

- Não temos o destino decidido ainda, mas já temos uma lista de destinos interessantes.

- E quem escolhe destino?

- As duas juntas, temos uma relação de mãe e filha fundamentada na conversa, na confiança, não é difícil decidirmos, pois somos iguais, então as ideias se combinam.

- Estou vendo que você não nega de quem veio.

- Não mesmo.

Fico encarando os dois na conversa sem dar nenhuma opinião. Terminada a refeição, chamo Manuela que recolhe a mesa. Aurora coloca a cadeira mais perto da mesa, coloca os cotovelos na mesa:

- Quem começa?

Zack dá de ombros então resolvo começar:

- Eu posso começar.

- Ok.

Ambos respondem e dou início:

- Gostaria de deixar claro o que todos bem sabem a minha versão dos fatos, como Aurora falou, temos uma relação é baseada no diálogo e ela sempre soube que eu comprei um bilhete de passagem errado, fui parar em uma cidadezinha onde me hospedei na sua casa, passamos por algumas situações e nos apaixonamos, você ficou com medo assumir para família então fizemos uma viagem sozinhos que renderam um envelope de fotos que Aurora já viu, inclusive foi assim que ela te reconheceu quando viu na frente de casa. Nosso único embate que renderam algumas discussões foi o fato de eu ter que voltar para minha cidade, resolver minha vida, vender meu apartamento, sair do emprego e resolver meus investimentos, o que no final resolvemos que eu iria par casa, mas voltaria. As coisas demoraram a se resolver e tudo aconteceu no mesmo dia, vendi o apartamento, descobri a gravides e comprei a caminhonete. Poucas horas depois arrisquei a gestação e viajei por vários quilômetros até sua cidade, te e encontrei com outra que estava grávida do que você achava que fosse filho seu e por tamanho de barriga me acusou de não ser sua filha e eu viajei por mais longas horas até chegar nesta casa, comprar e fazer daqui nosso lar.

- Concordo com tudo, sempre ouvi isto desde quando me lembro de perguntar do meu pai, você concorda com esta história?

- Concordo, foi isso tudo que aconteceu.

- Então o que você quer conosco? Se reconhece todo o mal que nos causou?

Aurora fala em tom firme e Zack começa a se explicar:

- Eu fui enganado e realmente não deveria ter acreditado cegamente no que me foi dito, nem mesmo deveria ter feito o que fiz, mas quero dizer que me arrependo fiz pagar o que me fizeram os que me mentiram.

Aurora lhe encara e continua:

- Volto a perguntar, o que quer conosco?

- Quero o perdão, quero compensar todo o mal que causei a vocês, quero ser o melhor pai que poderia ter e quero ser o melhor marido que não fui nestes seis anos.

- Marido? Você quer casar com a minha mãe?

- Sim, se aceitarem o quanto antes.

Aurora coloca o indicador na frente de todos e faz sinal de negação:

- Não, para casar com a minha mãe tem que primeiro namorar, noivar e depois casar.

- Mas nós já namoramos a seis anos!

- Este não conta, pois em seis anos muitas coisas mudaram.

Resolvo interromper a conversa:

- Vocês poderiam parar de fingir que não estou aqui.

Zack e Aurora me olham e voltam a conversar:

- Se você for aprovado vai ter que começar namorando minha mãe, sendo muito bom exercendo este papel, e se eu ver que ela não está gostando ou está infeliz você será mandado embora sem chances de voltar.

- Como vai saber se ela está feliz ou não?

- Eu conheço minha mãe, ela não mente para mim, então eu descobri rapidinho se está correndo tudo bem.

Bato palmas e reclamo:

- Ei, parem de me negociar como seu eu fosse um gato de feira!

- Mamãe, eu estou cuidando de você, e do nosso futuro, não quero mais te ver sofrer.

- Filha, qualquer sofrimento que eu tenha passado não importam, o que me importa é você e sua felicidade.

- Eu sei mamãe e é por isso que eu quero um exame de DNA para comprovar que sou filha de Zack.

- Por que isso filha, todos sabemos que você é?

- Eu quero que não reste dúvidas quanto a isso, e só vou chamar Zack de pai depois de eu ter certeza que sou filha dele e vice versa.

- De minha parte não precisa.

Zack diz dando de ombros:

- Mas eu quero, é o seguinte, mesmo que o exame de positivo, se você fizer minha mãe sofrer eu mesmo te expulso da nossa casa, estamos entendidos?

- Sim, estamos entendidos.

- Então é isso? Zack agora vai fazer o exame e depois damos continuidade em tudo?

- Isso aí.

- E enquanto isso eu fico onde?

Zack pergunta e Aurora respondem sem me deixar tempo:

- Pode ficar aqui, mas no quarto de hospedes.

- Ok.

Aurora se levanta e vai no quarto, pega seu documento e volta para onde estamos:

- Pegue seus documentos e vamos fazer o exame.

- Ok.

Zack se levanta e faz o que Aurora ordenou e enquanto isso Aurora senta no meu colo:

- Fiz certo?

- Fez sim filha, e pode ficar tranquila que se ele aprontar alguma será duas contra um.

- Está bem.

Zack aparece com o documento e eu pego minha bolsa, vamos para a clínica coletar. Damos uma volta na cidade para apresentar alguns pontos da cidade, já que temos certeza do resultado, e Zack deve conhecer seu novo lar.

- O que acham de almoçarmos em um restaurante na beira praia?

Aurora questiona e já sei de que restaurante ela se refere:

- Por mim tudo bem!

Zack concorda e eu somente aceno, pois sei que serei voto vencido se disser o contrário.

Chegamos no restaurante, ele tem um toque familiar, sua comida é deliciosa e eu trago Aurora aqui desde pequena então somos conhecidas pelo proprietário:

- Bom dia!

- Bom dia mocinha, como está seu dia hoje?

Responde o proprietário que estava na entrada:

- Está muito boa, gostaria de apresentar o meu quase pai.

- Quase pai?

- Ainda não confirmamos e ele está em fase de teste.

O proprietário sorri com a audácia da menina e se apresenta para Zack:

- Prazer, sou Mario, proprietário do restaurante e amigo de anos de Ana e Aurora.

- Prazer, sou Zack.

Sorrio e direciono Zack para a nossa mesa preferida, ela dá de frente para o mar com a maior janela do lugar. A vista do mar é incrível, vai longe no horizonte e Zack fica boquiaberto:

- Uau, consegui pelo menos uma vez.

Zack sorri e volta a atenção para mesa:

- Deve ser muito bom dormir e acordar em beira mar todos os dias.

- Realmente, essa cidade me cativou principalmente por esta oportunidade diária.

Respondo Zack e Aurora questiona:

- Como você acorda onde mora?

- Com o cantar do galo, a neblina nos dias fios sobre o campo, com cigarras cantando nas tardinhas de verão.

- Nunca tive esta sensação, nunca fomos em nenhuma viagem que fosse assim, deve ser pela experiencia da mamãe.

- Filha, agora chega, respeito.

- Desculpe mamãe, mas eu nem filtrei antes de falar, pode deixar.

- Sem problemas Aurora, isso é bom para eu lembrar sempre que apresar de tudo estou ganhando uma segunda chance e que devo aproveita-la.

Zack responde com o olhar apreensivo. Nos servimos e vejo que Zack aprovou a comida, e isso já é um ponto a mais para a cidade:

- Já que vocês nunca viajaram para hotel fazenda, pode ser uma boa opção para viagem deste ano.

- Verdade! Pode ser sim! O que acha mamãe?

- Eu acho que é muito cedo para tomar decisões, mas esta é uma das opções que tenho em mente.

- Ok.

Aurora concorda, finaliza seu prato, como Zack e eu também:

- Uma das melhores coisas que tem neste restaurante é a sobremesa! É um buffet de sorvete!

- Uau, parece muito bom e qual é o seu preferido?

- Sou igual a mamãe, não gosto de chocolate, e adoro baunilha e morango.

Zack sorri:

- Filha, vamos nos servir então, pois ainda temos que passar em casa para você colocar o uniforme da escola.

- Não precisamos ir para casa, eu deixei um uniforme na minha mochila que está na caminhonete então posso trocar de roupa aqui e irmos direto.

- Mocinha esperta.

Zack diz admirado:

- Muito obrigada pelo elogio, agora vamos nos servir.

Aurora fala se direcionando para a ala do sorvete, Zack a acompanha e fico na mesa para cuidar os pertences. Quando estão voltando me levanto para me servir também. Servida volto a mesa, quando me aproximo Zack coloca as duas mãos na cabeça e geme:

- Aí.

Me assusto com a situação, pois lembro das suas dores de cabeça. Largo meu pote na mesa e me abaixo na frente dele:

- O que está acontecendo, são suas dores?

Ele demora um pouco a responder soltando o ar:

- Congelou meu cérebro!

Acabo ficando brava e sento em minha cadeira com força:

- Seu moleque!

- Desculpe, não foi de propósito…

- Sei.

Aurora lhe encara assustada, respira fundo mais uma vez e pega em nossas mãos que alcança:

- Me perdoem, eu não fiz por mal, nem de propósito, pois sei que minhas dores de cabeça já foram uma preocupação para você Ana, e Aurora também.

Aurora fica um pouco perdida na minha reação, reparo que não contei do episódio da dor de cabeça de Zack e resolvo explicar:

- Desculpe filha, mas acabei não te contando, mas quando eu conheci Zack tivemos um episódio em que ele teve uma dor de cabeça muito forte e eu o ajudei.

- Com a sua massagem de dor de cabeça?

- Isso, por isso me preocupei agora com ele.

- Entendi, eu tinha ficado perdida com a sua raiva, mas agora está tudo bem.

Seguimos comendo a sobremesa até a hora de levar Aurora para escola. Levantamos, Zack se oferece para pagar, mas eu não deixo, digo para pagar na próxima. Os dois saem porta fora e eu perco os dois de vista. Pago o almoço, quando saio estão os dois brincando de pega-pega, ambos descalços e encontro os calçados poucos passos à frente.

- Ei vocês dois, parem com isso agora! Aurora vá lavar os pés e trocar de roupa, se não vamos nos atrasar para escola e você estará toda suada quando chegar.

- Sim mamãe.

Zack segue Aurora e também lava os pés, Aurora vai para uma das cabines de praia, sai uniformizada, Zack já está com os calçados postos e podemos ir. Chegando na escola Aurora me dá um beijo, para Zack somente abana, seguindo para aula, espero ela entrar e a professora dela estar vindo ao seu encontro:

- Para onde vamos agora?

- Bom nós vamos para casa, eu vou trocar de roupa e vou para empresa, já você vai ficar em casa.

- Não posso ir junto?

- Vai fazer o que lá?

- Não sei, talvez eu seja útil para alguma coisa.

- Ok, sei que não vai adiantar eu dizer não.

- Agradeço.

Zack responde sorridente, depois sacode o braço em comemoração. Em casa troco de vestido coloco um preto simples, mas formal, salto fino e Zack me encontra com uma calça social, camisa com dois botões abertos e sapato:

- Onde estão as botas?

- Acho que não devo me apresentar na sua empresa de cowboy.

- Um dia talvez.

- Vamos?

- Sim.

- Você está linda!

- Apenas estou apresentável para trabalhar.

- Linda do mesmo jeito.

Acabo corando e para disfarçar vou em direção a garagem.

Capítulo Dezoito

Chegando na empresa todos nos olham, se questionam quem seria Zack, mas não digo nada para quem não interessa. Mas Maite como minha amiga e agora assistente dá um salto da sua cadeira, não deixando escapar a percepção de que reconheceu Zack das fotos que mostrei anos atrás, então apresento os dois:

- Maite, este é Zack e Zack esta é Maite.

- Prazer.

Ele estende a mão para ela e cuida para não apertar muito forte sua mão, mas logo solta, acredito que deve achar que ficaria com ciúmes:

- Tem alguma coisa para mim?

- Por enquanto não, apenas alguns demonstrativos de clientes que recebemos de seus contadores para analisar, mas estou dando uma olhada se não falta nada antes de te passar, também encaminhei alguns e-mails que precisam do seu retorno.

- Ok, qualquer coisa estou na minha sala, muito obrigada Maite.

Zack apenas acena e entra na sala atras de mim:

- Bom esta é minha sala, como pode ver não tem muito o que fazer aqui a não ser trabalhar.

Zack sorri e vai até o canto da sala onde tenho espaço reservado para uma adega refrigerada abastecida e uma cafeteira:

- Para que estes vinhos?

- Para os dias difíceis, para os dias alegres, para os dias de tedio, para os dias movimentados, ou seja, para todos os dias.

- E a cafeteira?

- São para os mesmos dias só que sem a opção de ficar alcoolizada.

- Entendi, e hoje você quer o que?

- Pode ser um café, mas pode deixar que faço.

- Deixe-me ser útil em algo, pelo menos café sei fazer.

- Ok, agradeço.

Abro meu e-mail, começo a conferir o que tem nele e de repente o meu ex cliente Denis invade minha sala, reparo que ele não viu Zack, que vai calmamente atras de mim e se escora em um armário baixo que tenho atras de minha mesa:

- Senhorita Ana, vim lhe trazer o termo de rescisão de contrato assinado, vim pessoalmente para confirmar se ter realmente certeza da sua decisão, pois como bem sabe posso te dar que precisa e o que jamais sonhou receber deste galã aqui.

Olho para trás, Zack está com os punhos cerrados, ou seja, está com raiva, mas está se controlando, olho em seus olhos que me encaram, eu pisco sorrindo e fico em pé:

- Bom senhor Denis, quero te dizer que sim, tenho certeza que não quero mais trabalhar com o senhor e aproveitando a ocasião gostaria de lhe apresentar Zack, pai da minha filha.

Estendo o braço em direção a Zack, que se levanta, abraça minha cintura e eu faço o mesmo:

- Tudo bem Denis?

Denis fica pálido, confirmo que realmente ele não tinha notado a presença de Zack e continuo:

- Até foi bom o senhor vir me entregar, assim já foram apresentados, já que perguntou anos por ele, Zack chegou de viagem ontem, como ficamos muito tempo afastados a saudade é tanta que ele resolveu me acompanhar no trabalho e assim ficar mais tempo perto de mim.

- Sim Amor, é uma bela oportunidade de matar a saudade e ainda conhecer seus clientes.

- Na verdade, ex cliente não é mesmo Sr. Denis?

Zack responde, complemento e ao final me dá um beijo, eu respondo pra ficar verídica a cena e Denis fica sem reação:

- Realmente, foi um prazer conhece-lo, e que bom que acompanha Sra. Ana em seu trabalho, isto é importante, estar presente.

Ele fala enquanto da passos para trás, sua voz é tremula, ao terminar de falar se vira para porta e dá uma cabeçada nela, não diz nada, somente sai. Solto a cintura de Zack e ele se escora novamente onde estava:

- Obrigada e me desculpe.

- De nada, mas só desculpo se me explicar.

- Bom este é um cliente em que rescindi o contrato de consultoria, pois não aguentava mais ele se oferecendo para ser pai da Aurora, já que ela não tinha nenhum.

- Então você me usou?

- Não, apenas contei a verdade e de bônus me livrei dele.

- E o que eu ganho por te ajudar a se livrar dele?

- Nada, quer uma medalha?

- Não, quero um beijo bem gostoso daqueles que só você sabe dar.

- Primeiro, não tenho porque pagar nada por falar a verdade e segundo, este é meu trabalho tem câmeras para todo lado.

- Então não podemos transar nesta sua mesa de vidro sem o segurança assistir?

- Não, e nem seria uma opção.

- Que pena, estava te imaginando de bruços sobre a mesa, eu segurando seu cabelo e dando tapas na sua polpa para ficar aquele vermelhinho sexy de seis anos atras.

- Me abstenho em dar opinião.

Respondo tentando não deixar escapar que imaginei a cena, sento na cadeira e viro para o computador. Zack volta para cafeteira que tinha abandonado com a chegada de Denis. Maite bate na porta e me entrega os relatórios que tinha comentado mais cedo:

- Deixei algumas coisas destacadas, acredito ser necessário dar uma atenção.

- Muito obrigada!

- Ela ganha bem?

- Sim, o mesmo que ganho por ser de confiança.

- Seria uma boa opção de socia se for preciso ficar longe por algum tempo.

- Como assim?

- Sei lá talvez queira viajar, visitar os clientes em seus estabelecimentos e ver de perto o que estão causando estas folhas destacadas que Maite deixou.

- Pode ser uma boa ideia se estivesse falando realmente de trabalho e não de uma opção de irmos para longe, ou seja, a fazenda.

- Eu não falei nada de mais, sou responsável pelo que digo...

- E não pelo que entendo... Esta frase eu conheço.

- Então, pode pensar e analisar.

- Vou falar isso algum dia.

Anoto na agenda um lembrete "estudo de caso, nos mudarmos para fazenda" e outro "estudo de caso, visitar clientes e acompanhar o dia a dia". Fecho ela antes que Zack veja quando me traz o café, que por sinal está uma delícia:

- Então era para isso que você queria voltar a seis anos atras?

- Sim e não, sim pois tinha que voltar para finalizar meu trabalho e não, pois eu era empregada, então não tinha a rotina que tenho hoje.

- Verdade.

O telefone toca e atendo:

- Diga.

- Ana, tem um casal aqui que quer falar com você sobre uma possível consultoria.

- Ótimo, pode pedir para aguardar um pouco que vou pega minhas coisas para reunião com eles.

- Ok.

Desligo e pego meu tablet:

- Onde vai?

- Falar com uns possíveis clientes.

- Posso ir junto, talvez eu possa ajudar em algo.

- Acho difícil, mas pode ir sim.

- Posso pegar uma agenda?

- Pode, mas porquê?

- Para parecer que também sou importante.

- Ok.

Sorrio e saio da sala, Zack me segue e damos de cara com um casal, acredito ter nossa idade:

- Boa tarde!

- Boa tarde!

- Prazer eu sou a Ana.

- Prazer eu sou o Zack!

- Prazer somos Elisa e este é Guilherme, meu esposo.

- Muito prazer

- Vamos passando na sala de reuniões para ficarmos mais confortáveis.

- Vamos.

Todos se acomodam na sala de reuniões, de um lado da mesa Zack e eu sentamos, no outro Elisa e Guilherme:

- Bom, em que posso ajudar?

- Gostaríamos de saber se você poderia nos ajudar.

- No que eu conseguir com toda certeza ajudarei, mas me explicam com o que?

Elisa olha para Guilherme e começa falar:

- Bom, somos de famílias humildes e não temos muito conhecimento na área de investimentos, nem mesmo administrativa, mas a pouco tempo descobrimos um parentesco que tem várias propriedades, acabamos recebendo como herança deste mesmo uma quantia alta em dinheiro e mais uma fazenda infértil. Todos sorrimos com o comentário de infértil, mas Guilherme diz:

- Parece brincadeira, mas é verdade, todos dizem que as lavouras não são produtivas então não sei como usar ela sem ser produtiva.

Olho para Zack que está atento a tudo que falam e digo:

- Bom, eu tenho conhecimento e posso ajudar você com o dinheiro, mas com a fazenda...

- Eu ajudo!

Zack fala antes de eu dizer que não teria como ajudar, então questiono:

- Ajuda?

Zack me olha e sorri:

- Você trabalha na sua área e eu trabalho na minha, tenho experiencia de anos com fazenda, acho que sei porque dizem que não é produtiva, e para um ramo a terra não precisa ser produtiva, só deve ter espaço.

- Bom, isso pode ser estudado.

- Claro.

Guilherme e Elisa se olham, sorriem, então Guilherme diz:

- Que ótimo, desculpe o comentário, mas nós fomos em vários lugares e sempre se negavam por ter a parte rural no pacote.

Comento dizendo:

- Realmente é um ramo muito restrito de profissionais na área, não é mesmo Zack?

- Exato, a maioria das pessoas tem medo do ramo, mas eu digo que é um dos melhores, pode ter certeza.

Zack complementa, mas dou seguimento:

- Bom, de minha parte vou precisar de alguns demonstrativos do valor em dinheiro que vou passar a relação agora.

Passo a lista de documentos para o casal, Elisa já pega o celular e diz:

- Tenho todos aqui, já vou lhe enviar tudo que tenho.

- Ótimo, Zack de sua parte, o que precisa?

Zack coça o queixo e diz:

- Bom, eu precisaria de uma visita na fazenda para poder fazer a análise da área, as possibilidades e o custo de tudo.

- Eu tenho os controles que eram feitos pelo gerente da fazenda, vou enviar para ajudar na análise.

- Ok.

Zack concorda e Guilherme questiona:

- E como vai funcionar?

- Bom, vamos cobrar uma consultoria única e privada, vamos analisar todos os parâmetros e o que pode ser feito com tudo, se vocês aprovarem o projeto podemos executar, mudamos o contrato pelo tempo que acharem necessário a consultoria, sem quantidade máxima de renovações, o valor da consultoria única e privada será abatido do valor da contratação fixa.

- Onde eu assino e quanto eu pago?

- Me passa um documento de cada um que vou passar ao responsável para fazer o contrato e já assinamos, só teremos que aguardar o documento ficar pronto, mas isso são minutos.

- Sem problemas, mas e a visita na fazenda quando pode ser?

Zack diz:

- Quando podemos ir, ficamos por vocês.

- Pode ser amanhã?

- É longe daqui?

- Não, são vinte minutos de carro da saída da cidade.

- Então pode sim de minha parte.

Zack responde e eu digo:

- Eu vou conferir minha agenda para confirmar se posso ou não.

Consulto a agenda no tablet e não encontro compromissos, Maite entra na sala com os contratos e já aproveito para questionar:

- Tenho algum compromisso para amanhã?

- Não, sua agenda está livre, o que devo marcar?

- Pode marcar uma visita técnica da consultoria do casal.

- Ok.

Assinamos o contrato e já estamos com os demonstrativos que enviaram:

- É isto então.

Guilherme se levanta e Elisa acompanha, eles nos dão adeus, agradecem mais uma vez por termos nos dispostos a ajudar e saem:

- Fui útil.

- Realmente, mas não conte gloria, ainda temos muito o que analisar para chegarmos à conclusão de tudo.

- Ok.

Saímos da sala, o casal está conversando com a Maite, entramos na minha sala e depois de encerrar com o casal Maite entra:

- Com licença, podemos conversar um pouco?

- Claro, sente.

- Eu posso ficar?

Zack pergunta e Maite responde:

- Sim, claro.

- Diga.

- Só gostaria de saber qual o plano, pois o casal me elogiou por trabalharmos com rural também, mas pelo que sei não trabalhamos.

- Realmente, a nossa empresa não, mas Zack sim, ele vem de uma geração de fazendeiros e tem experiência em fazendas, por esse motivo ele vai ajudar.

- Mas e nós?

- A nossa empresa vai trabalhar com o dinheiro deste casal e Zack vai ajuda-los com a fazenda, mas para termos certeza que vai dar certo, faremos uma visitação na fazenda, veremos como ela é e se tem salvação, montaremos um plano de ação tanto financeiro do dinheiro como para fazenda e apresentaremos para eles.

- Entendi, e se eles aprovarem damos continuidade.

- Exato.

- Ok, sendo assim acho que vai dar certo.

- Sim e se der certo talvez futuramente poderemos implementar esta área da empresa, faremos especialização na área, já que como o cliente falou ninguém quer fazer consultoria na área rural então é um mercado aberto e livre para nós.

- Ótimo, verdade! Boa ideia.

- Agradeça ao Zack que deu a ideia.

Maite sorri:

- Pelo jeito será o novo integrante da equipe.

- Isto não está definido, mas está sendo analisado.

- Esta?

Zack questiona alegre, sorrio e confirmando:

- Está, mas como eu falei, não cante vitória antes da hora.

- Ok.

Maite nos encara:

- Vocês vão ficar juntos não vão?

- Maite, não, pelo menos por enquanto.

- Ok.

Maite me responde com ironia, pede licença, sai da sala, só volta um passo e diz:

- Está no fim do expediente, posso ir ou precisam de mim?

- Pode ir, e amanhã vamos fazer a visitação na fazenda, acredito que voltamos fim da tarde, qualquer coisa avise.

- Ok, quando tiverem retorno da fazenda avisem.

- Pode deixar.

Agora Maite sai definitivamente, Zack vai até minha cadeira, fica atrás de mim e massageia meus ombros, perfeitamente relaxante:

- Vamos baby?

Dou um salto para frente:

- Não me chame assim.

- Qual é o seu medo?

- Medo nenhum.

- Pode me dizer, qual seu medo? Sabemos que sou o pai de Aurora, sabemos que ainda sentimos um pelo outro o mesmo de seis anos atras então porque você fica indecisa em deixar eu entrar de vez na sua vida?

- Não temos certeza, não saiu o DNA, e não sentimos o mesmo de seis anos atras!

- Como não? Não precisamos de DNA, e sentimos sim.

- Não sinto, pois a seis anos atras não conhecia seu lado perverso e pretencioso.

- Você não vai me perdoar?

- Não sei.

- O que eu devo fazer para você me perdoar?

- Me dê espaço, não se aproxime de mim, não me toque.

- Como assim? É realmente isso que você quer.

- Sim.

- Ok, vou fazer o que pediu.

Fecho a empresa e vamos buscar Aurora na escola, o caminho é silencioso até em casa. Zack abraça Aurora e pergunta se quer ir na praia, mas sei que este convite não se estende a mim, então não respondo nada, Aurora lhe encara e volta os olhos para mim:

- Vocês brigaram?

- Não filha, mas não somos nada um do outro então não precisamos ficar grudados não é mesmo?

- Mãe, você sabe que falei do DNA para ganhar tempo, ver se vocês vão ser felizes ou não, mas eu não tenho dúvidas que ele seja meu pai e sei que você também não tem, eu quero ter um pai e se for o biológico fica ainda melhor, mas não quero que seja infeliz.

- Filha, não deixe meus problemas interferirem nas suas decisões, seja um pouco mais egoísta e pense em você, não só nos outros.

- Mamãe, se você estiver infeliz, não vou ser feliz completamente.

- Filha, a mamãe só precisa de tempo para organizar as ideias, aceitar que seu pai estará em nossas vidas e ficar feliz com isso.

- Eu não quero te obrigar a ficar com meu pai, pois a felicidade surge do natural e não por forçar situações.

- Filha, aproveite seu pai compense o tempo que estiveram longe e deixe meus sentimentos pelo seu pai se resolverem sozinhos, a sua felicidade é a minha e fim de história.

- Mas mamãe...

- Nada disso, vai lá aproveitar a praia com seu pai, que a mamãe vai tomar um banho e se deitar.

- Está bem mesmo?

- Sim filha, só estou um pouco cansada.

- Está doente?

- Não, agora vá trocar de roupa e encontre seu pai.

- Ta bom.

Manuela se aproxima quando vê que terminamos o assunto e pergunta:

- Precisa que eu faça algo?

- Ajude a Aurora trocar de roupa e acompanha ela até na praia para ela encontrar Zack.

- E a senhora?

- Vou arrumar a banheira e tomar um banho relaxante, estou precisando.

- Quer que eu arrume?

- Não, pode deixar que eu arrumo, pode ficar com Aurora.

- Ok.

Vou para meu quarto, já ligo as torneiras da banheira, arrumo o roupão, pego os sais de banho e deixo tudo arrumado, busco um champanhe, sirvo a taça, deito na banheira e tento relaxar.

Minha mente viaja longe, lembra do relacionamento infeliz que estava, lembro dos momentos felizes que tivemos, ao lembrar dos nossos momentos de paixão e transa sinto meus velhos reflexos darem sinais, lembro do seu olhar nos meus, seus lábios em meu pescoço, os sussurros dizendo que me amava, as lágrimas vêm, o banho que era para ser relaxante acaba em um rio de lagrimas que não consigo controlar.

Capítulo Dezenove

Resolvo sair da banheira e me sinto fraca, coloco um pijama e vou deitar. As lagrimas não param, tremo de frio e me encolho. Sinto alguém me tocar, abro os olhos e é Manuela:

- Está tudo bem?

- Sim, só estou com muito frio, e também um pouco fraca, se puder me alcança uma coberta grossa, e me deixe dormir para passar, agradeço.

- Mas você está quente.

- Não, estou com frio.

- Ok, vou arrumar.

Sinto o peso da coberta, mas o frio continua, me viro para me acomodar, e esperar as lágrimas pararem. Não sei quanto tempo passou, mas sou vencida pela fraqueza que estou sentido e adormeço. Meu sono é profundo, ouço uma conversa longe:

- Mas ela vai ficar bem?

- Sim, ela só precisa de alguns cuidados, pode ficar tranquila.

- E eu não posso ficar com ela?

- Poderia sim, mas se você ficar com ela, vai se preocupar de você, se caso ser uma virosa, que ela possa ter pegado e não vai descansar.

- Ok, cuida bem dela.

Não entendo do que estão falando e acredito estar sonhando, passa mais um tempo e sinto um peso na cama ao meu lado, ouço a voz de Zack:

- Você precisa comer.

- Não estou com fome.

Digo com os olhos fechados e me escondo embaixo das cobertas:

- Ainda é teimosa, você precisa de alimentar.

- Não quero.

- Por favor, pela Aurora.

- Não use ela para fazer suas vontades.

- Não são minhas vontades, são para seu bem.

- Eu estou bem.

- Que saco!

- Sim, sou um saco, um saco de lixo que é jogado fora quando está cheio de vê-lo que depois virou um saco de pancadas da vida.

As lagrimas que tinham cessado voltam e resmungo:

- Viu, isso é culpa sua, me deixe.

O peso sai da cama e sinto uma mão molhada me meu rosto, só pelo toque sei que é Aurora:

- Mamãe você precisa comer.

- Filha por favor a mãe não quer ser chata, a mãe só quer dormir um pouco porque está cansada.

- Não mamãe, você está ardendo em febre.

- Não, vão comprar outro termômetro porque estou com frio, não quente.

- Mas mãe, come um pedacinho de chocolate então.

- Ok.

Aurora me dá o chocolate, como e me escondo:

- Pronto comi, agora me deixam dormir, e filha fique com a Manu, ou pode ir para casa de alguma amiga.

- Tem certeza mãe.

- Sim.

Aurora sai da cama, todos me deixam dormir. Meus sonhos são turbulentos, me reviro na cama e acabo dando um salto gritando:

- Ana, estou aqui!

Zack fala abrindo a porta do quarto, deito novamente e tento voltar dormir, sinto o peso na cama novamente, desta vez ele me abraça, me sinto tão bem que não reclamo, me sentindo segura durmo mais uma vez.

O sol clareia o quarto, as cortinas dançam com a brisa que vem do mar, a casa está silenciosa, eu estou sem a coberta grossa, em vez desta uma manta fina, abro melhor os olhos, vejo um braço embaixo do meu travesseiro, um na minha cintura. Em minhas costas sinto um calor, um tocar suave de uma respiração tranquila, e na hora penso "dormi com Zack!" me apalpo, mas estou vestida, coloco a mão para trás e Zack está de jeans, mas sem camisa. Quando volto minha mão Zack acorda:

- Bom dia Ana...

- Bom dia.

- Está melhor?

- Melhor de quê?

- Deixe-me medir.

Zack coloca um termômetro em mim e espera, ao apitar confirma:

- Maravilha, está sem febre.

- Como assim febre?

- Ontem de noite, você estava ardendo em febre, não queria comer, só aceitou um chocolate dado pela Aurora.

- Eu achei que estava sonhando.

- Não estava, o remédio consegui te dar enquanto estava sonolenta, mas sonho você teve mais tarde, na verdade pesadelo.

- Acho que lembro disso.

- Sim, eu estava a caminho de ver como estava, te ouvi gritar, vim ainda mais rápido e fiquei aqui até dormir, mas acabei dormindo também.

- E não fizemos nada?

- Não! Você acha que sou o que?

- Tudo menos santo.

- Posso não ser santo, mas também não sou um monstro de abusar de alguém enquanto está doente.

- Ok, e Aurora?

- Está no quarto dela, ela não quis ir para casa de alguma amiga, ela queria estar aqui com você, mas acho que de exausta dormiu pesado e não ouviu seu grito.

- Ainda bem, não gosto de deixá-la preocupada.

- Todos ficamos preocupados.

- Eu imagino, mas não foi de propósito.

- Claro que não, não escolhemos ficar doente.

- Bom, acho que vou tomar um banho e me arrumar, temos uma visita em clientes para fazer.

- Você tem certeza?

- Claro, nada melhor para saúde do que trabalhar.

- Vou levar remédios e termômetro junto caso volte a febre.

- Ok.

Saio da cama, vou para ducha e planejo que roupa usar, tem que algo formal, mas que eu possa andar de cavalo por exemplo. Decido por um jeans, camisa de manga comprida, blazer e tênis. Vestida vou para cozinha e Aurora corre para me abraçar, Zack já está arrumado, jeans, tênis, camiseta gola polo e vejo um blazer na cadeira ao seu lado, penso comigo que temos gostos parecidos e quem veria diria que combinamos:

- Mamãe, estava preocupada!

- Desculpe filha, não foi de propósito.

- Eu sei, meu pai me contou que piorou de noite e ele cuidou de você.

- Sim, devo um agradecimento ao seu pai por cuidar de você e de mim.

- Pode ser com pizza, quando voltarem da viagem nos clientes.

- Mas eu devo ao Zack e você que decide como?

- Sim, ele tem o mesmo gosto que eu.

- Sangue não é água.

Zack diz sorrindo e vem para perto de nós, me afasto de Aurora e deixo ele a abraças, o clima fica estranho, então digo:

- Vamos, temos clientes para atender.

- Vamos, e na volta teremos pizza.

- Eba!

Grita Aurora dando um salto, espero Zack se afastar para que eu possa dar um abraço nela e saímos. Entramos na caminhonete, coloco a localização da fazenda no gps e Zack me encara sem dizer uma palavra. Andamos alguns quilômetros saindo da cidade, Zack volta a me encarar, depois se movimenta no banco para chegar mais perto de mim, olho de canto de olho, ele continua cuidando a minha reação. Olho para estrada e vejo a frente um mirante, quando vou falar algo sobre o mirante Zack coloca a mão na minha coxa, no susto olho o retrovisor e entro no recuo do mirante:

- O que você está fazendo?

Digo em tom alto de voz:

- Só queria te encostar, sinto saudade.

- Não me toca, não temos nada, não temos saudade, saudade que poderia ter era de pessoas que não existem mais!

- Ei, não é bem assim!

- É sim! Eu deixei você ficar por causa da Aurora, porque ela não merece ser prejudicada por um erro que nós cometemos.

- Erro? Que erro? Não cometemos erro algum!

- Cometemos sim, o de um dia ter sonhado que poderíamos dar certo.

- Mas nós damos certo, temos uma filha juntos, e ela é o melhor de nós dois.

- O problema é termos que somar coisas boas dos dois para sair uma boa.

- Não é assim que funciona.

- Olha é o seguinte, nós estamos indo em um cliente, e isso é sério, então você escolhe se vai me deixar em paz, vai me deixar quieta trabalhar e vai esquecer o que vivemos para os nossos problemas não interferir na nossa avaliação dos clientes.

- Você sabe que não tenho como esquecer o que tivemos.

- Então vamos voltar para casa e dizer para os clientes que não vamos.

- Não! Nós vamos cumprir o prometido de ir, mas eu não vou esquecer o que tivemos, mas eu vou te dar o tempo que precisa, e só tocarei no assunto nós, quando você me disser que quer.

- Ok, assim é melhor.

Volto para estrada e logo chegamos na fazenda, nos deparamos com coqueiros dos dois lados do corredor de entrada, tem açudes dos dois lados onde vejo peixes, logo a frente tem cercados de madeira onde cavalos nos encaram de longe:

- Uau, que mina de ouro encontramos.

- Verdade.

Vejo a frente o casal nos esperando, estaciono na enorme sombra em sua frente e um grupo de gansos nos recebe.

- Bom dia!

- Bom dia! Fizeram uma boa viagem?

- Sim, perfeita!

Encaro Zack que concorda e começa falar:

- Só na entrada já vi que esta fazenda é um tesouro, estou curioso para ver o que tem mais para olhar:

- Claro! Preparamos um café da manhã, vamos explicar as atividades, pessoal e alguns custos que já temos e depois cavalgamos pela fazenda para mostrar tudo.

Elisa passa o cronograma e Guilherme aponta para uma varanda alta com uma mesa de café servida:

- Vamos?

- Claro!

Concordamos seguindo para mesa. Guilherme senta e já pega o tablet, mas Elisa o acalma:

- Amor, espera eles se servirem e comer um pouco.

- Desculpe, é que estou ansioso.

- Sem problemas.

Digo enquanto começo me servindo um café que estava com cheiro delicioso. Zack sorri e sussurra:

- Você e seu amor por café.

Dou de ombros e sorrio aproximando a xicara para sentir melhor o aroma. Todos servidos e Guilherme começa falar dos números da fazenda, mas esta não é minha área, sou de finanças então encaro Elisa que me observa:

- Esta parte o Zack que vai cuidar?

- Sim, eu vou cuidar do financeiro, dinheiro, capital e investimento, Zack que é o profissional da parte operacional então vou deixá-lo fazer o que sabe fazer.

- Concordo, também sou do time das finanças, mas gosto de viver aqui, gostei da rotina, é muito melhor que a rotina corporativa.

- Isso sempre foi.

- Você já viveu em uma fazenda?

Encaro Zack que não está me olhando no momento e acabo sorrindo:

- Sim, por uma semana, mas foi tempo suficiente para muitas coisas.

- Vou fingir que entendi.

- Desculpe, voei um pouco longe nos pensamentos, mas sim morei um tempo em uma fazenda e gostei da rotina.

- É muito bom, descansa a cabeça.

- Sim, é bom mesmo.

Sorrio e volto os olhos para xicara, meus pensamentos voam novamente para rotina da fazenda, mas tento voltar meu foco para o presente. Guilherme e Zack estão se dando bem, terminamos o café, logo vem os peões com quatro cavalos:

- Vocês sabem cavalgar?

- Sim.

Respondemos em conjunto e nos encaramos:

- O Zack cavalga a mais tempo que eu, eu só fiz isso por uma semana.

- Bom espero que ainda lembre.

- Claro!

Guilherme sorri e me dá uma das rédeas que tem na mão, Zack sorri ao ver minha altura comparado com o cavalo e diz:

- Eu te ajudo.

- Obrigada.

Suas mãos pegam na minha cintura e dou o impulso para subir. Zack pega o cavalo ao meu lado e sussurra:

- Se precisar de algo me chama.

Aceno com a cabeça e Guilherme nos chama:

- Vamos?

Frouxo as rédeas e o cavalo andam, como na fazenda. Vendo a paisagem, os animais, toda estrutura da fazenda fico voando em pensamentos, confesso que penso mais nas coisas boas do que nas ruins daquela semana, mas fico na constante luta de entre passado e presente.

Damos uma volta completa, Guilherme e Elisa nos apresenta tudo, voltamos para sede e lá Elisa me convida para ficarmos perto da piscina, já Guilherme e Zack ficam andando de cavalo mais um pouco:

- Vocês já foram um casal, não é?

Elisa me traz em um puxão para realidade e volto o foco nela:

- Como assim?

- Vocês já foram ou são um casal...

- Um casal muito complicado seriamos.

- Por que diz isso?

- Porque já passamos por algumas situações que marcaram muito nós dois.

- Mas ele te ama.

- Ama nada!

- É sério, dá para ver como ele te olha, ele quer, mas tem medo, ele está apreensivo sobre a situação de vocês dois, e tudo depende de você.

- É que o problema é justamente comigo, eu que estou receosa.

- E qual seu medo?

- Decepção, criar expectativas e me frustrar.

- Eu posso não conhecer muito de vocês, mas uma coisa eu sei, você pode dizer o que quiser, a ele vai fazer, pode pedir para ele abandonar o que ele mais gosta que ele vai fazer isso.

- Por que você acha isso?

- Porque ele gosta de tudo o resto, mas é você que ele ama.

- Ei, espera aí, esta era para ser uma visita de cliente financeiro e não de psicólogo ou de conselheiros amorosos.

- Desculpe, uma as minhas formações são em psicologia e especializada em casais, é difícil perder costumes de profissão.

- Entendi.

Quando vamos dar sequência na conversa ouço um estrondo, bois berram e o chão parece tremer:

- O que está acontecendo?

- Não sei, acho que a boiada estourou.

Ouço grito de Zack, não penso duas vezes em subir no cavalo perto para ir atras dele, cavalgo rápido e Elisa vem atras de mim, entro em um campo aberto, vejo Zack ao longe tentando ajudar a controlar os bois, sei que não tenho experiencia, mas vou atras para ajudar.

Zack corre, eu sigo até ficarmos lado a lado e ele me diz:

- Vou tentar ir na frente e você ajuda a deixar todos juntos os que vem atras:

Dou a volta no cavalo, ele acelera mais, quando todos os bois estão alinhados e mais calmos ele os guia para um potreiro, na volta ele tenta apostar uma corrida com Guilherme, mas antes não tivesse feito. Quando estão ambos acelerados o cavalo de Zack levanta e ele acaba caindo, em reflexo grito seu nome, vou até ele, ao chegar perto reduzo a velocidade e o cavalo de esquiva, olho para o chão tem uma cobra enorme e deve ter sido que assustou o cavalo de Zack que está deitado no chão, geme de dor e vejo sangue em sua perna:

- Zack! Zack, o que aconteceu?

- Acho que aquela cobra que está vindo em nossa direção assustou meu cavalo.

- Isso eu sei, eu quero saber se você se bateu.

- Sim, acho que cortei minha perna, quando cai, bem em cima de uma pedra.

Olho para trás, vejo a pedra com o sangue, meus olhos se enchem de lagrimas e Zack as secam:

- Meu Amor, não chore.

- Me desculpe...

- Não tem de que se desculpar.

- Depois conversamos, agora tenho que te levar para um hospital.

Seco as lagrimas, quando vou ajudar ele a levantar já chega Guilherme com a Elisa com o carro para levarmos para o hospital. No hospital fico inquieta, ando de um lado para outro, Elisa me dá um copo de água, minhas mãos tremem, mas consigo beber a água, fico com os olhos focados nas portas por onde levaram Zack na maca, quando ele finalmente aparece em uma cadeira de rodas e vem um médico em nossa direção:

- Vocês são os parentes de Zack.

- Sim, ele é o meu... Ele é pai da minha filha.

- Bom, você se chama?

- Ana

- Bom Ana, Zack felizmente não se feriu gravemente, fizemos todos os exames, ele não teve fraturas, somente o corte na perna que não foi profundo, ele sentirá dor por motivo da queda, mas para isso vou passar um remédio para dor e febre caso tenha.

- Ótimo doutor, muito obrigada!

- De nada, e ele já está liberado, aqui está pedido de alta que pode entregar na recepção.

- Muito obrigada mais uma vez!

Ele sorri, vira as costas e sai, Guilherme e Elisa nos encaram, então Zack fala:

- Que bom que foi só um susto.

- Você vai ver só um susto, eu estava apavorada.

Não consigo conter meus sentimentos na voz, Zack segura minha mão e a beija:

- Está tudo bem, já passei por coisas piores.

Guilherme fala algo para Elisa e sai, ela vem até mim:

- O Guilherme vai buscar o carro e vai nos esperar na portaria.

- Ok, vamos lá.

A viagem de retorno segue silenciosa e Zack fala:

- Eu sei que não estão pensando nisso, mas queria dizer que de minha parte está tranquilo ajuda-los a fazer render a fazenda e Ana cuida dos investimentos.

- Que ótimo, estávamos receosos que iria traumatizar da queda.

- Imagina, não foi nada, só os valores são por conta de Ana.

Guilherme sorri e responde:

- Vai se dar bem então com a Elisa.

- Já estamos nos dando bem.

Elisa responde sorridente e digo:

- De minha parte tudo tranquilo, só acredito que deixamos para tratar do resto outro dia, pois Zack vai ter que descansar um pouco.

Elisa diz:

- Imagina, já liguei para fazenda e pedi para arrumar um dos quartos de hospedes para que ele possa deitar e descansar um pouco antes de vocês retornar, pois as viagens são um pouco longa e desconfortáveis. O que acha Zack?

- De minha parte tranquilo, mas será pouca demora.

- Sem problemas.

Responde o casal e logo chegamos na fazenda, Guilherme ajuda Zack a ir até no quarto e logo me vejo sozinha com Zack, que se acomoda em meio aos travesseiros:

- Deixa que eu te ajudo.

Afofo os travesseiros e ele finalmente deita confortavelmente, quando vou sair ele segura minha mão:

- Onde você vai?

- Vou deixa-lo descansar.

- Não quero que você vá, quero você aqui comigo…

Volto os olhos aos dele que brilham, não tenho muito controle, acabo indo mais perto, sento na cama, mas Zack me puxa rapidamente e toma meus lábios nos seus, seguro seu cabelo de trás da cabeça entre meus dedos, sinto como se todas as muralhas que criei no coração por causa dele virando cacos pelo chão:

- Agora de vez que não vou deixar você ir.

- Eu tenho que ir, preciso buscar seu remédio.

- Não precisa, fica aqui comigo.

- Mas e o seus remédios.

- Não preciso dele, preciso de você aqui.

Ouço um bater na porta e dou um salto, ficando em pé ao lado da cama antes de Elisa falar algo:

- Com licença, vim trazer seus remédios que ficou no carro, já tem uma garrafa de água para que possa servir e tomar com os remédios caso precise.

- Muito obrigado.

Elisa entrega a bandeja, para Zack, depois de Elisa sair digo:

- Eu tenho que cuidar dos negócios, e você precisa descansar, por favor.

- Por favor digo eu, Ana, fica comigo?

- Ok.

Sento ao seu lado, os remédios começam a fazer efeito e ele apaga. Resolvo aproveitar a chance para falar com Elisa e Guilherme:

- Podemos fechar?

- Sim, pode enviar que orçamentos de serviços que já faço a transferência.

- Ok.

- Levanto e aperto a mão de ambos.

Zack dorme até anoitecer, e vamos para casa. O caminho segue tranquilo até que Zack diz:

- O que vamos fazer agora?

- Esquecer que um dia isso aconteceu.

- Eu não quero esquecer.

- Problema que as lembranças que nós temos, são cheias de boas e ruins.

- Não me importa, eu quero um relacionamento agora, quero esquecer o passado e recomeçar.

- Você sabe que não é assim que funciona.

- Qual seu medo?

- Medo da decepção.

- Ana, estacionada.

- O que foi?

Estaciono, Zack tira o cinto e fica bem de frente para mim, eu faço o mesmo:

- Ana, você precisa esquecer o passado, aprendi com ele não vou cometer os mesmos erros, eu te amo e não consigo viver sem você.

Coloco as duas mãos em seu rosto e minhas lagrimas saltam:

- Eu também não consigo me ver sem você, hoje quando ouvi seus gritos fiquei apavorada, depois te ver caído me tirou o chão, eu não sabia o que pensar.

- Eu te amo Ana, e com amor nós construiremos um mundo só nosso.

- Eu também te Amo Zack, não tenho como negar isso, mas por favor, não me machuque mais.

- Farei o impossível se tornar possível por você meu Amor, apenas me autorize que começo agora.

- Você promete que vai sempre jogar com cartas limpas? Vamos conversar sempre para resolvermos nossas diferenças, sua prioridade sempre será a Aurora e vai me amar como está me dizendo?

- Prometo meu Amor.

Dou um salto entre o banco e o volante e sento em seu colo ele solta um pequeno gemido de dor e lembro que está machucado:

- Desculpe, devo sair?

- Não Amor, pode ficar aí, este lugar é perfeito para você.

Nossos corações aceleram e somos tomados pelo sentimento avassalador, o beijo acontece como se não tivéssemos nos vistos a seis anos atrás, seus lábios quentes e molhados, suas mãos seguram minha cintura, meus dedos afundam em seus cabelos, o tempo para, só existe nos dois em um beijo que é um misto de libertação dos medos do passado e esperança de tempos melhores. Depois do beijo, sorrio, volto para meu banco e seguimos para casa de mãos dadas.

Capítulo Vinte

Quando estamos quase chegando pergunto:

- E Aurora, como vamos explicar para ela?

- Ela já é grandinha e acredito que ela vai ficar feliz em saber que o pai e a mãe dela vão finalmente cumprir seus papeis formando um casal.

- Parece ser verdade.

Chegamos e Manuela nos diz que Aurora está no quarto fazendo o dever da escola, libero ela para descansar e vamos até o quarto, bato na porta:

- Filha, podemos entrar?

- Sim mãe, pode entrar.

Entramos e ela está com os cadernos aberto em sua escrivaninha, tem pilhas de livros e sentamos na cama atras dela e questiono:

- Filha, podemos conversar um pouquinho.

- Sim.

Responde ela ficando de frente a nós:

- Digam.

- Filha, seu pai e eu conversamos, tivemos algumas coisas que aconteceram que fizeram nós tomarmos uma decisão que vai mudar um pouco a nossa rotina, mas acredito que nada prejudicial a nós...

- O que sua mãe está tentando dizer é que nos acertamos e queremos construir uma história juntos como um casal, sendo pais presentes e formando uma família completa.

- Eba! Que ótimo! Agora sim, meu pai e minha mãe juntos, somos uma família completa!

Sorrimos e nos abraçamos:

- Eu achei que seria mais difícil esta conversa.

- Mamãe, entenda, eu sempre desde o início quis que vocês ficassem juntos.

- Eu entendo filha, pelo menos agora entendo.

- Filha e meu Amor, agora vou deixar vocês aqui e estão proibidas de sair até eu chamar.

- Por que?

- Vou fazer uma surpresa.

- Ok.

Nós olhamos e ele sair sorridente. Conto para Aurora sobre o dia na fazenda dos clientes, até mesmo a queda de Zack e ela fica apavorada:

- Que bom que no fim deu tudo certo e o papai não se feriu gravemente.

- Podem vir!

Ouvimos o chamado de Zack que abre a porta:

- Filha, vou precisar da sua ajuda.

- Sim papai.

Ele tira do seu bolso uma gravata:

- Vamos vendar a mamãe?

- Vamos!

- Ei, espera aí como assim? Agora são dois contra mim?

- Não apenas nos ajudamos.

- Sei.

Sou vendada e os dois me levam pela casa, pelo caminho imagino ser a caminho da piscina. estou no completo escuro e de repente tiram minha venda. Estou à beira da piscina, ela está repleta de flores, e entre elas algumas velas, a noite escura e quando olho para minha frente está Zack com um joelho no chão e outro lhe dando apoio, em suas mãos uma caixa que ele abre, nela está um par de alianças:

- Ana, você quer casa comigo?

Meus olhos enchem de lágrimas, nunca imaginei que seria pedida em casamento naquele momento, mas meu coração acelerou e eu respondi:

- Sim, aceito!!

Zack sorri e Aurora da seus pulinhos de alegria, no meu dado a aliança ele colocou, deu um beijo, nos beijados e ouço um estouro, levo um susto e Zack sussurra:

- Esta é a segunda parte da surpresa.

Olho para praia, tem um show de fogos acontecendo, todos coloridos, ficando destacados iluminando a escuridão. Fico fascinada, Zack me abraça e Aurora fica entre nós olhando o show, quando termina nos beijados, vejo Zack virando Aurora de costas para não nos ver e sorrio durante o beijo.

Somos interrompidos por uma buzina de moto, Zack vai buscar a entrega. Aurora já pega os pratos talheres colocando na mesa a beira da piscina, Zack chega com a pizza e comemos felizes o primeiro jantar em família. Zack nos intervalos entre um pedaço e outro repousa sua mão em minha coxa, Aurora está alegre, é visível ao longe sua alegria:

- Mãe, pai, eu vou dormir, estou exausta.

- Está bem filha, lembra de escovar os dentes.

- Sim mãe pode deixar.

- Boa noite filha, tenha lindos sonhos.

Zack diz e eu concordo, Aurora nos abraça e vai para seu quarto. Levanto, junto a louça que ficou, Zack sorrindo e vai para pia da cozinha e começa lavar tudo:

- Olha, meu noivo é trabalhador.

- Sim, enquanto isso você escolha um champanhe para nós.

- Ok.

Beijo seu rosto e vou para adega onde encontro o champanhe perfeito para brindarmos. Abro, pego duas taças, sento a beira da piscina e logo Zack me encontra:

- Amor, preciso que traga algo?

- Não, estou com tudo aqui.

Zack senta do meu lado e sirvo as taças:

- Um brinde aos encontros, reencontros e recomeços!

- Um brinde!

Batemos as taças, bebemos um pouco e vejo Zack sorrir:

- Do que está rindo?

- Estou feliz de finalmente realizar meus sonhos, planos, metas...

- Que bom, e quais os seus planos?

- Pensei em casarmos no civil aqui, e depois fazer um casamento religioso com tudo que tem direito na fazenda, o que acha?

- Acho uma ótima ideia, aquele lugar é lindo e não seria nada mais especial do que casarmos onde abrimos os corações pela primeira vez.

- Que bom que gostou, até pensei que não ia querer voltar para fazenda.

- Um passo de cada vez, mas eu não vejo problemas na fazenda, o problema era entre nós e nós já estamos resolvidos, além disso Aurora tem que conhecer os tios, a prima e sua avó.

- Verdade!

- Como está sua perna?

- Está bem, um pouco doída, mas bem.

- Que bom.

Largo a taça e fico mais de frente para Zack, ele em um piscar me puxa para seu colo:

- Ei, sua perna!

- Não tem problemas.

Coloco meus braços sobre seus ombros e nos beijamos, tento ficar quieta para não machucar mais a perna, ao fim do beijo afundo meu nariz em seu pescoço:

- É errado ter sentido saudade do seu cheiro por seis anos?

- Errado foi nós termos brigado tanto contra este amor.

- Concordo e reconheço a culpa.

- Corrigindo, parcela de culpa, pois ambos somos culpados do que aconteceu.

- Ok, parcela de culpa.

Volto a olhar seus olhos e me apavoro:

- Ah, lembrei agora você está tomando remédios, cancela o champanhe.

- Eu sei, por isso bebi só um gole.

- Pois não deveria ter tomado nenhum.

- Só queria brindar.

- Eu sei, mas agora vamos tomar um banho e ir dormir, apenas dormir, pois não quero prejudicar a sua recuperação.

- Sem problemas, eu só de dormir sentindo seu corpo colado ao meu está maravilhoso

- Eu também acho.

De banho tomado deitamos na cama e eu arrumo um travesseiro para apoiar a perna machucada, ele acomodado deito em seu peito:

- Como eu estava com saudade disso.

- Aproveite que logo será até o fim da vida, com nosso casamento.

- Pretendo aproveitar ao máximo.

- Perfeito, te amo Ana.

- Te Amo Zack.

Acordamos com Aurora batendo na porta:

- Mãe, pai, posso entrar?

- Sim filha! Pode entrar...

Respondo sentando escorada na cabeceira, e Zack me acompanha e pergunta:

- Aconteceu alguma coisa filha?

- Não pai, só queria dar bom dia pela primeira vez para minha mãe e meu pai juntos.

Não sei porque, mas nossos olhos lacrimejam e Aurora sobe na cama entre nós cuidando para não mexer na perna de Zack que tenta acalmar Aurora:

- Oh filha, hoje é a primeira de muitas e muitas vezes que nos verá assim...

- Eu sei pai, mas estou tão feliz que estou com vontade de chorar, não estou entendendo isso, parece que não é real.

- Mas é sim, e partindo de hoje para sempre será assim.

- Eu queria dizer duas coisas, primeiro, mãe... Eu agradeço por ter me protegido tanto tempo, agradeço por sempre lutar por nós e por dar uma segunda chance para o papai...

Eu a abraço forte e beijo sua testa, depois de um tempo ela se vira para Zack e diz:

- E você papai, muito obrigada por não desistir de nós, por mesmo que as chances serem mínimas de dar certo seu retorno, arriscar tudo e vir nos procurar...

- Não tem do que agradecer, eu que peço perdão para vocês duas por demorar tanto tempo para fazer isso, sendo que deveria estar presente desde o início.

Zack abraça Aurora e lhe beija a testa, com uma mão me puxa e lhe dou um beijo breve e ficamos abraçados um tempo até as lágrimas de todos cessar. Todos levantam e vamos tomar café, no meio da refeição Maite me liga, saio da mesa para atender:

- Amiga! Você não tem nada para me contar?

- Muita coisa eu sei, vamos marcar alguma coisa para eu te contar tudo!

- Agradeço!

- Espera só um minuto.

Tiro o celular do ouvido e questiono Zack:

- Tem algum plano para hoje?

- Queria passear com Aurora e você por?

- Porque preciso conversar com a Maite sobre uns assuntos e pensei em marcar uma coisa com ela, se não tiver problema pode sair você e Aurora.

- Eba! Primeiro programa de pai e filha!

Aurora dá um salto da cadeira e abraça Zack que sorri e diz:

- Marcado então! Saio com Aurora e você pode fazer algo com a Maite.

Volto a falar na ligação:

- Maite, pode vir aqui em casa que Zack vai sair com a Aurora.

- Ótimo, que horas posso ir?

- Você que sabe.

- Daqui uma hora estou ai então!

- Marcado, fico te esperando!

- Beijo!

- Beijo!

Desligo a chamada e volto para terminar o café da manhã e Zack pergunta:

- Algum motivo especial para conversar com a Maite?

- Ela é minha melhor amiga, e sabe de tudo da minha vida, é no mínimo muito curioso eu aparecer com você na empresa e não contar nada para ela.

Zack sorri:

- Bom então hoje vai ser o dia das mulheres e o dia do papai com a filha!

- Isso aí!

Aurora concorda rapidamente:

- Tem alguma programação especial que queira fazer filha?

- Podemos ir no cinema do shopping e depois talvez umas compras…

- Por mim tudo bem!

Zack concorda e eu digo:

- Só Aurora não abuse.

- Pode deixar mãe, vou me comportar bem.

- Ok, agora vai se arrumar…

- Sim mãe!

Ela termina o suco que estava tomando e vai para o quarto, Zack pega minha mãe e beija:

- Hoje eu sou o homem mais feliz do mundo!

- Por que?

- Porque finalmente tenho vocês duas completando a minha vida, te amo Amor!

- Também te amo!

Ele se levanta, me faz levantar também, me abraça forte e me beija, depois diz:

- Vou me arrumar, se não a mini mulher da minha vida vai ficar pronta antes que eu e serei a vergonha de demorar mais que ela para me vestir.

- Ok, vamos lá que eu também tenho que tirar este pijama.

Vamos para o quarto, coloco um vestido solto com um biquini, pois sei que Maite é louca por piscina como eu, e Zack entra no quarto com uma gola polo branca, uma calça jeans bege e sapatos confortáveis:

- Está bom assim?

- Está lindão para sair com nossa filha.

- Você também está linda.

- Você sempre diz isso.

- Porque é verdade.

- Está bem...

- Uma coisa que eu ia dizer, acho que seria interessante você arrumar um espaço no closet para eu colocar minhas coisas, que que estamos noivos, podemos dividir o closet.

- Mal invadiu minha vida, já quer invadir meu closet?

Zack sorri e me abraça:

- Um pouco de cada vez...

- Concordo, eu tenho que fazer uma limpeza nele mesmo, assim arrumo espaço para você colocar suas coisas.

- Muito obrigado!

- Agora vamos que Aurora deve estar esperando.

Zack deixa uma mão na minha cintura e encontramos Aurora chegando na porta do quarto:

- Estou pronta!

- Ótimo, então se comporte e qualquer coisa me ligue.

Me abaixo, dou um beijo nela e um abraço, levanto e beijo rapidamente Zack:

- Pode pegar o molho de chave reserva, assim terá a chave do portão para sair.

- Ok!

Eles seguem porta a fora e eu fico admirando os dois, parece que finalmente estou em paz. Começo a preparar as taças para fazer os drinks, sei que é cedo, mas sei que Maite vai enlouquecer se não bebermos juntas. Termino os drinks, e o interfone toca, abro o portão:

- Bom dia Amiga! Dormiu bem com o seu amado?

- Bom dia para você também, e que bom que está bem...

- Você sabe que eu estaria ótima se não tivesse me escondido que Zack estava aqui!

- Ok, pega sua taça e vamos para as espreguiçadeiras da piscina que vou contar tudo.

Seguimos para piscina, Maite logo tira seus shorts jeans e sua regata ficando de biquini, eu tiro meu vestido sentando ao lado dela, nos acomodamos e começo:

- No dia em que encerrei o contrato com o Denis, vim para casa e quando cheguei Zack estava aqui na frente, pediu para conversar, mas eu não quis, mas antes disso ele conversou um pouco com a Aurora. Fiquei com muito ódio de rever ele, mas Aurora me convenceu a conversar com ele.

- Que delícia, adoro minha afilhada!

- Eu sei, mas eu não estava muito disposta a falar com ele, quando sentamos para conversar ele explicou tudo como aconteceu a seis anos atrás, eu o critiquei o máximo que consegui, depois de tentar expulsar ele do meu escritório, algumas coisas não saíram como eu queria e acabamos confirmando que o que sentíamos a tantos anos não tinha se apagado, claro que ele usou isso contra mim.

- E aí?

- Aí decidi passar a decisão dele ficar ou não em nossas vidas para Aurora que de uma forma indireta deixou que ele ficasse, eu lutei como pude contra este sentimento, mas na visita ao Guilherme e Elisa não consegui nem disfarçar o quanto gosto do Zack que até a Elisa percebeu. Quando ele caiu do cavalo voltou com tanta força o sentimento que desisti de lutar contra, e ontem fui pedida em casamento!

- O que?

- Sim!

Mostro o anel de noivado e Maite pula da cadeira e me braça forte:

- Parabéns Amiga!

- Muito obrigada!

Sorrio e dou um gole na bebida e Maite já começa a pesquisar coisas sobre o casamento:

- Você já olhou vestido? Igreja?

- Não, ainda não, a princípio vamos fazer um casamento simples aqui só no cartório e fazer o casamento real com tudo que tem direito na fazenda dele.

- Uau! Que maravilhoso os planos, mas sabe que não vou deixar passar em branco isso, exijo no minimo uma festa no dia do cartório aqui na sua casa para comemorar e claro, vou no casamento na fazenda também.

- Que você vai nos dois casamentos isso já é certo, mas fazer duas festas não sei se sou muito a favor...

- Amiga! Deixa comigo, eu arrumo tudo, vamos fazer uma festinha somente para nossos amigos mais próximos, eu organizo uma decoração linda e um buffet, vai ficar lindo!

- Deixa-me falar com Zack primeiro?

- Eu já falei com ele!

- Como assim?

- Você acha que ele conseguiu como aqueles fogos?

- Sua safada! E eu achando que não sabia de nada!

- Amiga, me perdoe, mas eu queria muito que você fosse feliz, eu até tinha uma esperança daquele desgraçado do Apolo reverter a situação de ficar com você, mas não deu e quando Zack te procurou eu sabia que era o melhor para você.

- Ok, vamos conversar sobre alguns pontos, primeiro, não quero que fale mais no Apolo, acredito que estar história Zack nem deve saber e vai continuar assim, e segundo ponto, não acredito que armou tudo com ele pelas minhas costas.

- Amiga me perdoa, e Zack nem deveria de saber quem eu era quando ele ligou para o escritório pedindo por você querendo saber onde trabalhava, e eu falei de propósito que estaria em casa, e ele daria um jeito de descobrir onde é a casa, me perdoe mesmo, mas eu só queria o seu bem.

- A sua sorte é que estou nas nuvens e querendo ou não lhe agradeço por ter ajudado ele a chegar até mim, pois se isso não tivesse acontecido eu ainda estaria vivendo solitariamente como estava, mas vamos combinar que não quero mais armações pelas minhas costas, estamos combinadas?

- Combinadíssimas! Posso ver as coisas do casamento?

- Promete que vai ser algo simples?

- Aqui na sua casa sim, mas o da fazenda quero que seja o melhor casamento que qualquer pessoa tenha visto naquela região.

- Ok, vai me deixar participar?

- Da festa da fazendo sim, mas daqui deixa que eu faço tudo, como um teste de como seria se eu ajudasse no da fazenda, seria um teste drive de mim como organizadora de casamentos.

- Está pensando em mudar de ramo?

- Não! Só quero que você tenha tudo que merece.

- Muito obrigada, mas vou lhe passar algumas coisas que vi em casamentos e gostei.

- Ótimo!

Maite pega seu tablet e a caneta para anotar, pego o meu para pesquisar e mostrar para ela algumas coisas, na volta para piscina já pego mais uma dose de drink, pois os nossos já terminaram. Passo tudo que já tinha gostado de ver em casamentos e os olhos da Maite brilham, pela primeira vez vi ela tão feliz, fazemos a lista de convidados com os amigos próximos, a equipe da empresa e claro que Elisa e Guilherme que deram o start neste casamento de uma forma indireta.

Alguns dias depois...

- Você está linda Amiga!

- Muito obrigada!

Respondo em frente ao espelho do closet, minha maquiagem não é marcante, meu vestido longo com detalhes em renda não me permite negar que adoro cumprir os clichês de um casamento:

- Tudo pronto!

Alguém do lado de fora do quarto grita e Maite me pergunta:

- Vamos lá?

- Vamos!

- Ok, espera só um minutinho!

Fico perto da porta do quarto um pouco e logo vem Maite que me pede para segui-la, no caminho encontro Aurora com um vestido lindo branco com uma cesta com pétalas brancas e rosa claro. Por mais que não tenha visto a decoração, já que Maite me trancou no quarto enquanto a equipe montava tudo, já imagino que deve ser nos tons das pétalas que Aurora tem.

Quando chego no início do corredor de buquê rosa claros com brancos em suportes dourados, cadeiras cheias dos dois lados repletas de amigos me controlo para não chorar de emoção antes de olhar tudo o resto. Meus olhos passam pelo corredor e na frente de um arco com flores e folhagens está Zack com um terno branco, magnífico nele, me esperando e a música "haleluia" começa a tocar, meus olhos encharcam, pois é uma das minhas músicas preferidas e Zack sabia disso.

Vou caminhando calmamente e na minha frente vai Aurora deixando as pétalas por onde passa, deixando ainda mais lindo o caminho até Zack. Quando chego em Zack seus olhos estão emocionados, lagrimas escorrem, ele beija minha mão e fala baixinho:

- Você está perfeita!

- Muito obrigada, você também!

- Ana e Zack!

Nossos nomes são chamados e nossa atenção volta para o juiz que realiza o casamento, Zack segura minha mão com cuidado. Sem muita demora dá início a cerimônia, nossos nomes são ditos, profissão, domicílio e residência, o regime de casamento e todos os outros dizeres que a ocasião exige, tento prestar atenção para lembrar de tudo depois, mas minha mente não para, estou vendo o filme de nossas vidas e volto a realidade quando Zack aperta minha mão e paro de frente para ele. Trocamos as alianças e assinamos os documentos:

- Agora pode beijar a noiva!

Zack me puxa me fazendo quase deitar e me dá um beijo caloroso e suave, depois do beijo diz

- Estamos casados!

Zack me abraça, me tira do chão juntamente com um beijo, no meu mundo só existe ele como homem na minha vida, Aurora puxa meu vestido e volto a atenção para ela:

- Agora oficialmente, meu pai e minha mãe estão casados.

- Bem lembrado!

Zack me solta e pega as certidões, a atualizada da Aurora e a do nosso casamento. Uma chuva de arroz ganhamos e sorrimos muito, depois da cerimônia logo começa a festa e o fotografo tira fotos nossas com todos os convidados. Depois um brinde e o buffet é servido. Zack conversa com alguns convidados e eu com outros. De repente Maite chega com um envelope que parece ser uma carta:

- Um menino me entregou e saiu correndo...

Capítulo Vinte e Um

- Que estranho!

- Também achei, não tem remetente, somente está escrito de um lado "Me abra sem ninguém por perto" Ainda mais estranho, deixa eu ver.

Abro o envelope que tem um cartão escrito: "Vida! Você sabe quem é! Venha me ver, estou no seu quarto." Estremeço ao saber que é Apolo, mas como ele invadiu o casamento não sei, fico dividida, mas tenho que decidir logo:

- E ai de quem é?

- Não sei, vou guardar isso no meu quarto e descobri depois de quem deve ser, pois se Zack ver isso pode achar estranho.

- Ok, eu cuido de tudo por aqui, e se não souber de quem é queima logo, assim não terá problemas com seu perfeito marido logo no início.

- Vou fazer isso.

- Vai lá, te dou cobertura.

- Ok!

Vou para o quarto tranco a porta, quando me viro Apolo está no centro do quarto como se fosse um fantasma:

- Eu sabia que viria.

- O que você está fazendo aqui?

- Eu vim te ver.

- Saia já daqui você vai me arrumar problemas com meu marido.

- Problemas porquê? Ele sabe de nós?

- Não! E é exatamente por isso que você tem que sumir daqui!

- Então você não contou para ele? Interessante...

- Não contei porque não teve importância!

- Ou não contou porque teve importância demais!

- Não! É sério Apolo sai daqui!

- Você o ama?

- Amo! Amo como nunca amei ninguém!

- Você me amou!

- Não amei tanto quanto amo Zack, agora sai daqui!

- Não vou sair até ter um beijo seu, quero te provar que você me ama mais do que pensa que ama ele.

- Apolo! Você está parecendo um psicopata, saia já daqui eu não te amo, não te amei, e quando quis te dar oportunidade você me traiu, então saia daqui!

- Não! Eu já disse, quero te provar que você me ama!

- Eu não amo, não amei e não amarei!

- Ama sim!

- Apolo porque você esperou seis anos para querer ver se eu te amei, porque não veio antes, se você tem tanta certeza que eu te amei?

- Eu estava esperando a hora certa.

- A hora de me casar? É isso?

- Não! A hora do filme das nossas vidas ficar pronto!

- Como assim filme das nossas vidas?

Apolo joga perto de mim um DVD, nem sabia que isso ainda existia, na capa uma foto nossa com o nome: "Surpresa da Vida"

- Eu não acredito! Você não pode usar uma foto minha assim, tem que me pedir permissão!

- Vida, essa é a nossa história, ela pertence tanto a mim quanto a você, e eu tinha te avisado que tinha fotos suas.

- Sim de mim dormindo, o que não garante o meu consentimento.

- Vida!

Apolo tenta se aproximar e eu dou dois passos para trás dizendo:

- Não me chame assim, e não se aproxime, senão eu vou gritar.

- Não vai não, se não seu maridinho vai ficar sabendo que você transou com um completo estranho três dias depois que se separou dele.

- Ele não vai acreditar em você!

- Ah não vai?

- Não!

- Mas ele não acredita somente na verdade? Não foi assim que ele te expulsou da vida dele, confiando na verdade?

- Ele confiando na verdade voltou para mim, coisa que você não foi homem o bastante para fazer.

- Não fale assim de mim!

Ele dá mais dois passos e eu fico contra a porta:

- Se não o que?

- Se não vou acabar com este seu casamento.

- Apolo! Vai se tratar, você está louco!

- Louco só se for por você!

- Apolo, você teve anos para voltar atrás, e talvez até poderia em outra situação talvez ter te aceitado de volta, mas agora este não é o caso, e se quer saber, pode chamar o Zack, tenho certeza que ele vai me entender e vai te bater tanto por ter tentando estragar a nossa felicidade que nunca mais será galã de nenhum filme!

- Posso mesmo?

- Pode chamar! Ou não é homem o suficiente para isso?

- Não me provoque!

- Se não o que?

- Custa tanto assim só me dar um beijo?

- Custa! Custa muito! Custa anos de sofrimento, anos me sentindo traída e perder uma vida de ser amada! Custa muito amor que você não tem capacidade nenhuma de me dar, porque você não ama ninguém além de você mesmo, então saia daqui agora! Se não eu conto para todo mundo que você transava comigo gravida de outro enquanto a sua mulher esperava um filho seu!

- Você não faria isso!

- Se você pode estragar a minha felicidade eu posso destruir a sua vida, seu babaca! Agora sai daqui!

- Não saio sem um beijo seu!

- Vai sair sim!

Destranco a porta e Maite está próximo dela, estou completa de raiva e digo mais uma vez para Apolo:

- Sai daqui! Se não eu vou chamar o Zack!

- Você não tem coragem!

- Maite! Chama o Zack e peça para ele vir aqui.

- Você tem certeza?

- Sim! Se você não chamar eu chamo.

- Ana, você está se equivocando, você pode arriscar o seu casamento fazendo isso.

- Eu vou arriscar meu casamento se eu não fizer isso, não tenho o que esconder, meu casamento não terá segredos então chame o Zack!

Apolo fala:

- Você não vai fazer isso! Só te peço um beijo e não vou mais te incomodar.

- Eu não acredito em loucos.

Saio porta a fora e chamo por Zack, Aurora vem correndo e eu me abaixo:

- Filha! Eu preciso que você fique bem longe daqui a mamãe tem que resolver umas coisas aqui e você não pode escutar, agora só chame seu pai para mim!

Maite pega no meu ombro e diz:

- Amiga, podemos resolver isso rápido, sem envolver o Zack ou arriscar seu casamento.

- Se ele me ama como ele diz ele vai entender e se ele não entender já anulamos o casamento, pois o juiz ainda está aqui.

- Amiga pensa direito.

- Eu estou pensando da melhor forma possível.

Quando vou gritar mais uma vez vejo Zack vindo correndo:

- O que aconteceu?

- Precisamos conversar e eu já digo que vai ter que me escutar e estou fazendo isso para não termos segredos entre nós!

- Amor, o que está acontecendo você está tremendo.

- Eu sei, estou dividida, posso estar arruinando tudo, como posso estar salvado tudo, então por favor me escuta ok? Vamos entrar no quarto e conversar.

- Ok Amor, mas calma.

Zack coloca as mãos no meu rosto e eu pego uma delas e puxo para dentro do quarto, tranco a porta e Zack enxerga o Apolo:

- Quem é esse cara? O que ele está fazendo dentro do nosso quarto.

- Zack por tudo que tem de mais sagrado me escuta, eu vou te explicar tudo!

- Estou ouvindo, mas me conta quem é esse cara?

- Zack este é Apolo, Apolo este é o Zack.

Zack aperta a mão de Apolo, Apolo solta e anda de um lado para o outro:

- Zack! Quando eu sai da fazenda dirigi horas até aqui, quando comprei a casa Apolo morava na frente e ficou sabendo que eu estava gravida, então começou a me ajudar, com a mudança, compras e toda a organização.

- Sim e?

- Deixa-me contar!

- E ela transou comigo!

Apolo fala e Zack fica nervoso e tenta atacar Apolo e eu paro na frente dos dois:

- Zack se acalma, deixa eu contar, não dá atenção para Apolo e Apolo você cala essa boca se não quem vai socar a sua cara sou eu, está entendendo?

Apolo sorri irônico concordando com a cabeça, mas ainda andando de um lado para o outro e Zack me encara:

- É verdade o que ele disse?

- Sim, mas eu vou te explicar!

- Como você pode?

- Zack presta atenção em mim, eu sei que estou arriscando tudo fazendo isso, mas sei que arrisco ainda mais se eu não fizer, então por favor, por favor mesmo, me escuta!

- Ok!

- Continuando, eu estava fragilizada, você sabe muito bem porque, Apolo naquele momento se apresentou como um salvador, me fez sentir segura e sem contar nenhuma mentira transamos sim.

- Como você pode? Você estava grávida! Pôs a vida da nossa filha em risco!

- Eu sei, mas por favor me escuta!

- Ok!

- O Apolo muito bem treinado em iludir pessoas, me iludiu e eu transei com ele, a segurança que ele me fez sentir naquele momento me balanço e cheguei a achar que amava ele, não tanto quando você, pois você não saia da minha cabeça.

- Mentira!

Apolo grita e respondo:

- É verdade! Ou porque você acha que eu ficava triste de repente? Você acha que porque fiquei tão desconfortável quando fomos na fazendo dos seus pais? Simplesmente porque eu lembrava o tempo todo de Zack! Então cala a boca e me deixa falar com Zack!

Zack me encara e continuo contando:

- Eu balancei sim, não vou negar, mas um mês depois eu descobri que na verdade ele estava me enganando, enquanto transava comigo gravida ele tinha uma mulher gravida dele que ele também transava, e quando descobri expulsei ele na minha vida, nunca mais falei com ele, nem se quer vi.

- Isso é fetiche? Transar com gravidas?

Apolo tenta atacar Zack e eu mais uma vez fico no meio dos dois:

- Você me respeita!

- Respeito é uma palavra que você não conhece seu desgraçado!

Zack responde e Apolo diz:

- Ana! Por que você está fazendo isso? Eu só te pedi um beijo!

- Exatamente por isso, porque sou uma mulher casada e não tenho segredos com o meu marido, sendo eles bons ou ruins e sei que arrisco tudo fazendo o que estou fazendo, mas prefiro isso do que viver o resto da vida guardando segredos!

Ficamos em silêncio e Zack me olha:

- Ana, isso tudo que contou eu sei que é verdade, eu acredito em você, agradeço muito por ter a coragem de me contar tudo isso, mesmo que isso pudesse custar a nossa felicidade, mas eu digo que agora a minha felicidade está completa, sei que posso confiar em você, que mesmo as coisas ruins ficaram claras entre nós, eu te amo e quero que saiba que amo ainda mais depois de tudo que contou, eu não me importo com o que fez entre o nosso término e nosso reencontro, pois eu também fiz coisas que não me orgulho, você sabe muito bem disso, então o que quer que eu faça?

- Quero que me perdoe, por ter duvidado do que sentia por você quando me envolvi com o Apolo.

- Eu não tenho o que perdoar, só tenho a agradecer, eu te amo!

Zack me beija, eu me seguro em seus braços que me puxam contra o seu corpo, Apolo se irrita, tira Zack dos meus braços e lhe dá um soco cortando seu lábio:

- Eu já não gostava de você, agora eu te odeio cara!

Zack fecha o punho e dá um soco em Apolo que lhe faz cair no chão, eu grito para Zack parar e fico entre os dois:

- Ana! Deixa-me resolver com esse cara essa situação!

- Não Zack! Você não vê que é isso que ele quer?

- Eu quero estragar o casamento de vocês, se contando a verdade não deu certo então que seja eliminando esse cara!

Apolo se levanta e vai mais uma vez para bater em Zack e eu grito:

- Já chega! Você não conseguiu estragar nada, ainda ajudou a eu provar meu amor pelo Zack, então saia já daqui e nunca mais quero te ver!

Apolo agora tenta me bater e agradeço pelas aulas de defesa pessoal que fiz depois que voltei da fazendo por causa do episódio de nos perdemos na mata e golpeio Apolo e repito:

- Apolo sai daqui! Antes que eu te pendure e use de saco de pancadas!

Apolo se levanta, passa a mão no rosto e vê que lhe deixei sangrando com o golpe e sai batendo a porta. A adrenalina passa e caio de joelhos no chão, Zack se ajoelha na minha frente:

- Ei Amor! O que aconteceu?

Olho para baixo e as lágrimas correm, minhas mãos tremem, meu punho doí por causa do soco:

- Fiquei com tanto medo de te perder que não sei nem como fiquei de pé por tanto tempo.

- Amor, nosso casamento está sendo construído em pilares da verdade, eu agradeço por ter coragem de fazer isso, mesmo sem saber como eu reagiria.

- Eu sei, mas tive medo, muito medo, obrigada Amor!

- Eu te amo e isso basta!

- Eu também te amo.

- Então acalme seu coração pois temos uma festa para aproveitar ainda.

- Muito obrigada Amor!

Levantamos do chão e eu vou no banheiro retocar a maquiagem, Maite bate na porta:

- Posso entrar?

- Sim.

Zack confere se está alinhado e sai do quarto:

- Amiga, como foi?

- Melhor do que esperado.

- Me desculpe, eu não sabia como Zack reagiria, então tentei te proteger.

- Eu sei, eu também não sabia e agora cá estamos, então vamos esquecer isso e seguir em frente, pois temos uma linda festa para aproveitar.

Termino de me arrumar, voltamos para festa e curtimos até o último momento, depois de tudo acabado, tomamos um banho, trocamos de roupas e dormimos pesado, pois amanhã viajamos cedo, Zack deita ao meu lado e questiona:

- O que você achou do primeiro casamento?

- Adorei, criei ainda mais expectativas para o casamento na fazenda.

- Concordo, amei tudo deste, mas estou ansioso pelo o da fazenda.

- Ansioso? Você?

- Sua engraçadinha, mas estou mesmo.

- Que bom, mas deixa-me só ver quão ansioso está…

Dou um salto e fico em cima dele, Zack passa sua mão na minha perna coxa e quando sobre minha camisola vermelha sorri ao ver que estou sem calcinha:

- Agora não sei se fico mais ansioso ou se fico tranquilo…

- Vou testar pela respiração e batimentos cardíacos.

Lhe beijo e enquanto faço isso pego suas mãos prendo acima da sua cabeça:

- Deixa elas ali, se não vou amarrar.

- Sim senhora!

Viro de costas para ele e tiro sua cueca, seu membro já me espera animado, então me abaixo para abocanha-lo deixando meu sexo bem próximo dele que diz:

- Eu posso usar as mãos?

- Se você usar eu também uso.

- Então não vou usar.

Sorrio e volto a movimentar, e ele me abocanha, sua língua é habilidosa, e minha lubrificação entrega meu prazer:

- Hum delicia...

Zack diz e sorrio, coloco inteiro na minha boca, ele geme, não se controla, coloca um dos seus dedos em mim, eu passo a usar as mãos para me ajudar, recebo alguns tapas e ele me movimentar potencializando o prazer, quando vejo que ele está quase se entregando me movimento mais rápido, sem dar muitas chances dele me acompanhar e sinto seus jatos na minha boca. Já deixo uma toalha perto para não dar sujeira na cama e a festa continuar.

Deito na cama e Zack retruca:

- Você acha que deixarei barato?

- Eu não sei de nada.

Ele me beija e mordisca minha orelha depois e vai descendo, estimula meus seios e vai até para baixo do umbigo, sorrio com a ansiedade e ele não deixa a desejar, sou tomada pelos espasmos, meus dedos dançam em seu cabelo, quando ele se recupera não me deixa pensar e simplesmente penetra e solto um gemido alto, Zack tapa minha boca rapidamente:

- Shhh vai acordar a Aurora.

- Se não quer que eu gema, não me surpreenda tão positivamente assim.

Resmungo e ele sorri, seus movimentos são rápido, sei que ele quer se vingar então só aproveito o máximo que consigo até me acabar para ele:

- Isso delicia, assim que eu gosto.

Trago ele mais perto e lhe beijo:

- Agora temos que tomar outro banho.

- Então vamos!

Enquanto enche a banheira, Zack me vira, nos beijamos, seus dedos entram em mim, para lhe ajudar coloco o pé na pia e ele sorri dizendo:

- Aí baby, inovando assim eu enlouqueço.

Sorrio vitoriosa, mas ainda estou sensível, então ele vai com calma no início, com uma mão segura minha cintura e com a outra segura um dos meus seios, enquanto me seguro na pia, sabendo que ele não me deixará cair, não me dou conta que estou de frente ao espelho e não escondo minha face de prazer, quando levanto os olhos vejo Zack satisfeito em me assistir:

- Me lembra de te gravar assim, só para quando eu precisar te ver para bater uma.

- Você já me tem em carne e osso, não precisa me ter em vídeo, quando quiser estarei por perto.

Ele sai de mim virando-me para ele:

- Você é uma mulher de negócios, vai ter dias que estará longe.

- É só fechar os olhos que vai me ver.

- Ok, então deixa eu gravar tudo certinho na minha memória.

Sorrio, lhe beijo e a banheira já está cheia de água e espuma. Zack entra, senta e eu sento em meu colo, ficamos nos beijando somente de chamego com beijos, abraços, conversas no ouvido e sorrisos bobos. Ao finda passamos a ducha, coloco outra camisola, e desta vez fico de calcinha e ele de cueca:

- Estou vendo que teremos um problema.

- Qual?

Pergunto assustada:

- Você está me viciando em melhores dias da minha vida, isso vai ser complicado nos dias difíceis.

- Amor, faz o seguinte, guarda bem na memória os dias felizes, para nos dias tristes, ruins e difíceis você usar como motivação que dias ruins passam e dias melhores virão.

- Copo sempre meio cheio...

- Exatamente! E como você falou dos dias que eu estarei longe a trabalho, me abrace forte e quando dormir sozinho abrace o travesseiro pensando em mim.

- Não é igual...

- Eu sei amor, mas aguentamos seis anos longes, e eu prometo que não ficarei tanto tempo longe de você.

- Sendo assim eu concordo.

Beijo seu rosto e vejo que seus olhos estão lacrimejando, quando ele vê que percebi deixa ela escorrer:

- Calma Amor, nós já passamos por tantas coisas, vamos conseguir nos organizar com a nova rotina, pode ter certeza.

- Vamos sim, mas estou em um misto de emoções, vencemos o passado, não planejamos o futuro e hoje tive aquele susto com Apolo, pensei que te perderia.

- Você não vai me perder, até porque percebeu que agora mesmo que o caminho seja difícil, mas sendo com você eu vou seguir, então acalme seu coração, confie em mim, acredite em nós e tudo vai dar certo.

- Ok, eu te amo Amor e vamos nos organizar com tudo.

- Sim Amor, eu também te amo, e agora vamos dormir, acalme seu coração.

- Deita no meu peito, e me abraça.

Quando me acomodo e deito em seu peito ele sorri maroto e diz:

- Pode ser nua se quiser.

- Amor, amanhã a Aurora vai nos acordar pulando na cama, sei que ela está ansiosa para conhecer o restante da família, então não vou arriscar.

- Verdade, então pode ser assim como está.

- Boa noite Amor!

- Boa noite Amor!

Acordo cedo e busco um copo de água, ainda é madrugada então deito novamente. O sol adentra o quarto e as cortinas balançam com a brisa, abro os olhos vagarosamente e vejo Aurora ao lado da cama:

- Bom dia! Acordaram! Vamos?

- Filha, você já está com roupa para viajar…

- Sim!

Aurora responde o Zack sorridente:

- Vamos! levantam!

- Sim filha, vamos levantar…

- Ok, espero vocês lá na cozinha.

- Ok!

Capítulo Vinte e Dois

Zack coça os olhos e levanta, eu o sigo, coloco uma calça jeans, tênis, regata e um cardigan:

- Isso me lembra quando você chegou em Capital, estava com uma roupa bem parecida.

- Não tinha pensado desta forma, mas realmente é parecido, algum problema?

- Absolutamente nenhum, pois agora sei que você é minha!

Zack me tira do chão com um abraço, gira, me beija calmamente enquanto me coloca no chão:

- Concordo, mas agora vamos que a Aurora vai ter uma parada cardíaca se não fomos logo.

- Verdade, está bom assim:

Encaro ele de cima a baixo, ele está com calça jeans, cinto com fivela e camiseta gola polo preta:

- Só está faltando o chapéu.

- Está no carro.

Ele sorri, fico sem jeito achando que ele realmente não tinha trazido o chapéu junto. Vamos para cozinha, Aurora espera com o café da manhã e Manu está lavando algumas coisas, então sabemos que ela teve ajuda. Aurora corre ao nosso encontro, nos abraça, e quando se afasta diz:

- Nossa Pai! Você está um cowboy lindo!

Zack sem jeito sorri e agradece:

- Muito obrigada!

- Mas pai, agora que vamos ficar uns dias na fazenda, como vou me vestir?

- Eu já cuidei disso, quando chegarmos verá.

- Posso saber o que está aprontando:

- Não! a surpresa será para as duas.

- Ok então.

Dou de ombros e vamos tomar café, depois do café tomado Zack diz:

- Vamos?

- As malas estão no carro já?

- Sim!

- Eba vou conhecer minha vovó!

- Sim filha, vamos para casa da sua avó.

Entro na caminhonete, Zack e Aurora entram na dele, vamos com as duas, pois não sei como será o retorno. Depois do almoço Aurora viaja comigo:

- Mamãe, o que posso esperar da casa da vovó?

- Pode esperar uma casa bem grande, uma vovó adorável, tios que vão brincar com você e uma prima que acho que será sua amiga apesar de mais velha.

- E como é lá?

- Filha, você vai descobrir, cada uma tem uma visão sobre os lugares, não quero interferir na sua quando conhecer, mas eu digo que é um lugar maravilhoso, onde a paz e tranquilidade prevalecem.

- Ok mamãe.

Aurora fica olhando a paisagem do caminho, coloco uma música para deixar o caminho mais leve, começamos a cantar e caímos na gargalhada, as horas passam e a viagem é longa. Até o cheiro do lugar muda, a paz toma conta de qualquer ambiente, os campos e lavouras tomam conta da paisagem e falo:

- Estamos chegando.

Poucos minutos depois já vejo a fazenda, entramos na estrada de terra, Zack vai na frente, todos nos aguardam na frente da casa. Estaciono ao lado de Zack e descemos dos carros, Aurora corre para ficar perto de mim. Seguro sua mão e Zack segura na outra, caminhamos até ficar frente a frente a família de Zack que faz a frente para abraça-los, depois se vira e diz:

- Esta como lembram é a Ana, não mais uma perdida, uma estranha, apresento ela como minha mulher, agora esposa e com ela, a melhor coisa que poderia ter me acontecido, a que me fez descobrir que no meu coração tem espaço para mais alguém além da mãe dela, minha filha Aurora!

- Vai lá filha, cumprimente sua avó, seus tios e sua prima!

Ela corre para os braços de Dona Francisca, Luna, Pedro, Marcos e Rafael fazem fila e me abraçam forte em boas vindas:

- Nossas, vocês cresceram.

- Você continua a mesma.

- Parecida, agora não estou perdida por um bilhete errado.

Todos sorriem, abraço Dona Francisca, pega meu rosto entre as mãos:

- Que bom que você voltou para as nossas vidas.

- Agradeço por tudo, e peço desculpas por tudo de seis anos atrás.

- Shhh, o passado ficou no passado, vamos aproveitar o presente que é vocês duas completando a vida do meu filho e as nossas também.

Abraço mais uma vez, quando me afasto Luna me espera:

- Minha linda! Como você cresceu!

- Muito obrigada tia, posso te chamar assim?

- Claro!

- Estava com saudade.

- Eu também senti muita saudade, mas agora estamos aqui.

Zack coloca a mão na minha cintura e entramos na casa, tem uma mesa nos aguardando cheia de guloseimas, Aurora logo ataca os doces, Zack senta no lugar de sempre e eu sento no mesmo lugar que anos atrás ao seu lado, Aurora senta ao meu lado, finalmente estamos em família completamente. Depois da refeição Zack fala:

- Vamos para a outra casa que tenho muito para mostrar.

- Vamos!

Aurora responde em um salto e eu sigo os dois, pedindo licença vamos para a outra casa. Por fora parece a mesma, entrando na sala tudo está igual e paraliso por um minuto, meus olhos enchem de lagrimas, mas seco-as rapidamente, Zack então fala:

- Vamos subir?

- Vamos!

Aurora está elétrica, sobe rapidamente e nos espera no segundo andar, Zack vai atras de mim, depois vai na frente. Para na frente do quarto que fiquei quando estava aqui, depois de esperar um pouco criando suspense abre a porta dizendo:

- Filha este é o seu novo quarto!

Ela entra em passos calmos desta vez, a cama que usei foi trocada por uma nova, na janela uma escrivaninha com cadeira, uma cômoda do outro lado com espelho com luzes, e um roupeiro enorme parede a parede de cima até o chão, a parede da cabeceira tem um rosa claro e as outra paredes um tom areia, de frente para cama um painel com uma televisão, tapete de pelos longos combinando com o restante da decoração. Zack me abraça e ficamos vendo Aurora paralisada com seu quarto novo, depois de um tempo Zack pergunta:

- Gostou filha?

- Se eu gostei? Eu amei! Mas só tenho uma pergunta...

- Qual?

- Como vou usar este roupeiro enorme?

- Bom, pensei que como ele já está metade ocupado você gostaria de um grande para completar a outra metade.

- Eu vou dividir com quem ele?

- Abra as portas e vai entender…

Aurora abre as portas e metade dele está ocupado com calças jeans com franjas, uma coleção de botas, chapéus, cintos com fivelas, camisas todos do seu tamanho, ela fica boquiaberta e eu sorrio lembrando do que Zack falou quando estávamos saindo de casa:

- Papai, você é perfeito! Muito obrigada!

- De nada filha, espero que tenha gostado, fiz tudo pensando em vocês…

- Eu adorei papai, te amo!

Ela lhe dá um abraço e vejo Zack tentando esconder as lágrimas então digo baixinho:

- Deixa sair, não precisa esconder nada de nós.

Zack deixa então as lágrimas correr e Aurora fica abraçada com ele até suas lágrimas pararem e eu fico admirando a cena:

- Agora vamos buscar as malas para organizar tudo aqui, filha pode ficar e aproveitar seu quarto que sua mãe e eu organizamos tudo!

Ele fala ficando em pé e Aurora se joga na cama. Saio do quarto e Zack pega minha mão e eu o trago para perto:

- Que bela escolha de quarto para Aurora…

- Nenhum melhor do que ela foi fabricada.

Belisco ele e sorrio:

- Não repita isso.

- Claro, só entre nós...

Descemos as escadas e buscamos as malas, a da Aurora já abro e guardo nos espaços vagos:

- Mãe! Posso ir lá fora?

- Pode sim! Acredito que Luna deve estar te esperando para te mostrar tudo.

- Obrigada mãe!

Aurora desce as escadas e ouço Luna falando com ela. Termino de arrumar as coisas dela e saio do quarto, vejo Zack na frente do quarto dele que imagino ser o nosso partindo de hoje:

- Posso entrar?

- Fique à vontade!

Entro no quarto e descubro para onde foi a cama que usei, está no novo quarto:

- Porque trocou de cama?

- Porque desde que foi embora eu dormia sempre nela porque tinha o seu cheiro, e como resolvi dar aquele quarto para Luna resolvi trocar a cama.

- Bem pensado.

Ele fez reformas neste quarto também, tem um closet como o meu, um tapete parecido com o do quarto da Aurora, mas em outro tom já que o nosso quarto é de tom areia com detalhes em madeira e os forros de cama com detalhes azul marinho, lindo e aconchegante:

- Gostou?

- Adorei, ficou perfeito.

- Da uma olhada no closet...

- Você não fez isso?

- Não sei o que você quer dizer com isso...

Abro as portas e lá estão, como as da Aurora repleto de roupas country, coleção de botas, chapéus, camisas:

- Agora todos podemos sair combinando...

- Não espero nada menos que isso.

- Muito obrigada Amor, está tudo perfeito.

- Te amo...

- Eu também te amo!

- Vou lá fora brincar com as meninas.

- E eu vou arrumar tudo aqui.

- Ok...

Zack sai e desfaço as malas, organizo tudo e quando saio encontro todos brincando de pega-pega, somente Dona Francisca sentada na varanda assistindo tudo. Puxo uma cadeira e sento do seu lado, ficamos em silencio até que ela diz:

- É lindo ver a juventude...

- Concordo, mas ser maduros também é apreciável.

- Verdade...

Ficamos em silêncio mais uma vez e Dona Francisca fala:

- Filha, posso te chamar assim?

- Ficaria honrada...

- Que ótimo, então, filha, gostaria de falar algumas coisas com você...

- Pode ficar à vontade.

- A primeira vez que te vi, você perdida, nervosa, e receosa, vi um brilho em você e senti que você traria algo grandioso para nossa família, quando vi a felicidade que você trouxe para Zack, mesmo que não assumindo nada, você trouxe uma clareza nos olhos dele, que desde aquele acidente não tinha visto mais, naquele momento percebi que o ato grandioso que traria para esta família seria luz, alegria, amor, quando deu tudo errado e você foi embora meu Zack foi com você. Foram anos longos, ele não sorriu mais, só voltei a ver meu filho quando ele assistiu a sua entrevista e resolveu largar tudo e ir atrás de você, eu sei que não foi fácil, ficar tanto tempo sofrendo, chorando, e carregando o peso de ser mãe solteira. Não sei o que conversaram, nem o que te fez convencer a dar uma nova chance para esta família, mas quero lhe agradecer, seu brilho nos ilumina, e agora Aurora brilha ainda mais, como seu próprio nome diz, nos toma como sol nas manhãs, agradeço por trazer a felicidade novamente para esta casa, pelo presente que nos deu a nossa linda Aurora, muito obrigada mesmo!

Enquanto ela fala, vejo o filme do que vivi nestes anos, meus olhos carregam as lagrimas e ao mesmo tempo permito correr, no fim de tudo que falou lhe abraço forte e sinto que não sou a única que chorei:

- Muito obrigada por tudo!

Depois das lagrimas acalmarem resolvo entrar na brincadeira deles me divertindo como criança. Zack corre atrás de mim e me abraça várias vezes, mas descobri que brincar assim gasta mais energia do que só correndo na praia como faço e resolvo parar.

Vejo o estabulo e resolvo ver como está após tantos anos, vou na parte dos porcos e não está tão limpo quanto eu deixei quando vim a primeira vez, sorrio lembrando de tudo e uma lágrima escorre. Sem perceber que Zack estava perto, me assusto quando ele fala:

- Nunca mais ficou tão limpo…

- Que susto!

Dou um salto e ele me abraça:

- Te vi sorrindo, porque agora está chorando?

- Não estou chorando, somente lembrando de quão limpo deixei e agora está tão sujo.

Sorrio para disfarçar, mas sem sucesso, Zack pega minha mão e me leva para onde os outros não nos enxergam:

- Não precisa mentir para mim, o que aconteceu?

- Zack entenda, é a primeira vez que volto aqui depois de tudo que aconteceu, vou ter meu tempo para me adaptar à realidade que deu tudo certo.

- Me preocupo te ver chorar.

- Não precisa, logo fico bem.

Zack me abraça e eu lhe encaro:

- Vamos cavalgar um pouco?

- Onde vamos?

- Você vai ver...

- Ok.

- Vamos aproveitar que Sultão e Alfa estão encilhados.

- Sério?

- Sim!

Ele vai na frente e pega Sultão, me dá as rédeas e sorri, diferente da primeira vez que estava aqui na mesma situação coloquei o pé no estribo e subi, Zack sorri malicioso:

- Aprendeu bem...

- Com bons professores aprendo rápido, ou quer dizer seis anos...

- Acho que perdi o cargo de bom professor.

Sorrio maliciosa, não contei que teve um tempo nestes seis anos que fiz aulas de hipismo, e vou continuar guardando esta informação. Zack sobe e começa calmamente e eu lhe sigo:

- Você não imagina quanto tempo sonhei com isso...

- O que?

- Eu, você próximos outra vez.

Ele estende a mão e eu pego, nossos cavalos andam lado a lado em passos calmos, pelo caminho já descubro que estamos indo nos cânions. Chegando Zack desce e antes que eu o desça para ao lado de Sultão. Passo a perna para ficar de frente para ele, suas mãos me puxam e desço perante seu rosto, sinto sua respiração quente em meu umbigo, seios, pescoço, boca e quando tenho os pés no chão nossos corações aceleram como na primeira vez que desfilei desta forma na frente dele, seus olhos calmos incendeiam, lhe encaro de lábios entre abertos pois sinto que se respirar de outra forma ficarei sem ar. Um dos seus braços me firma, grudando nossos corpos, no golpe me firmo em seu braço arranhando um pouco sem querer. Com a outra mão ele tira meu cabelo que voa no meu rosto por motivo do vento dos cânions, deixando livre meus lábios, depois coloca a mão na minha nuca, puxando meu cabelo exibe meu pescoço e como um vampiro ele o morde deliciosamente, depois beija e me arrepio. Passo a respirar mais forte pois meu coração dispara, percebendo Zack vai no meu ouvido e diz:

- Calma baby, não está nos meus planos transar com você aqui.

- Não é isso que parece...

Zack sorri malicioso:

- Você consegue mudar todos os meus planos.

- Por que?

Ele me beija, nosso calor sobe e parece que vamos deitar neste gramado e transar de tanto desejo que exala:

- Vem comigo!

Deixamos os cavalos amarrados e começamos descer uma trilha, Zack vai na frente e eu me seguro nas arvores para não descer rolando. Depois de uns minutos de trilha chegamos em uma cascata escondida no meio da floresta. Fico boquiaberta e Zack me beija, e começa tirar minha roupa:

- Você está maluco?

- Sim! Você me deixa assim...

- E se chegar alguém?

- Vai ver a mulher mais linda sendo minha.

- Como assim?

- Não vem ninguém aqui, ninguém conhece.

- Vou fingir que acredito.

- Não me importa se acredita ou não, eu quero você e quero agora!

Zack tira sua roupa, exibe seu membro pronto para mim, em um piscar entre beijos rápidos e suculentos estou nua também. Agradeço por estar quente, pois Zack me puxa para água, mergulha e paramos bem no centro da piscina natural da cascata:

- Você é louco!

Zack sorri, me beija novamente, resolvo deixar os medos de alguém ver e me entrego, agarro seu cabelo molhado, com a outra mão me seguro em seu braço, ele me levanta, fico na altura da sua cintura, ele abocanha meu seio que já está rígido e eu só aproveito o prazer que ele me dá com isso, depois ele me beija novamente, me encaixa nele, vou descendo devagar até me adaptar a ele e gemo:

- Que delicia você assim.

- Assim como?

- Assim minha…

- Sou sua como quiser…

Respondo em um gemido e ele começa a caminhar na água comigo em seu colo penetrada. Ele encontra uma pedra que consiga sentar, acomodados começo a me movimentar e Zack toma meu seio, tento controlar o que estou fazendo, pois estou dominada pelo desejo e prazer:

- Cavalga em mim baby!

- Vamos gozar se eu fizer isso.

- É isso que quero, gozar com você em você aqui.

- Isso é loucura!

Zack me segura mais forte e me faz cavalgar rapidamente, meus sentidos estão prontos para o prazer final, no meu ponto "G" ele insiste várias vezes, pela rapidez e tudo misturado gemo alto, depois dele abocanhar meus seios passa a língua em mim até minha boca, nos beijamos:

- Estou pronto para gozar, goza comigo!

- Não precisa pedir duas vezes.

Sinto ele mais rígido, junto todas as forças que tenho e cavalgo mais gostosamente que consigo, quando me termino logo sinto seus jatos, solto um gemido, Zack também. Esperamos a respiração acalmar:

- Nunca mais vou ver este lugar como via antes.

- Porque agora sei como é lindo seu gemido com o fundo das águas caindo.

- Você estava fora de si, isso sim!

- Quem estava fora de si era você que parecia querer transar no gramado dos cânions.

- Como sabe?

Zack sorri e reparo que me entreguei.

- Você faz isso comigo, olha isso, dois adultos transando em um riacho como dois adolescentes.

- Você nem imagina em quantos lugares quero transar com você.

- Lembre que agora temos uma filha.

- Que tem escola, férias de verão, acampamentos da escola...

- Agora descobri que casei com um pervertido ninfomaníaco

- Pervertido que te faz gozar em um riacho.

- Jogo sujo.

- Te amo Ana.

- Eu também te amo Zack.

Nosso beijo agora é calmo, voltamos a sanidade mental:

- Agora vamos, se não vai ficar noite, e podemos transar em casa também, depois que Aurora dormir.

- Sem gemidos.

- Sim.

Sorrimos e saímos da água, colocamos as roupas e subimos a trilha novamente. Chegamos na sede quase secos. Quando vou descer do cavalo Zack repete o mesmo desfile em sua frente, mas quando coloco os pés no chão viro as costas e ele me puxa:

- Só um beijo.

- Ok.

Lhe beijo sutilmente, para não despertar nada e transarmos entre os cavalos, quando saio do beijo sorrio com meu pensamento e Zack sorri também:

- Pensei a mesma coisa.

- Como você está lendo minha mente?

- Seu corpo me conta.

- Como assim?

- Quando você imagina algo pervertido meus seis ficam rígidos, seus olhos me evitam e por fim morde o lábio.

- Me ferrei então.

- Não, isso me ajuda, assim sei quando está afim.

- Entendi.

Pego sua mão e vamos para a sede, Aurora está brincando com Luna de boneca, os meninos estão na lida e nós vamos para casa trocar de roupa, já que estamos molhados. Subo as escadas na frente, chego no quarto, vou direto para o closet, Zack me segue, quando pego a roupa para trocar, me viro e Zack está com os olhos famintos:

- O que você quer?

- Não sei controlar.

- Vai ter que…

Começo tirar a blusa e Zack me interrompe começando-o a tirar, logo estou nua novamente:

- Como eu faço para não querer transar com você toda hora?

- Lembrando que é um adulto, pai talvez ajude.

- Eu estou seis anos sentido sua falta.

Ele me traz para perto, estou nua e ele sem camisa:

- Trancou a porta? Se não vou me vestir antes de continuar esta conversa.

- Sim, tranquei, está aqui a chave.

Ele mostra a chave em seu bolso, me abraça novamente e afunda seu nariz no meu cabelo:

- Estou seis anos sentido falta do seu cheiro em mim, na minha casa, no meu travesseiro.

- Agora estou aqui, meu cheiro vai ficar em toda parte, porque eu vou estar em toda parte.

- Sinto saudade do seu sabor.

- Vamos compensar todo este tempo casados para o resto da vida, acalme seu coração, eu não vou mais embora e demorar para voltar, você não vai ter tempo de sentir minha falta.

- Como vamos saber se você tem sua empresa lá, sei que você e a Aurora estão somente de férias, logo vão ter que organizar uma nova rotina.

- Então é isso?

- Isso o que?

- Seu medo, seu desejo por sexo, por beijo e pelo meu cheiro, você está com medo que vamos embora?

- Tem como não ter medo disso?

- Espera um minuto.

Me viro, coloco um vestido, Zack me encara, eu lhe alcanço uma camiseta e uma bermuda. Ele veste calado e cabisbaixo, depois levo ele até a cama, sentamos um de frente para o outro, damos as mão e falo:

- Vai chegar o dia que teremos que ir para casa, mas você vai ir conosco, e se não conseguir ir, vai saber onde nos encontrar, mudou muita coisa desde aquele tempo.

- Eu sei, mas tenho medo de ter que escolher entre a felicidade ou a casa.

- A sua felicidade vai estar na sua casa, Zack, olha para mim, vamos fazer assim, vamos aproveitar tudo por aqui, eu vou fazer um planejamento de como vamos nos organizar, mas agora aproveite nós aqui, sua filha está maravilhada é para ela que você tem que mostrar este mundo aqui, e quando a nós, fica tranquilo, amadurecemos com o passar dos anos, nossos olhos ainda fervem, nosso sexo é com paixão, isso que importar... Problema vai ser quando não tivermos mais desejo, mas enquanto o desejo existe, nós vamos ser um do outro, você confia em mim?

- Confio.

- Então estamos acertados.

Zack me abraça, suas lagrimas escorrem e ficamos ali até elas cessar. Pego seu rosto entre minhas mãos e lhe beijo suavemente:

- Zack, eu não sabia o que era amar antes de te conhecer, quebrei em cacos quando achei que tinha te perdido, quando você reapareceu fiquei com medo de sofrer novamente, mas resolvi me entregar, casamos, estamos aqui, e vamos continuar assim, confia, a plantação precisa de sol, mas também de chuva, não tenha medo da tormenta, ela é necessária como o dia de sol.

As lagrimas dele correm, eu cedo os dedos, e ele responde:

- Eu pensei que sabia o que era o amor antes de te conhecer, descobri que fracassei lamentavelmente depois que te conheci, você foi a minha luz quando eu só via escuridão, tenho medo de voltar para ela, mas vou confiar em você, em nós e no nosso amor.

- Isso, confie! Te Amo!

- Te amo!

Nos abraçamos, Zack se aconchega em meu pescoço, depois que passa o medo ele começa a sorrir e mordiscar meu pescoço, me afasto e digo:

- Vejo que já está bem.

- Estou sim, não quer dizer que deixei de ter medo de te perder que vou perder a vontade de transar com você, acho que me tornei um vampiro e você é o sangue preciso para viver.

- Vampiros conseguem passar dias sem sangue.

- E eu consigo ficar dias sem você, mas não muitos.

Sorrimos e saio da cama:

- Mais tarde converso novamente na sua língua.

- Pare de me fazer ficar pensando de que se refere em conversar na minha língua.

- Linguagem do sexo, nada mais que isso.

- Ok.

Vamos para casa grande e estão todos arrumando o jantar inclusive Aurora, que nos abraça quando nos vê:

- Onde vocês estavam?

- Seu pai estava me mostrando um lugar bem legal para fazermos um piquenique amanhã.

- Adoro piquenique!

- Eu sei, por isso fui ver se era um lugar que você gostaria, e eu acho que vai.

- Eba!

- E você fez o que?

- Brinquei com a Luna, acho que ela vai ser como uma irmã para mim!

- Que bom! Fico feliz!

Zack nos olha e Dona Francisca avisa:

- Jantar está na mesa!

Todos sentamos e Luna conta coisas da escola, Aurora conta da sua também, realmente se deram muito bem. Zack depois que terminou de comer coloca a mão na minha coxa e todos sorriem:

- O que foi?

Zack pergunta e todos se olham, Dona Francisca então diz:

- Finalmente a felicidade entrou na nossa casa.

Sorrio e coro, Aurora também se encosta em mim e Dona Francisca continua:

- Vou dizer uma coisa que eu já conversei com Ana, mas quero que todos saibam, a seis anos Ana apareceu em nossa casa, assustada, perdida, conquistou nossos corações com sua grandiosidade na simplicidade e delicadeza de ser, os olhos do meu filho Zack voltaram a brilhar, o sorriso voltou ao seu rosto, todos que acompanharam perceberam. Quando Ana foi embora pela primeira vez a esperança ainda existia, na segunda vez ficamos abalados, pois a felicidade de Zack e seu brilho foram juntos, seis anos que vemos ele sofrer calado, seu brilho começou a voltar quando viu a entrevista da jovem empresária que era a visão do futuro, ele voou, nem perguntou e também não tinha porque perguntar se deveria ou não correr atras da sua felicidade. Sei que reencontros não são fáceis, ficamos com medo, pois ele não deu notícias, mas hoje descobrimos porque, ele nos trouxe a sua felicidade para nos fazer brilhar, sorrir e sermos completos outra vez, muito obrigada Ana por vir, pelo nosso presente maravilhosos que é a doce Aurora, e Zack aproveite sua felicidade, não precisa ter vergonha, se toquem, se beijem, nós queremos que vocês sejam felizes e livres, nós amamos vocês.

- Nós também amamos vocês.

Digo e Zack me puxa para perto e eu puxo Aurora. Todos levantam e nos abraçamos com todos. Conversamos mais um pouco depois vamos para a outra casa, Aurora toma banho e colocamos ela para dormir, eu desço as escadas e resolvo fazer um café. Zack sai do banho e vem me procurar:

- O que está fazendo?

- Um café, você também quer?

- Eu aceito.

Faço mais café e sentamos no sofá da sala, me encolho com os pés em cima do sofá, Zack senta no sofá ao lado, fica me encarando então questiono?

- O que foi?

- Vamos brincar das perguntas?

- Depois de tantos anos? Pode começar!

- Como sabe que eu começaria?

- Já tem a pergunta pronta.

- Se você adora tanto sexo, como fez nesses seis anos?

- Quem aguenta seis meses, aguenta seis anos…

- Mentira!

- Tive que me virar.

- Como fez isso?

- É só uma pergunta por vez…

- Você cobra depois.

- Tive que comprar una acessórios, não é a mesma coisa, mas dá para o gasto.

- Queria muito te ver com esses acessórios.

- Quem sabe um dia em mostre.

- Vou aguardar ansioso.

- Não precisa, eles não estão aqui, eu não preciso deles se tenho você, ou não se garante?

- Garanto sim.

- Então estamos acertados.

- Sua vez...

- Com quantas você transou nestes seis anos?

- Não faço ideia.

- Isso é porque foram muitas?

- Eu te falei que fiz coisas nestes seis anos que não me orgulho.

- Então eu estou lambendo restos de infinitas vadias?

- Não! Depois que mandei Luiza embora eu fiquei um ano perdido em noitadas.

- Deve ter encontrado meu primeiro namorado.

- Não duvido, mas seguindo, eu depois deste ano resolvi parar e não fiquei com mais ninguém, então foram uns quatro anos de castidade.

- E como fez?

- Minha mão ficou mais forte e rápida, não foi por acaso.

Caio na gargalhada e ele me acompanha:

- Que pena que não evolui minhas habilidades neste meio tempo.

Zack larga a xicara na mesa de centro fica bem na minha frente e diz

- Você não precisou de nenhum treino, nem de evolução, continua perfeita como a seis anos e eu fico muito feliz com isso.

- Você é possessivo e ciumento?

- Eu só não gosto de pensar em você fazendo com faz gostoso em outros caras.

- E eu tenho que viver com a realidade que você fez gostoso com dezenas de mulheres?

- Não, porque eu só enfiei o meu amigo em algumas amigas, descontando o ódio de ter te perdido e ainda chamando elas pelo seu nome.

- E como é uma transa descontando o ódio?

- Aquela que não tem nem beijo, só mira e mete rápido e forte.

- Isso não está me parecendo ruim.

- Mas foi.

- Você fazendo rápido e forte para mim não é ruim, acho que vamos ter rios de mulheres implorando por mais uma.

- Acho que não, pois todas me deram um tapa a cara.

- Mas isso por ter chamados elas por outro nome e não por ter sido ruim.

- Assim você não me ajuda a me defender.

- Mas é isso que quero.

- Pensei pelo lado de que nenhuma me olha na cara por eu ter chamado elas de Ana.

- Porque que eu odiaria se me chamasse por outro nome.

- Que bom, fico mais aliviado, pois achei que com o jogo que eu comecei ia me ferrar.

- Às vezes acontece de nos prendermos nas próprias armadilhas.

Vou dar mais um gole de café, mas acabou, então resolvo tomar banho:

- Vou tomar banho.

- Ok, não sei se viu, mas agora tem um no nosso quarto.

- Ok.

Subo as escadas e Zack me encara com a mão no queixo como se estivesse planejando algo. Vou no quarto pego uma camisola e tomo banho, quando saio do banho Zack ainda não está no quarto, desço as escadas e tomo um copo de água, não vejo Zack, acho estranho, mas vou deitar.

Quando me acomodo de bruços, abraço o travesseiro em cima da cabeça e a camisola sobe um pouco, ficando bem no meio do bumbum, fecho os olhos e vejo um vulto, abro os olhos vejo Zack escorado na porta, somente com uma bermuda jeans, a lua cheia ilumina o quarto e as cortinas dançam com a brisa, quando vou me virar Zack faz sinal para ficar parada e eu obedeço, ele para do meu lado, abro seu jeans que cai no chão, fico de quarto no canto da cama e abocanho seu membro ele geme:

- Ah delicia...

- Cuidado com os gemidos.

- Pode deixar...

Movimento dando o meu melhor, coloco ele quase inteiro na boca, mas chega no fundo e falta boca para tudo, repito algumas vezes, estimulo sua glande com os dentes, olhando para ele fico o tempo todo, Zack segura meu cabelo, coloco as mãos em ação e logo sinto seus jatos na minha boca, sorrio vitoriosa. Vou no banheiro me lavar e quando volto em vez de encontrar Zack deitado ele continua em pé ao lado da cama:

- Não vai deitar?

- Depois de você, só vem aqui antes.

Vou até ele, que tira minha camisola, me vira de costas e me faz deitar de bruços na cama. Sobe em cima de mim e pinga óleo nas costas, antes de escorrer ele começa a espalhas o óleo em uma massagem incrivelmente relaxante, aproveito cada movimento, mas logo sinto um terceiro me massageando de longe. Quando chega no bumbum a massagem ele abre mais minhas pernas, deixando o caminho livre, ali ele começa me estimular, me massageiam o clitóris, os grandes e pequenos lábios, até um de seus dedos entrar em mim e mordo o travesseiro para não gemer. O clima é de suspense, desejo e prazer.

Quando acho que ele vai me penetrar se fasta e me vira de frente para ele, que pega uma venda e amarra nos meus olhos, sem dizer uma palavra coloca o óleo nos meus seios, barriga, cintura, começando a massagear, o suspende da gera borboletas no estômago e mordo o lábio, sinto seu dedo desprendendo-o:

- Não faz isso baby, quero me concentrar aqui.

Sorrio, mas não digo nada e ele continua a massagem, quando chega no meu sexo e acho que finalmente vai me penetrar Zack se posiciona entre minhas pernas e sua boca me toma, habilidosa como sempre, tampo minha boca para não acordar Aurora, seus dedos brincam comido entre meus seios e me penetrando, mas não são seus dedos que estou quase implorando para fazer isso. Zack está silencioso, sinto seu sorriso quando ele percebe que estou ficando impaciente, mas aproveitando seus feitos, pego seus cabelos e ele provoca mais espasmos, não aguento e falo:

- O que eu te fiz para me torturar assim?

- Quero compensar o prazer que não teve neste tempo.

- Mas eu tive prazer sim, não precisa fazer isso...

- Está ruim?

- Não, está incrivelmente ótimo, mas você sabe o que estou implorando.

- Eu sei, mas eu estou me divertindo com você assim, então aproveite.

Ele aumenta seu ritmo com a boca e os espasmos me enlouquecem, e quando estou quase gozando ele diminui o ritmo novamente e fico frustrada, mas Zack resolve me dar um perdão e em um salto está dentro de mim, ao mesmo tempo de me beija sufocando meu gemido, mas estou extremamente sensível, ele segura minas mão em cima da cabeça, nossos corpos suam até que eu me termino e ele faz o mesmo, esperamos a respiração acalmar e sorrio:

- Partiu mais um round no chuveiro?

- Depois eu que sou ninfomaníaco.

- Influencia.

- Neste caso acho que vamos dormir, sou um homem não uma máquina.

- Ok.

Amarro o cabelo em um coque, vou para ducha e Zack me acompanha, me ensaboa inteira, e eu faço o mesmo, ele se arma, mas não dá sinais maiores que quer mais, então resolvo não insistir, pois estou cansada, já que acordamos cedo para vir. Deitamos na cama, estou de camisona e ele coloca uma camiseta e uma bermuda de pijama, Zack me coloca deitada em seu peito:

- Boa noite Amor, te amo.

- Boa noite Amor, eu também te amo.

Pela exaustão logo adormecemos.

Acordo com o cantar do galo, mas Zack ainda dorme, fico olhando para ele enquanto dorme e concluo que tenho muita sorte, pois ele é lindo, sorrio e Zack acorda:

- Bom dia Amor, acordou cedo.

- Já se tornou um habito.

Zack me beija preguiçoso, com um braço abraça minha cintura me trazendo para perto e o outro braço coloca atrás da cabeça, mostrando sua definição:

- E meu deus grego ataca novamente.

Ele sorri e questiona:

- Por que?

- Porque você é o marido mais lindo e faz questão de jogar na minha cara cada vez que respira.

- Eu sendo o motivo deste sorriso para mim já está ótimo.

Zack comenta colocando o indicador embaixo do meu queixo mostrando ainda mais que sorrio como uma adolescente:

- Quais os planos para hoje?

- Não sei, tem algo em mente?

- Pensei que quisesse apresentar Aurora para Maria e Matheo.

- Poderíamos tomar café lá.

- Perfeito.

- Será que Aurora já acordou.

- Provavelmente sim.

- Vamos nos arrumar e encontramos ela.

- Você quem manda.

Levantamos, coloco uma calça jeans, camisa e cinto, Zack sorri:

- Vai de bota ou tênis?

- Acredito que uma bota vai combinar melhor.

- Você fica perfeita de qualquer maneira.

Lhe abraço, depois beijo, Zack olha para meu decote da camisa e comenta:

- Ainda bem que você é minha esposa, porque se fosse diferente eu babaria no decote de uma mulher linda.

- Então quer dizer que se uma mulher com um bom par de seios e um decote virtuoso lhe chamaria atenção?

- Eu diria para outra mulher que eu sou casado com a mais linda do mundo, então outras mulheres não existem, isso se fosse necessário exibir meu repudio a ela de forma verbal, pois não tenho olhos para outra mulher.

- Então se eu lhe convidar para fazermos algo a três você não toparia?

- Acho que não, só se você quisesse muito.

- Por que?

- Porque você já faz de um jeito que ninguém sabe fazer, então não vejo motivo para envolver uma outra pessoa.

- Entendi...

Sorrio, coloco as botas e Zack faz o mesmo, ao sair do quarto Aurora sai do seu com um vestido, botas e um chapéu combinando:

- Onde você pensa que vai filha?

- Não sei, eu só queria inaugurar meu roupeiro novo.

- Ok, mas você vai sair conosco.

- Que ótimo!

Aurora nos abraça e descemos as escadas. Zack avisa Dona Francisca dos planos, Aurora dá um abraço nela e segue para a caminhonete. Seguimos rumo a padaria, Aurora olha tudo com admiração:

- Vamos fazer uma surpresa para eles, eu entro primeiro, depois você e depois Aurora.

- Acho que vai ser legal.

- Que bom que gostou da ideia.

Chegamos na padaria e Zack estaciona onde não ficamos visíveis para Maria e Matheo.

Zack na Padaria...

- Bom dia!

- Bom dia Zack! Quanto tempo! Como foi de viagem?

- A viagem em si foi boa.

- Você sabe do que estamos falando.

- Eu sei, mas não tenho coragem de contar, então eu só queria trazer uma lembrancinha para vocês.

- Eu não acredito Zack, você vai ter que contar o que fez!

Os dois não escondem a decepção:

- Vocês não estão felizes que eu estou aqui e trouxe lembranças para vocês?

- Não sabemos o que dizer…

- Bom então se viram que eu vou colocar a lembrança e vocês me contam se gostaram ou não.

Eles se viram:

Zack faz sinal para entrar…

Confirmamos que Maria e Matheo estão virados e não nos veem, fico bem em frente, Zack para atrás de mim e Aurora se esconde atrás dele, e assim ela não vai ser vista logo:

- Podem virar!

- Eu espero que seja uma coisa boa Zack!

Os dois falam com os olhos fechados se virando, e quando me enxergam ficam em choque, choram e depois me abraçam:

- Surpresa!

- Oh minha linda! Você voltou! Graças a Deus você voltou, o Zack nunca mais foi o mesmo depois que você passou por aqui.

Eles me abraçam forte e eu deixo as lagrimas correrem junto com as deles, depois de mais calmos eu digo:

- Zack foi bem persistente em me convencer a voltar.

- Pelo menos isso é fez bem.

Zack sorri e diz:

- Tem mais uma coisa que eu fiz bem…

- Como assim?

Os dois se olham e Aurora sai de trás de Zack, Matheo e Maria voltam a chorar e Aurora fica sem entender:

- Que linda! Realmente os filhos pegam o que tem de melhor nos pais, ela é perfeita! Vocês fizeram um bom trabalho!

Aurora os abraça e digo:

- Apresento a vocês Aurora.

Nunca tinha visto os dois tão felizes. Depois de mais calmos sentamos, pedimos o café, servidos eles sentam junto na mesa e começam a questionar, como foram os seis anos que passamos fora da cidade. Demoramos mais que o imaginado, mas saciamos todas duvidas e curiosidade deles. Quando nos liberamos Aurora pergunta:

- Quem são esses?

- Filha foram eles que apresentaram sua mãe e eu.

Zack responde e voltamos para fazenda. Na chegada Aurora vai para cozinha onde Dona Francisca está fazendo almoço e um bolo, ela logo começa a ajudar. Questiono se quer ajuda, mas ela nega. Vou na outra casa e pego meu tablet, está na hora de planejar o futuro. Sento na varanda onde sentei a primeira vez que conversamos Zack me traz um café:

- Vou ajudar a mãe com o almoço e com a Aurora e deixar você trabalhar.

- Ok Amor.

Ele me beija suavemente e começo a montar os planejamentos do futuro. Confesso que perdi algum tempo nisso chegando a hora do almoço antes de eu acabar. Estou dispersa, minha cabeça está a mil com as possibilidades que não converso no almoço, mas todos os outros estão alegres contando suas histórias, então Aurora pergunta:

- Mamãe, porque você está distante?

- Eu fazendo algumas coisas do trabalho.

- Ah entendi.

- Não se preocupe filha, está tudo bem, e de tarde aproveite para passear com seu pai.

Zack sorri:

- Vou lhe mostrar toda a fazenda.

- Que legal!

Os dois saem e eu volto para o planejamento, resolvo deitar no quarto e acabo dormindo. Zack me acorda e me assusto:

- O que aconteceu baby?

- Não sei, acho que fiquei exausta com o planejamento.

- E chegou a alguma conclusão?

- Acredito que sim.

- Quando vamos colocar me ação?

- Acho que aproveitamos quinze dias aqui e depois voltamos para colocar o projeto em ação.

- Eu vou junto?

- Sim, afinal temos coisas para resolver.

- Se você diz eu concordo.

- Agora estou exausta, mas outra hora te passo tudo como vai ser.

- Ok, sem problemas, agora vamos jantar?

- Não estou com fome.

- Ok então vou fazer um sanduiche e um suco para você.

- Mas eu não estou com fome.

- Não quero que fique sem comer.

- Ok.

- E Aurora?

- Já está dormindo, ela chegou do passeio, jantou, tomou banho e dormiu.

- Ok, acho que vou tomar banho então enquanto você prepara o sanduiche.

- Ok.

Pego uma camisola e vou para o banho, quando saio Zack me espera com uma bandeja. Sento na cama e dou a primeira mordida, ele me encara:

- O que foi?

- Parece estar muito bom este sanduiche.

- E está mesmo.

Vou dar outra mordida, e ele continua me encarando, então resolvo lhe oferecer:

- Quer uma mordida?

- Sim.

- Não sei porque perguntei.

Zack sorri e dividimos o sanduiche, aproveito que não estou com fome. Depois de terminar deito, hoje fico de costas, ele encaixa em uma conchinha e logo dormimos. O dia amanhece e Aurora acorda elétrica, pula na nossa cama já vestida:

- Bom dia Mãe e Pai!

- Bom dia, acordou cheia de disposição!

- Sim, hoje vou acompanhar a lida, tenho que estar pronta cedo!

- Quem te disse isso?

Questiono:

- O papai!

- A é mesmo?

Encaro Zack que dá de ombros:

- Ela é muito persuasiva com suas ideias.

- Entendi, e quais os planos?

Zack senta na cama para responder:

- Acho que ela pode começar como você a primeira vez que veio na fazenda.

- Esqueceu a idade dela?

- Não esqueci, por isso Luna vai com ela.

- E eu?

- Você vai também!

- Bom que fico sabendo com antecedência!

Zack me encara, e fala para Aurora:

- Filha, você pode ir descendo e ir para casa grande que sua vó dele ter feito um café magnifico para nós, e enquanto isso sua mãe e eu vamos nos arrumar.

- Ok!

Aurora sai do quarto e quando Zack ouve a porta bater pergunta:

- O que está acontecendo?

- Como assim?

- Você está de mau humor, o que aconteceu?

- Eu não estou de mau humor!

- Só pelo falo de negar com tanta intensidade indica que está com mau humor.

- Ah Zack, não precisamos estar felizes todos os dias!

- Amor! O que está acontecendo?

- Nada!

Sem perceber acabo falando em tom mais elevado do que imaginei que sairia:

- Ana! Fale-me agora o que está acontecendo!

- TPM.

Capítulo Vinte e Quatro

- Não é TPM, algo está te preocupando, quero saber o que é

- Não é nada!

- Ana, eu não quero começar a manhã brigando com você.

- Então não brigue.

- Ana, meu amor, por favor, converse comigo.

- Nada Zack, deixe de ser chato.

- Tem a ver com seus planos?

Não consigo disfarçar minhas tristezas ao lembrar de todos os cenários que pensei ontem e Zack questiona:

- O que está te angustiando?

- Não sei.

- Sabe sim!

- Você quer mesmo saber?

- Sim!

- É que eu não sei definir quanto da minha vida estou disposta a mudar para ficar aqui com você… Eu te amo, não pense que seria a falta disso, mas estou a seis anos vivendo totalmente diferente do que vivi naquela semana, e estava feliz vivendo como estava, mas também não quero ser a sua infelicidade em abandonar tudo aqui e viver a minha vida.

- O que você está querendo diz?

- Eu quero dizer que não sei o que vamos fazer, e ainda por cima de tudo isso, você fez negócios na minha empresa com meus clientes, então não sei o que pensar.

- Ana, eu não te pedi em momento algum para abandonar a sua vida.

- Eu sei, mas Aurora está tão feliz aqui que não quero estregar a felicidade dela.

- Ela está achando tudo incrível porque é tudo novidade.

- E o que faremos?

- Que tal um meio termo?

- Como assim?

- Você fica um tempo aqui e um tempo lá, e eu te acompanho quando quiser.

- E como faríamos isso? E Aurora?

- O que tem a Aurora?

- A escola, ela não pode estudar uma semana em uma escola e outra semana em outra.

- Aqui tem escola, ela pode ir aqui, como todos daqui vão.

- Vou sim tirar ela dá melhor escola da cidade para colocar ela em uma escola do interior.

- Está julgando tão mal a escola daqui.

- E o que esperar dela?

- Espera o melhor, pois como é a única desta região tem que ser muito boa para educar todos que aqui vivem e saem para o mundo.

- Vou pesquisar mais sobre esta escola, e só depois disso vou falar com a Aurora.

- Vamos falar com Aurora.

- Ok.

- E agora você pode se animar?

- Me deixe quieta, preciso ficar sozinha, tenho que pesquisar algumas coisas.

- Mas e as atividades com Aurora?

- Vão todos vocês, e cuidem dela, aposto que ela vai ficar bem.

- E você vai ficar bem?

- Vou sim.

- Ok, agora vamos tomar um café juntos.

- Ok.

Levantamos e nos vestimos, ele com jeans, camiseta polo preta e botas, já eu apenas um vestido com bojo verde folha e uma sandália cor de palha. Nos juntamos na mesa do café, Aurora já está servida, e todos conversam, fico mais introspectiva, mas ninguém me questiona. Depois do café Zack, Aurora, Luna e os rapazes vão para lida. Eu vou para outra casa, e enquanto preparo um café vou para o segundo andar e reparo que uma porta nunca abri. Abro e encontro um escritório, não lembro de ter isso antes, devem ser vestígios da Luiza.

Entro nele e abro as janelas, são duas e com o vento soprando logo ventila, abro as gavetas da mesa e não tem nada nelas, desço as escadas pego alguns produtos de limpeza, e faxino tudo, com uma playlist variada deixo tudo brilhando e com meu toque. Fico renovada, tomo um banho e começo as pesquisas, agora estou alerta e aberta a mais possibilidades, de repente Maite me liga:

- E ai amiga! Como está a primeira lua de mel?

- Está estranha.

- Como assim?

- Sei lá, fui tomada por pensamentos decepcionantes sobre o que fazer no futuro.

- Amiga, espera aí, você está em um paraíso, com um marido gostoso e está pensando no futuro?

- Sim!

- Não acredito! Você tem que mudar isso!

- Eu só preciso resolver o que vou fazer do futuro para poder viver o presente.

- Amiga, é humano estar pensando no passando, planejando o futuro e esquecemos de viver o presente, e este é o nosso maior erro.

- E o que devo fazer?

- Nem deveria fazer isso, mas eu vou te passar um relatório de como está sendo a execução das tarefas, e assim você vai perceber no que somos deficitários e pontos a trabalhar se caso você precise ficar longe, e poderá ter parâmetros para ver como executar o futuro.

- Ok. Agradeço!

- Então agora vai curtir seu marido!

- Ok.

- Beijo!

- Beijo!

Mentindo sobre o que vou fazer me despeço, continuo minhas pesquisas, faço um plano geral do que fazer e até o almoço estou com tudo pronto. Vou almoçar com outro espirito, finalmente tenho uma visão de como pode ser nossas vidas. Zack me abraça e Aurora vem animada contando como foi a experiencia de pecuária.

- Eu adorei andar a cavalo, tocar o gado, e todos me obedeceram muito bem!

- Está no seu sangue filha, não poderia ser diferente!

Zack sorri, sentamos na mesa e depois do almoço Aurora deixa no sofá e adormece, vou para varanda, os demais vão dormir, e quando levanto para fazer um café Zack já vem com suas xícaras:

- Indo buscar isso?

- Pensei em ir!

- Vantagem de ter um esposo, lindo, maravilhoso que te conhece muito bem.

- Esqueceu de dizer convencido.

- Perfeito, simpático…

- Vaidoso, exibido…

- O amor da sua vida!

- O amor da minha vida…

- Está melhor?

- Sim, mais calma agora.

- A Aurora adorou a rotina da fazenda, e leva jeito.

- Esperava o que dá sua filha?

- Cumpriu todos os requisitos de ser perfeita igual a mãe dela.

- Assim fico sem graça.

- As verdades devem ser ditas.

Zack senta ao meu lado e puxa minhas pernas para ficar por cima das suas, fico olhando o jardim, pensamento longe, até retornar a terra com Zack falando:

- Um real por pensamento?

- Nada de mais, apenas aproveitando o silencio deste lugar.

- E como estão os planos do nosso casamento na fazenda?

- Quer realmente casar novamente comigo?

- Sendo com você caso mil vezes se quiser, em todos os cantos do mundo!

- Bom, acredito que Maite vai organizar mais algumas coisas no escritório, preparar o que vai trazer de lá e virá para executar tudo aqui.

- Ok.

De repente toca meu celular:

- Amiga, esqueci que vou para fazenda amanhã com os preparativos do casamento, então o relatório com a execução do escritório vai ter que esperar.

- Sim, estava conversando com Zack que você viria para organizar tudo aqui.

- Sim, mas amiga, eu vou levantar umas coisas que já percebi aqui e vou te passar quando chegar aí.

- Sem problemas, isso pode esperar, já o segundo casamento não espera muito, vai que o noivo desista de casar novamente.

- Um deus grego com uma deusa, duvido que ele mude de ideia assim, pois que outra musa ele encontraria que chegue a dez metros dos seus pés?

Zack sorri quando Maite chama ele de deus grego e faz careta sorrindo do comentário posterior dela:

- Amiga, deixa eu te contar uma coisa?

- Arrumou um deus grego para mim?

- Não ainda, isso vou ver com Zack depois, mas o que queria te contar é que o deus grego está ouvindo a nossa conversa...

Não resisto e caio na gargalhada, quando recupero o foco digo:

- Amiga, está aí ainda?

- Sim, pasma, corada e com um nariz de palhaça, mas viva, Zack, me desculpe, mas Ana nunca me proibiu de falar assim, mas mesmo assim desculpa o atrevimento.

- Sem problema Maite, se Ana não vê problema nisso, não tenho porque achar ruim, e sobre um deu.. um ser parecido comigo, você fala sério sobre isso?

Zack responde e questiona:

- Sim! Seríssimo, tem alguém para me apresentar?

- Depende o que você gosta...

- Eu gosto de beleza, e bons adjetivos se bem me entende.

Zack gargalha e responde:

- Se bem entendi os adjetivos não sei se é o caso, mas tenho um amigo para te apresentar.

- Amigo?

Pergunto:

- Sim, depois conto mais sobre ele para você e você vê se seria bom para Maite.

- Ele vai estar no casamento?

Maite pergunta:

- Sim, pelo menos espero que esteja.

- Ok, não diga mais nada, se ele estiver no casamento e eu me interessar e chego nele, só avisa ele que de tímida não tenho nem apelido.

- Vou avisar sim.

- Ótimo! Ai Ana! Já estou querendo ir agora para ai!

- Calma, vem com calma, a viagem não é rápida, pegou bem a localização?

- Sim, vou te mandar o trajeto que o GPS definiu e você me confirma, os pontos de referência anotei todos e já estão no painel do carro.

- Ok, se cuida ai! Avisa quando estiver saindo da cidade.

- Pode deixar! Beijo!

- Beijo!

Desligo a chamada e encaro Zack:

- Amigo?

- Sim, lembra do Cesar?

- O da agropecuária?

- Sim, este mesmo!

- Tem certeza?

- Sim, ele expandiu o negócio dele e está com uma franquia de agropecuárias e hotéis fazenda.

- E como isso vai dar certo?

- Bom, digamos que na visita que fizemos ao Guilherme e a Sofia eu tenha pesquisado e descoberto uma fazenda histórica a trinta minutos da cidade de vocês, totalmente do estilo que Cesar está fazendo os seus hotéis... também posso dizer que eu contei para ele sobre a fazenda e seus interesses pela região ficaram visíveis.

- E se não der certo com a Maite?

- Se bem conheço os dois vão ser a uva e o vinho, mas se não der certo é só eles não se encontrarem, afinal ela mora na cidade e ele estaria aqui ou na fazenda de lá.

- Cupido entra em ação!

- Não é ser cupido, mas ele foi o único que não desistiu de nós, ele sempre reclamava por eu ter fica com a Luiza, e me tirou a paciência algumas vezes insistindo para eu te procurar.

- Capitulo da nossa história que não sabia, na verdade não imaginava.

- Mas não se engane, ele dizia que se ele te encontrasse antes ele ficaria com você.

- Só acho que ele não me procurou então...

- A é assim?

- Está com ciúmes?

- Um pouco...

- Zack, Eu não teria olhos para qualquer outro além de você, e eu nem acho ele tudo aqui, não classificaria como deus grego como Maite diz.

- Espero que não mude de ideia quando encontrar ele.

- Sério Amor?

- Desnecessário, não importa se o mais belo homem fique na minha frente, eu escolhi você, e vou continuar escolhendo, por isso casei com você.

- Eu sei, só queria ver se ia balançar um pouco.

- Homens sendo homens, insegurança...

- Não é insegurança.

- Se você se garante, não precisa disso.

- Me garanto sim, se quiser te garanto agora...

Zack em um salto me deita no pequeno sofá, coloca seu joelho direto entre minhas pernas e a outra apoia no chão:

- Está maluco? Aurora está dormindo no sofá do cômodo ao lado, sua mãe no quarto que é ao lado, podem acordar a qualquer momento...

- Então é melhor eu ser rápido...

- E se chegar alguém?

- Toda cidade dorme por pelo menos uma hora, ainda temos uns trinta minutos, e aqui eles dormem até mais.

- Zack, não!

Ele me ignora totalmente, coloca minha calcinha de lado e coloca dois dedos em mim:

- Zack, não!

- Shhh quieta, vai acordar os outros…

- Mas, mas…

Não consigo falar muito, seus dedos movimentam rapidamente e logo estou molhada:

- Já está molhadinha para mim…

- Seus efeitos em mim, infelizmente…

Ele levanta mais meu vestido, me puxa para até o escoro de braço do sofá, fica de joelhos no chão e cobre sua cabeça com o vestido e me abocanha, seguro o gemido, pois estou super sensível, saindo de onde está ele me encara:

- Seu trabalho vai ser vigiar e não gemer, e o meu vai ser tornar a sua tarefa extremamente complicada.

- E se alguém aparecer?

- Você deitou e colocou as pernas sobre o encosto de braço e eu vim juntar um brinco que você perdeu…

- Que história super convincente.

- Vou muito criativo.

Ele me abocanha novamente e reviro os olhos, ele consegue me tirar dos sentidos e sensatez com seu toque, seus movimentos são habilidosos, aproveito todos os sentidos se perdendo no prazer, até que ouço um ruido vindo da cozinha. Em um salto arrumo minha calcinha e vestido, Zack limpa a boca, senta do meu lado sorrindo com malicia, dou um gole do café frio e me arrepio inteira, ele sorri:

- Deve estar ótimo este café.

- Pelo menos me fez voltar a sanidade.

- Achei seu brinco.

- Como assim?

- Aqui está.

Zack estende a mão e nele está realmente meu brinco:

- Achei que estava brincando.

- Eu percebi.

- E agora qual a programação?

- Não sei o que quer fazer...

- Sabe que a paz daqui é ótima, mas me acostumei tanto com o agito que fico perdida quando fico quieta.

- Que tal se você aproveitar mais hoje de folga e amanhã com Maite você trabalha nas coisas do casamento?

- Pode ser.

- Então agora vamos cavalgar.

Aurora aparece na porta:

- Cavalgar? Quem vai?

- Nós todos!

Respondo Aurora e ela comemora com seus pulinhos:

- Mamãe, você vai ter que trocar de roupa.

- Sim, vou lá trocar e logo volto.

Vou para outra casa, coloco um jeans, regata preta como de costume daqui, bota e chapéu, encontro eles já indo para o estabulo. Luna e os rapazes também vão:

- Aurora vai com alguém ou vai sozinha?

- Pensei em ela ir com Sultão.

- E eu?

- Tenho uma surpresa para você…

- Surpresa?

Capítulo Vinte e Cinco

Luna tapa meus olhos e ouço patas de cavalos em minha direção, quando ela deixa eu abrir os olhos em minha frente tem uma égua da raça friesian preta, seu pelo brilhante, crina bem escovada e lisa são magníficas, deixo ela me cheirar, com cuidado faço carinho nela e logo ela me puxa como se me abraçasse:

- Acho que ela gostou de mim!

- Realmente, ficaram amigas rápido.

- Qual o nome dela?

- Athenas.

- Athenas, gostei, você gostou de mim Athenas?

Ela me puxa para perto novamente, acredito que seja um sim:

- Posso subir Athenas?

Athenas bate duas vezes o casco no chão e Zack responde:

- Ela disse que sim.

- Como assim?

- Ela já está ensinada, duas batidas no chão é sim, três é não.

- Ok, bom saber.

Subo nela e assumo as rédeas saindo do estabulo, Zack ajuda Aurora com Sultão, e vem com Alfa, Luna e os demais pegam os seus, logo estamos todos prontos para o passeio. Zack

vai na frente, eu fico ao lado de Aurora e do outro lado fica Luna, os outros ficam atrás de nós.

Vamos aos cânions, Aurora fica boquiaberta com a vista, mas logo pergunta da cachoeira que Luna contou:

- Está quente, então pensei que pudéssemos nos refrescar.

- Está certo Luna, vamos lá.

Próxima parada foi na cachoeira, dá para ver o encanto nos olhos de Aurora, os rapazes ficam de bermuda, já sabemos que estavam com plano pronto, Luna fica com vergonha e vem me perguntar se pode ficar de sutiã já que esta jovem e com uma bermuda curta:

- Claro que pode, estamos em um rio, e em família, pode ficar à vontade.

Zack vem até mim:

- Você não vai entrar?

- Não estou vestida adequada.

- Está de brincadeira? Você usa biquini na sua piscina, sutiã e calcinha.

- Sim, mas não é biquini.

- Deixe disso!

Ele vem até mim e sussurra no meu ouvido:

- E estas pedras já te vira nua.

- Ótimo conselho, mas se você não se importa vou ficar de sutiã e calcinha então.

- Sei que você é minha, e como falou para Luna estamos em família.

- Ok.

Tiro a roupa e entro na água, ficando somente com o pescoço e a cabeça para fora. Zack senta ao meu lado. Aurora brinca com Luna e os rapazes e ficamos ali até a hora da lida da tardinha. A água deixa Aurora exausta, chegando na fazenda um belo café da tarde nos aguarda, todos estamos famintos, e Aurora não para de contar como ficou encantada com o passeio, cavalos, os cânions e a cachoeira, e Dona Francisca ouve tudo maravilhada:

- Vemos que uma mocinha vai custar querer sair da fazenda…

- Vovó, quem vai sair da fazenda?

Aurora questiona e nos encara:

- Filha, não tem nada definido, mas tenho a empresa em nossa cidade, tem a casa e você tem sua escola, mas estamos estudando as hipóteses.

- Posso dar uma sugestão?

Dona Francisca pergunta, e eu confirmo:

- Pode sim!

- A Aurora pode ir na escola com Luna, Luna cuidará bem dela, faz um teste de um ano, se a escola não for boa ela volta para escola particular que frequentava.

- Concordo mãe, e se eu sentir que não é suficiente você sabe que eu vou contar.

- Mas eu terei que cuidar igual da empresa.

- Sim e você pode, Aurora fica aqui conosco quando estiver fora, Zack falou algo de participar em alguma coisa na sua empresa então poderão ir tranquilos quando precisarem que vamos cuida bem de Aurora. Ela responde:

- É uma opção a pensar, mas não vou tomar nenhuma decisão agora.

- Sim tem tempo para pensar.

- Alias, amanhã virá Maite, uma grande amiga minha que vai me ajudar com o casamento na fazenda.

- Que ótimo, será muito bem recebida.

- Sei disso.

- Na casa de vocês tem um quarto perto da sala, amanhã só vou ter que tirar algumas bagunças que ficaram lá, limpamos e será uma ótima acomodação.

- Acho que já vou arrumar isso agora, enquanto Zack e Aurora, ajudam os rapazes e Luna na lida.

- Você que sabe.

Terminamos a refeição e vou para o quarto, nele está o roupeiro que usei a primeira vez que vim aqui. A cama é confortável, só está empoeirado, limpo tudo e quando termino Zack e Aurora chegam:

- Filha, vai direto para o banho!

- Sim mãe.

Zack me abraça e ambos estamos suados:

- Você é o próximo do banho.

- Sim senhor!

- Este quarto ficou muito bom.

- Concordo, só estava empoeirado.

- E o que você acha de eu terminar o que comecei já inaugurando esta cama?

- Eu acho que não, Aurora está alerta, e não quero trocar novamente os forros de cama.

- Que pena...

Ele faz bico, mas ignoro:

- Não adianta.

- Você é malvada.

- Não, eu sou sensata.

- Eu tiro essa sensatez em segundo.

- Eu sei, mas não será agora.

- Ta bom.

Sorrio e Zack diz:

- Como está a agenda amanhã?

- Vou ver coisas do casamento, e esperar a Maite para depois vermos quais ideias pegamos de cada uma.

- Eu pensei em uns detalhes rústicos, tipo um lugar com feno.

- Feno? Por que?

- Porque acabou o feno e você levaria Maite na agropecuária buscar feno.

- Ah entendi, mas eu tive uma ideia melhor.

- Qual?

- Um jantar a moda country, sei que ela não tem esse tipo de roupa, e nem meus amigos que virão com ela, Cesar lucra e vai encarar bem o corpo dela para sugerir uma roupa.

- Bom, mas e o feno?

- Meu Amor é um casamento, não encenação de Natal para ter um presépio.

- Então compra feno mesmo assim, porque acabou o da fazenda.

- Então de qualquer forma vou ter que ir?

- Sim, mas sua ideia de roupa é ótima, pode fazer as duas.

- E o que você acha de ir amanhã cedo na agropecuária, pegar o feno, comentar da minha ideia e ele se preparar com as roupas.

- Pode ser também, quanto virão?

- A princípio como a Maite é solteira vai dar vinte e cinco convidados que virão de lá, e você?

- Vai ficar mais ou menos nisso.

- Ok.

Aurora nos encontra e Zack vai para o banho. Ela liga a televisão e já organizo a roupa pós banho. Em minutos ele está pronto, me encontrando no quarto, me desvio indo para banho, se não vai me seduzir novamente. Banho tomado sentamos todos no sofá e assistimos um filme:

- Vou fazer a pipoca.

- Eba!

Vou para cozinha e volto com duas bacias de pipoca, o filme é um infantil, mas todos assistimos interessados:

- Filme terminou, vamos jantar?

- Podemos, a sogra fez para todos?

- Até parece que não conhece ela.

- Ok, vamos lá então.

Vamos para a outra casa e a janta nos aguarda, depois retornamos e Aurora vai direto para seu quarto, coloca o pijama, damos boa noite e ela logo adormece:

- Ela gosta da rotina, mas fica exausta.

- Só será um problema se ela não dormir bem para recarregar.

- Aqui é difícil não dormir bem.

- Que bom que acha isso.

- Agora vamos dormir.

- Dormir?

- Você sabe que agora somos casados, e que não vou embora, então não precisamos fazer todos os dias o dia todo, se não vai enjoar.

- Eu não vou enjoar de você tão cedo.

- E mais tarde se enjoar vai arrumar uma mulher com a metade de idade mais nova que eu.

- Às vezes parece que não acredita tanto no amor.

- Talvez traumatizei?

- Sempre que estava bom algo estragou tudo, tenho medo de isso acontecer agora.

- Ana, saia da caixa do passado, estamos aqui, depois de seis anos separados, com o mesmo amor do passado, com uma filha linda, você empresária, eu bem sucedido no meu ramo também, então esquece estes seus medos.

- Ok, vou esquecer isso.

- Não seja irônica, eu sei que não vai esquecer, o que estou pedindo é que pare de focar no que deu errado, viva e aproveite o que deu certo.

- Vou fazer isso, com uma bela e longa noite de sono.

- Boa noite Amor!

- Boa noite Amor!

Nosso beijo é suave, com a calmaria que preciso. Me acomodo no peito de Zack, nossos dedos se entrelaçam, ele beija minha testa e logo adormeço. Meus sonhos são conturbados, estou fugindo de alguma coisa, logo não sei onde estou, me ajoelho e choro, sem perceber que estava chorando de verdade:

- Amor, acorda, estou aqui, meu bem, venha para mim, amor!

Abro os olhos e Zack está apavorado me segurando nos ombros, seus olhos rasos d'água:

- Fiquei assustado, você não acordava!

- Desculpe, não quis te assustar.

- Não se desculpe, apenas quero que confie em mim.

- Eu confio...

- Não o suficiente, você está tendo pesadelos, está inquieta, as vezes parece infeliz.

- Não diga isso, eu não estou infeliz, muito pelo contrário, estou muito feliz, e isso que parece de assustar, mas não quero lhe causar dor de cabeça, então vamos voltar a dormir.

- Ok, mas antes vou fazer um chá para você.

- Não precisa.

- Eu insisto.

Zack se levanta e vai para cozinha, eu fico deitada conversando comigo mesma de porque estou assim e chego à conclusão que realmente fiquei com medo da felicidade em uma vida de casada, adorei por muito tempo a felicidade de ser somente Aurora e eu, que agora Zack balança meu conceito de felicidade e me deixa com medo, porém resolvo mudar isso.

Levanto e vou até a cozinha, ele já está finalizando o chá, abraço sua cintura pelas costas, fico na ponta dos pés para alcançar sua nuca e respirar fundo seu perfume embriagante:

- Parece estar melhor.

- Espero que eu esteja mesmo.

- Vai ficar depois de uma xícara de chá.

- Muito obrigada Amor por sua paciência, prometo que vou melhorar.

- Amor, você não precisa melhorar, eu te amo do jeito que você é, e vou continuar amando, é assim que quero você, sendo uma leoa corajosa, protetora, um mulherão sexy, mas com um sorriso de menina, e uma fragilidade de gatinha indefesa.

- Te amo Zack, como nunca amei outro homem, e vou continuar amando até onde meu coração aguentar.

- Até nossos corações não aguentarem mais.

Tomo um gole do meu chá e logo bocejo:

- O chazinho do seu amorzinho deu certo.

- Deu sim, vou terminar e vamos deitar, amanhã temos muitas coisas para fazer.

- Concordo.

Termino o chá, voltamos para a cama, me acomodo novamente nos braços de Zack e logo adormeço, desta vez sem sonhos turbulentos. Acordo com o sol se mostrando entre as frestas que a cortina permitia com o balançar da brisa. Zack logo acorda também, me beija suavemente:

- Dormiu bem?

- Sim, seu chazinho é milagroso.

- Vou fazer mais vezes.

- Pode fazer, não ficaria ofendida.

- Vamos nos arrumar, sua amiga via chegar e eu tenho que ir no Cesar logo para preparar o terreno.

- Ok.

Saímos da cama, eu vou para a calça jeans e uma blusa ciganinha, Zack de jeans e polo como maioria dos dias do calendário. Vou até o quarto de Aurora que está acordando:

- Bom dia Princesa!

- Bom dia Mãe, estou ainda com muito sono, posso dormir um pouco mais?

- Pode sim, vou buscar um café da manhã para você, daí quando acordar pode comer.

- Muito obrigada Mãe!

Fecho a janela do quarto para ficar mais escuro, e a deixo dormir. Tomamos café, separo algumas coisas para Aurora comer. Zack vai para agropecuária falar com Cesar e fazer compras para os animais, quando termino de organizar as louças do café ouço c carros chegando, saio na porta e lá está Maite com nossos amigos e padrinhos de casamento:

- Eu estava esperando vocês mais tarde ou amanhã...

- Amiga! Eu não aguentei, infernizei todo muito até todos resolverem vir.

- Que ótimo, vou preparar o café da manhã para vocês.

- Maravilha, pois estamos famintos.

Arrumo a mesa para o café da manhã logo depois de apresentar todos para Dona Francisca. A mesa fica cheia, e todos tem histórias para contar, ouço todos falar, e da conversa saem várias gargalhadas. Após o café todos sentam se acomodam nos quartos e depois nos encontramos na varanda:

- E o que vamos fazer hoje?

Maite pergunta e vejo Zack chegando, antes de contar os planos prefiro ver o que Zack conversou com Cesar:

- Vou confirmar com Zack e já volto.

Encontro Zack que me conta:

- Ele está esperando vocês.

- E você não vem?

- Posso ir.

- Claro, a cidade é sua.

- Sendo assim vamos.

Vou até a roda onde estão todos aguardando e digo:

- A primeira missão de casamento será todos estar devidamente vestidos no estilo daqui country!

- Como assim? Vamos as compras?

- Exatamente!

Maite da pulinhos:

- Adoro compras!

- Eu sei disso, mas vamos lá!

Zack e eu vamos de caminhonete na frente, e nos seguem mais cinco carros:

- Vai ter espaço para todos na agropecuária?

- Espero que sim, o importante é a Maite aparecer.

- Ela vai... se bem conheço ela chama atenção em qualquer lugar que passa.

- Vamos ver no que isso vai dar.

Chegamos na agropecuária, e Cesar nos espera na porta:

- Trouxemos uns clientes novos, espero que não ache ruim.

Falo irônica e abraço Cesar:

- Aceito todos eles! Como você está Ana?

- Estou ótima!

- Ótima estou eu!

Maite diz se escorando em meu ombro:

- Maite este é Cesar e Cesar esta é a Maite, minha melhor amiga!

- Prazer!

Cesar responde tirando o chapéu e beijando a mão da Maite:

- Nossa Amiga! Nunca imaginei que viveria um momento assim.

- Coisas que só tem neste lugar, não é mesmo Zack?

Zack sorri e abraça minha cintura e diz:

- A Ana já encontrou o cowboy dela, quem sabe você encontre o seu também...

- O destino, não sei o que me reserva...

Maite sorri entrando na agropecuária, os demais nos seguem e começam a fazer suas escolhas. Cesar está claramente fascinado pela Maite, Zack sorri e diz:

- Já sabemos quem vai lutar pelo buque.

- Sabem sim...

-Você vai comprar nada?

- Não, já tenho um closet cheio.

- Você que sabe...

- Vou ajudar os outros.

- Pode ir Amor, eu vou ficar por aqui.

- Ok.

Vou até os padrinhos e ajudo em suas escolhas, Maite me puxa para o lado:

- Amiga! O que é esse homem?

- Quem?

- O Cesar! Estou tendo palpitações só de pensar nos gominhos que esse pedaço de mal caminho guarda embaixo desta camisa dele.

- Amiga! Se comporte!

- Não me peça isso!

- É o meu casamente, no minimo você pode conter seu fogo.

- Só se eu não ver ele até o casamento.

- Aí já complica, ele é padrinho e vai ajudar em todos os preparativos.

- Assim você me ferra, ainda bem que o casamento é em dois dias.

- E você só estará permitida a dar pegas Cesar depois do casamento, não quero que meu casamento fique em segundo plano, por causa do seu fogo do interior.

- Vou tentar...

- Não vai tentar, vai conseguir!

- Ok.

Maite me responde com semblante decepcionada, guardo meu sorriso, está dando certo a missão cupido. Zack me encara sorrindo também:

- O que guarda esse sorriso aí?

- Só confirma que até o casamento esses dois estão juntos.

- Você é impossível!

- Só um pouco.

Sorrio e lhe dou um beijo rápido. Logo todos estão com suas sacolas de compras e voltamos para fazenda. Dona Francisca nos encontra com as panelas cheias, está quase na hora do almoço e nem percebemos, Aurora nos recebe, mais animada.

Capítulo Vinte e Seis

Após o almoço estão com os olhos inchados de sono, então convido todos a dormir um pouco, Aurora vai brincar com Luna:

- Pessoal, aqui tem uma cultura muito boa, que vai ajudar vocês, podem dormir depois do almoço, assim vocês descansam para mais tarde.

Todos sorriam aliviados e foram para seus quartos, mas Maite fica conosco:

- Não vai dormir Maite?

Zack questiona:

- Quero fazer algumas perguntas para vocês...

- Fique à vontade.

Ele responde:

- A quanto tempo você conhece o Cesar?

- Nós criamos juntos.

- Ele é bom caráter?

- Sim, nunca vi aprontar com ninguém, ele é romântico e foi quem mais me odiou quando troquei Ana pela Luiza.

- Gostei dele.

- Isso já percebemos.

- Nem tanto pelo resto, mas por ele ter apoiado minha amiga.

- Lembrando que ele foi o primeiro a querer ficar com ela, antes até mesmo de mim.

- Ei, eu estou aqui.

Digo eles me encaram e Maite continua:

- Sinal que ele tem bom gosto.

- Ei, espera ai! Como assim o Cesar queria ficar comigo? Nunca soube disso?

- A primeira vez que fomos na agropecuária, ele perguntou que você estava comigo, eu disse que não, então ele ia tentar algo com você, mas eu não deixei.

- Que egoísta!

Respondo sorrindo, e Maite diz:

- Ela já era sua, só nenhum de vocês sabiam.

- Verdade, mais alguma pergunta?

- Você concorda com Ana de me deixar a castidade com seu amigo?

- Sim, vocês não vão fazer esse casamento virar uma novela, e nossa casa não é motel, ainda mais que está na nossa com Aurora.

- Mas eu posso ir para casa dele.

- A ideia de juntar todos aqui é que fiquem todos aqui, mas não se preocupa, ele virá aqui.

- Sim Ana me falou.

- Falando nisso, temos que ver os detalhes do casamento.

- Vou buscar meu ipad e mostrar o que pensei.

- Ok.

Maite vai buscar o que falou e Zack sorri:

- Duvidas que eles vão se pegar hoje à noite no lual?

- Nenhuma, ainda mais que proibimos.

- Com certeza.

Logo ela volta e começa mostrar as fotos que separou:

- Minha ideia é fazer o casamento no jardim, achei ele fantástico, perto da árvore centenária colocamos um pergolado com flores e folhagens, as cadeiras brancas e a decoração com buques mistos de flores do campo.

- Parece muito bonito, mas e os fenos onde vamos colocar?

Zack questiona:

- Feno? Onde você quer colocar feno?

- Não sei, mas quero que remeta ao agro nosso casamento aqui.

- Da para fazer um canto na entrada com as letras dos seus nomes que encomendei com algumas flores.

- Parece bom.

- Temos umas portas antigas no celeiro, daria uma ótima entrada.

- Hum, parece ótimo!

- Gente, só falta colocar umas rodas de carroça...

- Tem também! Podemos colocar.

- Eu falei irônica!

Maite sorri enquanto rabisca em uma foto que ela tinha de modelo:

- Amiga, lamento, mas seu atual e futuro marido tem ótimas ideias, estou vendo aqui, tem uns sofás que dá para montar com o feno, se tiver em grande quantidade podemos fazer.

- Tem sim, e se faltar Cesar tem mais, e fora não vai.

- Vocês têm aquelas luzes amarelas que possamos pendurar ao redor, para quando anoitecer nós ligarmos?

- Tem sim!

- Como assim? Nós temos isso mesmo?

- Sim, o Cesar tem, já falamos disso a muito tempo, que no meu casamento faríamos isso, e ele fez antes mesmo de noivarmos.

- Estou cada vez mais gamada nesse cara.

Maite se abana com o ipad e sorrimos:

- Quando vamos montar tudo?

- O Cesar vai trazer o feno hoje de tarde, só temos que ver as rodas e as portas que precisamos lavar, mas amanhã vai ficar tudo pronto.

- Ok, amanhã vai ser um dia cheio, mas se todos ajudar vamos montar e ter tempo de descansar para o segundo grande dia…

- Claro! Pode contar que darei meu sangue para este casamento Amiga!

- Não precisa sangue, somente força de vontade.

- Claro que darei isso, e se faltar força aposto que Cesar vai me ajudar.

Sorrimos e Maite se levanta:

- Vamos estudar onde ficará todas as coisas?

- Vamos sim!

Vamos para o jardim e Maite tira as fotos de vários ângulos e desenha o que irá em cada lugar para avaliarmos as sugestões, parece que vai ficar tudo lindo. Terminado o planejamento ouvimos um caminhão se aproximando:

- Parece ser Cesar, já podemos colocar os fenos nos lugares que pensamos.

- Sim, e já dá para arrumar para o lual.

- Maravilha!

Maite da pulinhos, mas para logo:

- Eu tenho que trocar de roupa!

- Não! a roupa nova vai ser só no lual.

- Ok.

Ela responde decepcionada. Cesar desde do caminhão e cumprimenta Zack primeiro, depois me abraça com um beijo na bochecha e Maite ele afunda o nariz em seu cabelo e sussurra algo no seu ouvido, que fica corada:

- Vamos descarregar o feno e montar até sofás!

- Como assim?

Cesar questiona Zack, que responde:

- Maite, mostra para ele o que planejamos.

Maite mostra as fotos com os desenhos e ele fica fascinado:

- Vai ser o casamento mais lindo que eu já vi!

- Vai sim!

Todos falamos juntos, os outros padrinhos aparecem na varanda e chamo todos:

- Pessoal, venham todos, hora de trabalhar!

Todos vêm e Maite mostra o projeto do casamento e se dividem em equipes, uma descarregando os fenos, outros carregando e outros montando. Maite, Zack e eu vamos atrás das portas rodas e Cesar já nos traz as caixas com as luzes.

As portas são antigas, com um tom de madeira escuro. Com jato do estabulo elas ficam limpinhas e com detalhes rústicos lindíssimos. Já deixamos nas posições que vão ficar e já secarem. Os fenos já viraram sofá e decoração de entrada, como também bancos para o lual, que quando terminamos já estamos prestes a ver o pôr do sol. Maite se comportou, e Cesar também que pergunta para Zack e eu:

- Eu trouxe roupa para trocar, e itens que preciso para um banho, posso tomar banho aqui invés de ir para casa e depois voltar?

- Claro que pode!

- Vou esperar todos tomar banho depois vou.

- Tem dois banheiros na grande e mais um disponível na nossa casa, logo terá algum livre.

Os outros se organizar na casa grande e Maite vai na nossa tomar seu banho. Cesar senta ao nosso lado:

- Vou esperar aqui, até alguém avisar que liberou.

- Eu vou ficar um pouco com Aurora, provavelmente a Maite vai liberar logo o banheiro, daí você pode ir lá.

Digo para Cesar e vou encontrar Aurora:

- Está bem filha?

- Sim, brinquei muito com a Luna, ficamos grandes amigas.

- Fico feliz com isso.

Aurora me conta do que brincaram, enquanto fico com ela no colo, já estava com saudade de ficar assim com ela. Zack conversa com Cesar e depois perco os dois de vista, mas não dou importância:

- Mãe, acho que vou tomar um banho também, todos já tomaram e vou me arrumar para o lual.

- Claro filha, vai lá, pensando bem, eu também vou.

Aurora vai na frente, depois vou para nosso quarto tomo banho e me visto. Zack me encontra saindo do quarto:

- Todos prontos, só falta eu.

- Sim.

Sorrio, Zack vai para banho depois de me dar um beijo longo e lento:

- Bom banho!

- Não quer me ajudar?

- Se queremos proibir os visitantes, nós temos que dar o melhor exemplo.

- Concordo.

Desço as escadas e encontro Maite mordendo o lábio:

- O que aconteceu?

- Cesar me fascina cada vez mais.

- O que ele fez agora?

- Ah! Nada...

- O que você está me escondendo?

- Nada, só conversamos um pouco enquanto vocês estavam se arrumando.

- Ok.

- Agora vamos, logo Zack nos encontrará na fogueira.

Vamos para fogueira, o sol sumiu e as lua cheia clareia a noite junto com o fogo, já temos música que os padrinhos tocam. Aurora me abraça e senta ao meu lado, Maite senta próximo, mas fica ao lado de Cesar.

Zack nos encontra, pega Aurora que estava sentada, dá um giro no alto e senta ao meu lado, me beija calmamente entrelaçando os dedos nos meus deixando na sua perna. Mal acredito que vamos casar no lugar onde nos conhecemos, e não guardo o sorriso:

- O que aconteceu?

- Percebi que logo vamos casar onde nos conhecemos.

- Verdade, amanhã vamos montar tudo.

- Confesso que estou cansada.

- Eu também, mas vamos curtir mais um pouco aqui.

- Claro.

Conversas, risadas e músicas nos animam, mas Dona Francisca completa com comes e bebes:

- Amiga, sem dúvidas esse é o melhor lual que eu participei.

- Verdade, eu concordo.

Aurora senta no meu colo:

- Mãe, quero dormir.

- Vamos dormir então.

- Pessoal a noite está ótima, mas vou levar a Aurora para dormir e vou descansar também.

- Eu acompanho vocês.

Zack se levanta e vem conosco, colocamos a Aurora na cama e vamos para o nosso quarto:

- Finalmente vamos dormir.

- E você quer dormir mesmo?

- O que você me propõe?

Zack se aproxima, estou na beira da cama, mordo o lábio, pois já percebi seu plano. Seu sorriso é malicioso, com o polegar solta meu lábio inferior, nossos corpos se aquecem, os corações aceleram, coloco a mão esquerda em sua nuca, trazendo seus lábios para os meus, sua mão esquerda me traz para perto e já sinto seu membro, depois apalpa meu bumbum, seu desejo erradio, minha mão direita coloco por baixa da sua camiseta e arranho suas costas. Zack me afasta rapidamente e tira ela, enquanto abro suas vestes de baixo, me ajoelhando abocanho seu membro ele geme:

- Isso é bom!

Não demora muito tempo para Zack pegar meus seios, fico em pé e em um piscar estou nua, me deito na cama e ele se acomoda entre minhas pernas, sua boca faz trilho até minha pelve, mas resolvo adiantar as coisas, puxo ele para cima me penetrando, mordo o lábio para impedir meu gemido, ele me beija e pergunta:

- Estou com tanto desejo que faria rápido e forte até você não conter seu gemido!

- Então faça isso!

Ele se movimenta mais rápido, me seguro nos lençóis, pois sinto o prazer chegando, Zack coloca mais força eu seus braços e finalizamos juntos, ofegantes afundamos no colchão:

- Vou tomar um banho.

- Vou também.

Depois do banho deitamos, me acomodo em seu peito adormecendo em seguida.

Quando o sol entra na janela acordo bem disposta, afinal hoje é o dia de montar o casamento, Zack também acorda:

- Bom dia Amor!

- Bom dia Amor, vamos levantar que o dia está repleto de atividades a serem feitas.

- Vamos sim!

Logo estamos vestidos saindo do quarto, Aurora nos encontra saltitante e vamos para o café da manhã. A mesa está repleta de delicias, é fácil passar do limite comendo um pouquinho de cada coisa. Maite chega animada:

- Este dia está no mínimo maravilhoso, temos muito trabalho, mas vai ficar tudo lindo.

- Concordo, teremos muito trabalho, mas muitas mãos para ajudar.

- Verdade.

Todos alimentados saímos para o jardim, Maite se responsabiliza pela organização, então ela mostra o projeto do casamento para cada equipe e designa as tarefas, Zack fala no meu ouvido:

- Ela realmente adora coordenar projetos.

- Sim, eu já sabia, mas confirmei totalmente nestes dias.

Maite vem perto de nós e alcanço para ela a garrafa de água que seguro:

- Muito obrigada Amiga, estou precisando mesmo.

- Percebi, mas diz ai, qual é a nossa tarefa?

- Vocês vão ajudar com as luzes e depois finalizar a decoração das flores, junto comigo.

- Ok.

Maite se vira para todos e estão cada um fazendo uma coisa, sorrindo, conversando, Zack diz:

- Definitivamente vai ser o casamento mais lindo que já viram.

- Não faria nada menos para minha melhor Amiga!

Abraço Maite e ela corresponde:

- Agora vamos fazer nossas tarefas.

Digo e vamos fazer a nossa parte. Perto da hora do almoço está quase tudo pronto, depois da refeição fica tudo pronto. Mais tarde está tudo pronto e todos exaustos. Aurora pergunta baixinho para Zack que está sentado ao meu lado na roda que fizemos sentados para descansar:

- Pai, o que acha de todos irmos para o rio, brincar e relaxar.

- Não seria má ideia.

Maite já logo pergunta:

- O que não seria má ideia?

- Irmos para o rio relaxar.

- Ótima ideia!

Todos logo se levantam aminados, alguns foram trocar de roupa, já eu fui colocar um biquini e um vestido soltinhos com Aurora e Maite, depois vou ajudar Zack com os cavalos:

- Vão todos?

- Pelo que vi sim.

- Então fiz certo em encilhar todos os cavalos.

Deu o número exato de cavalos porque a Aurora foi no cavalo com Luna. No rio todos pulados, nadamos, eu aproveitei toda calmaria do rio para descasar, pois amanhã vai ser o grande dia. Zack senta em uma pedra e me puxa para ficar no seu colo:

- Preparada para amanhã?

- Acho que sim, confesso que fico ansiosa quando pensou que vai ser o casamento no lugar que tudo começou.

- Não é definitivamente onde começou…

- Como não? Estávamos sentados na varanda, fazendo o jogo pela primeira vez, quando a primeira malicia surgiu.

- Faz sentido.

Maite vem perto:

- Amiga, quando minha castidade termina mesmo?

- Vou ser sincera com você, Zack e eu pensamos em tudo para vocês se conhecerem, e a castidade era para despertar ainda mais o desejo de vocês por ser proibido.

- Por que Amiga?

- Porque vocês são nossos melhores amigos, não queremos que vocês se frustram e acabam interferindo nos planos de sairmos em casais.

- Mas amiga, ele tem tudo que sonhei, é lindo, romântico, safado e bem sucedido.

- Às vezes nos assustamos quando os príncipes encantados surgem na nossa vida e acabamos fugindo deles.

- Verdade, me peguei já analisando se eu não estou criando um príncipe na minha cabeça.

- Eu sei como é isso, vivi o mesmo duas vezes, e uma delas eu realmente quebrei a cara.

- Na verdade duas vezes.

- Sim, mas me recuperei.

- Só agora não o que fazer.

- Você está gostando dele?

- Sim, quer dizer ainda estamos só na conversa, mas parece que é bom.

- Então faz assim, investe, espero que dê certo, mas se não der não se sinta na obrigação de ficar com ele por minha culpa.

- Claro que não amiga, mas claro que não vou passar os limites no seu casamento.

- Não espero nada menos que isso.

Maite sorri, enquanto estava conversando Zack foi conversar com Cesar, imagino que seja o mesmo assunto:

- O que achou de tudo que organizei para o seu casamento?

- Ficou tudo lindo, muito obrigada por tudo.

- Você provou seu vestido novo?

- Não, mas eu sei que vai ficar perfeito, sei que você o deixou maravilhoso.

- Mas e se não servir?

- Daí eu uso bota e chapéu.

- O que? Claro que não!

- Eu estou brincando, somente confio em você.

- Agora me deixou preocupada.

- Não precisa, vai servir e vai ficar lindo.

- Assim espero.

Zack volta e diz:

- Acho que vamos subir e ver o pôr do sol nos cânions.

- Podemos.

Zack então convida todos que concordam. Nos cânions somos presenteados com o pôr de sol perfeito e Zack fala no meu ouvido:

- Cesar me chamou para conversar.

- O que ele queria?

- Perguntar se ele poderia investir na Maite.

- Engraçado que ela perguntou o mesmo dele.

- E o que você respondeu?

- Que ela pode investir e que esperamos que eles se deem bem.

- Falei o mesmo para o Cesar.

- Agora é só esperar que dê tudo certo.

- Sim, nossa parte fizemos.

- Agora vamos aproveitar.

Aurora senta entre nós e ficamos em silencio, simplesmente tudo perfeito. Depois de tudo que se passou assim e aqui estamos. Depois do pôr do sol voltamos para fazenda, Dona Francisca na espera com café da tarde e resolvo conversar com ela depois da refeição:

- Dona Francisca?

- Sogra!

- Ah certo, Sogra… podemos conversar?

- Claro! vamos na varanda.

- Ok.

Sentamos na varanda e ela pergunta:

- Minha filha, o que quer falar comigo?

- Em primeiro lugar queria dizer que não contava que todos viriam antes do previsto e ter tantas pessoas, por tantos dias aqui.

- Sem problemas minha filha, eu adoro a casa cheia, vou sentir falta quando todos voltarem para sua casa.

- Que bom que gosta, e agradeço pela paciência, agradeço por tudo.

- De nada minha filha, mas não é só isso que você queria me dizer.

- Definitivamente não é, são tantas coisas que quero conversar, mas vou falar uma por vez, sei que já falamos disso, mas quero dizer, que realmente amo seu filho, e este casamento será um sonho, pois tudo que desejei encontrei no seu filho, sei que depois do casamente, teremos uma fase difícil que será a adaptação das nossas rotinas de antes a rotinas casados.

- Vocês vão superar isso, os casais são o além do felizes para sempre que os filmes mostram, e está é a vida, novidades, e adaptação, sei o quanto vocês se amam, vejo isso nos olhos dos dois, e depois de tudo que passaram nada mais abala vocês.

- Que bom ouvir isso, a segunda coisa que queria dizer é que, Aurora está muito feliz aqui, então aqui será a nossa a base, mas vou ter que visitar a empresa, meus clientes e com isso vou ficar alguns dias fora, como Aurora vai estudar aqui.

- Sei o que isso significa, e vai ser um prazer cuidar da minha neta, vou cuidar dela com todo amor e carinho, os tios dela e a prima Luna vai adorar também.

- Que bom, fico mais tranquila com isso, e por último eu quero dizer que se qualquer coisa incomodar a senhora pode falar comigo, sei que estou chegando e tenho que me adaptar.

- Não se preocupe, já nos damos super bem, e vamos continuar assim, você agora será minha filha, e será assim que vou lhe tratar.

- E que essa seja a primeira de muitas e muitas conversas.

- E será! Agora vou falar que estou muito feliz que você me deu uma neta tão linda e educada, está fazendo muito feliz meu filho e eu te amo como filha por isso.

- Eu amo a senhora também.

Nos abraçamos forte:

- Bom agora vou tomar um banho.

- Ok.

Depois do banho encontro todos ao redor de uma fogueira, no mesmo lugar de ontem, Cesar me alcança uma cerveja e quando vai se afastar pego em seu braço:

- Podemos conversar um pouco?

- Sim, diga!

- Bom queria saber quais são seus interesses na Maite?

- Que ela seja a mãe dos meus filhos.

- Não sei se ela quer ser mãe.

- Não tem problema, ela me aceitando como homem da vida dela está tudo certo.

- Você é bem emocionado.

- Não é emocionado, apenas me apaixonei a primeira vez que vi ela, sei que é ela, e espero que ela me veja da mesma forma.

- Eu vou te dar somente um aviso, ela é minha melhor amiga, então eu quero que se você realmente gosta dela invista, seja o melhor homem que ela possa ter sonhado em conquistar, mas se você só quer um lance deixe claro isso logo no início, pois se você machucar ela, terá que se ver comigo, entendeu?

Cesar não esconde sua surpresa em me ver falando assim, mas responde:

- Eu não estou brincando, e se ela algum dia falar alguma coisa de mim me avise que vou conversar com ela e resolver.

- Aí que está, isso que ia dizer, sempre converse com ela, ela adora falar, então não esconde nada, é fácil descobrir o que passa na cabeça dela.

- Percebi, e espero sempre perceber.

- Também espero, não quero que nada perturbe a paz e o bom humor da minha amiga.

- Pode deixar, vou cuidar bem dela.

Cesar sai e vai falar com Maite, o sorriso dela é sincero, estão se dando bem, mas estou cansada, então encontro Zack e aviso que vou dormir, dou um beijo na Aurora e vou deitar. Não vejo Zack deitar.

Capítulo Vinte e Sete

Acordo de madrugada e ele está me abraçando, saio do abraço e vou para cozinha, pego um copo de água e ouço uns múrmuros, sigo os mesmos e chego no quarto que Maite está, fico ouvindo é uma conversa, já imagino o que seja, bato na porta duas vezes e fico ouvindo a conversa baixinha:

- Alguém bateu na porta!

- Você está alucinando.

- Não estou nada, alguém bateu na porta, vai lá ver!

- E se for alguém como vou explicar que estou aqui se eu deveria estar na minha casa.

- A é verdade, falando nisso, lembre-se de colocar despertador, você tem que sumir antes de amanhecer.

- Você realmente quer que eu saia?

- Querer não quero, mas também não quero explicar para Ana e Aurora que você dormiu aqui.

- Eu só me importo em você não querer que eu vá.

- Neném, depois de amanhã eu volto para casa, vou ficar com muita saudade e espero que você consiga ir me ver o quanto antes.

- Sim, já pensei em tudo, acredito que na próxima sexta feira já vou te visitar, e vou ficar pela sua região, tenho meu projeto de hotel fazendo para expandir na sua cidade.

- Que ótimo, eu vou trabalhar, não sei como estão os planos de Ana, vamos conversar quando ela for para lá, então não sei se acompanho ou não no seu projeto.

- Isso não importa meu bem, se for para ser vai ser, e eu estou disposto a fazer qualquer coisa para que a nossa história tenha um final feliz...

Ouço isso e resolvo deixar os dois viver esse momento e volto deitar. O sol invade o quarto, quando abro os olhos Zack está me olhando:

- Bom dia Amor!

- Bom dia Amor, dormiu bem ou ficou me olhando muito tempo?

- Ficaria a noite toda, manhã toda e a tarde toda te olhando.

- Guarde esta ternura para me olhar indo até você no casamento.

- Eu não guardarei nada, tudo meu é seu, inclusive o amor, ternura e admiração da mulher linda que você é, na verdade, vou dizer uma coisa, estou muito curioso para te ver novamente de noiva.

- E eu quero ver você de noivo, mas digo que se não queremos nos atrasar temos que levantar agora.

- Sim, já deixei minhas coisas na casa da mãe, vou me arrumar lá e deixar a nossa casa liberada para você e as madrinhas se arrumar.

- Ótimo, agora me dê um beijo e até o casamento.

Zack sorri, coloca a mão direita na minha cintura, sua mão esquerda afasta a mexa de cabelo que cobre meu lábio e aproxima nossos lábios, nosso beijo é calmo, lento, mas delicioso, o mundo some ao redor, somos somente nós dois, no fim do beijo ele morde meu lábio, puxa levemente e sorrio:

- Não continue com isso, se não voltamos para cama.

- Não seria má ideia, mas sei que não devemos.

- Que bom, então vamos!

Zack afasta meu cabelo e morde meu pescoço me arrepiando:

- Amor, por favor!

- Ok, ok!

- Deixe isso para mais tarde.

- Ok, vamos lá.

Saímos do quarto, Zack desce as escadas a cumprimenta as madrinhas que estão arrumando o café da manhã:

- Bom dia!

- Bom dia noiva!

- Todas animadas?

- Sim, a equipe de maquiagem chega logo, acredito que quando terminarmos de tomar café.

- Então vamos comer logo.

Tomamos café e como falado por Maite a equipe de maquiagem chegou, agradeço por nosso quarto ser grande, assim todas podemos nos preparar no mesmo lugar. Logo começam a minha maquiagem, fecho os olhos e ouço algumas conversas e risos:

- O que estão fazendo?

- Maquiadora, pode dar uma pausa na maquiagem, mas Ana não abra os olhos até o fotografo dizer que pode.

Maite diz e fico desconfiada:

- O que estão aprontando?

- Você verá, abra os olhos em três, dois, um...

Abro os olhos e tem um manequim em minha frente, nele um vestido de noiva ombro a ombro curto, com trabalho em pedraria que sai das mangas define o decote em estilo "V", desce pelo busto e passa da cintura, onde se divide em feixes e brilho por cima da saia armada com fundo branco, mas com um tecido fino por cima com um brilho cintilante e para completar mais detalhes em pedraria em redor na parte de baixo, a palavra perfeito é pouco para definir este vestido:

- Nossa Amiga! Esse vestido é lindo, perfeito e mais todos os outros elogios que possam existir.

- Você merece mais do que qualquer pessoa o casamento mais lindo que já possa ter existido.

Abraço Maite e agradeço pela maquiagem estar no início, pois deixo a lagrima correr:

- Amiga! Não pode chorar!

- Logo paro, mas você me prejudica não deixar chorar com uma surpresa tão linda como essa.

Abraço todas as madrinhas e volto a cadeira de maquiagem. As madrinhas também fazem maquiagem, enquanto outras fazem seus penteados, e assim ficamos prontas quase juntas. Meu penteado é um meio preso, com coque alto que se esconde em uma coroa digna de princesa. Pronta olhos todas e estão lindas, seus vestidos são rosa claro também com detalhes em pedra no busto com o restante liso, mas são lindos e combinou com todas elas, olho todas e o fotografo questiona:

- Podemos tirar as primeiras fotos da noiva com as madrinhas prontas?

- Sim! Podemos.

Saímos do quarto e vamos para área externa onde não sujo meu vestido e tiramos as primeiras fotos de noiva com as madrinhas. Maite pede licença e volta:

- Me avisaram agora, está tudo pronto, podemos iniciar o casamento.

Fico nervosa, meu coração palpita:

- Calma amiga, ele está lá lindo te esperando.

- Não consigo explicar porque estou nervosa, é um misto de lembrança do passado com a realização do sonho de fazer isso aqui.

- Eu imagino amiga, mas agora se acalme, se não vai chorar antes de casar e estragar todas as fotos com a maquiagem borrada.

- Ok, vamos lá então.

- Madrinhas! Vamos encontrar nossos pares para entrada. Ana vai um pouco depois para não ser vista pelo noivo.

- Ok.

Todas vão e um dos fotógrafos as segue e outro fica comigo, aproveitamos para tirar mais fotos minha, até avisarem ele que está na minha hora de entrar. Seus assistentes me ajudam com o vestido e o véu.

Me aproximo do jardim e visualizo todos os nossos amigos, e parentes presentes, as cadeiras brancas todas ocupadas, a música que escolhi para minha entrada Hallelujah começa ser tocada pelo violinista, o pianista e violão celo, os convidados se levantam e Aurora vai na minha frente jogando as pétalas brancas e rosa claras, Zack está de costas, quando chego no início da passagem Cesar avisa Zack que se vira e vejo as lagrimas escorrerem pelo seu rosto. Mantenho o sorriso, guardo minhas lagrimas e vou passando por todos passo a passo calmamente até encontrar Zack, estendo a mão e ele a beija, seu rosto molhado umedece minha mão e ele diz:

- Desculpe, não queria estar chorando neste momento, mas não consigo controlar.

- Calma Amor, estou aqui.

Zack beija minha testa e nós viramos para o celebrante do casamento. Ele dá início ao casamento e todos se sentam. Seguindo o casamento fico olhando para o celebrante de mãos dadas com Zack, quando olho de canto de olho ele está me olhando com sorriso sincero, as lagrimas se foram, agora somos nós, logo o celebrante direciona para entrada das alianças.

No início da passagem está Aurora com uma almofadinha onde estão amarradas nossas alianças, ela vem calmamente e vemos em seus olhos que também está emocionada, mas guarda as lagrimas, até nos entregar e dizer:

- Amo muito vocês!

- Nós também te amamos filha.

Falamos em conjunto e falamos nossos votos iniciados por Zack:

- Ana, quem está vendo nossa história, muitas vezes podem ter duvidado que um dia isso aconteceria, que um dia estaríamos aqui onde tudo começou, onde estraguei tudo, onde hoje confirmamos ao mundo que você é o amor da minha vida, e ninguém mais duvidará disso. Quando te vi pela primeira vez na padaria da Maria e Matheo que hoje estão nos prestigiando, sabia que uma pessoa comprando uma passagem para capital errada não poderia ser sem motivo além do destino mostrando que tinha algo muito maior preparado para nós. Depois de alguns dias, quando descobri como é a dor de medo de te perder aconteceu pela primeira vez, te encontrei tão guerreira, mas ao mesmo tempo frágil, com o mesmo medo que senti e no nosso primeiro beijo explodimos sentimento, desde aquele momento ficar longe de você era uma tortura, quem diria que ficaríamos mais de seis anos longe, me senti congelar por dentro. Este gelo quebrou quando vi a jovem mais bem sucedida no ramo de consultoria e investimentos, finalmente notícias suas, finalmente uma direção para te procurar, dias em uma caminhonete e o tão sonhado reencontro, cheio de dor, magoa, medo... encontrei aquela mesma mulher da cabana, guerreira e frágil, mas desta vez sem a vulnerabilidade de uma situação, encontrei uma leoa capaz de tudo para proteger meu segundo presente da vida, nossa filha Aurora. Mas o amor não termina, mesmo com toda dor que te provoquei, por toda dificuldade que fiz passar, e foi esse amor guardado a sete chaves que me deu uma segunda chance, com ajuda da Aurora claro! Muito obrigada filha, por acreditar em nós mesmo quando nem nós acreditávamos... Contando essa história quero dizer que eu acredito em nós, acredito no amor, acredito que depois do que passamos nada mais será capaz de destruir o que construímos com tantos altos e baixos, quero dizer que te amo, e vou falar isso, demonstrar isso, todos os dias, respeitar-te na saúde e na doença, na alegria e na tristeza, na riqueza e na pobreza até que a morte nos separe e que essa aliança seja a prova de todo meu amor por você, Te Amo!

Meu coração bate forte, minha vontade é de beijar ele agora, ele coloca a aliança no meu dedo e dá um beijo suave olhando nos meus olhos, respiro fundo e pego a aliança dele:

- Zack, fica difícil falar muito depois de tudo que falou, mas vou dar o meu melhor. Nunca pensei que faria parte de uma história tão cheia de altos e baixos, sonhava com contos de fadas perfeitos, mas até hoje não vi nenhum começar com uma passagem errada, quando te vi pela primeira vez eu também senti que teria algo a mais, e nunca fui tão grata por uma cidade não ter pousada, lembro o que me falou quando perguntei o que deveria fazer para ser aceita por sua mãe, antes de pensar que seria minha sogra, você simplesmente falou: "Seja você mesma" e fui eu mesma, com medo, com coragem, e sendo eu mesma descobri que príncipes existiam, mas que seu cavalo não é branco, não usa roupas de alfaiataria, mas usam chapéu e bota. Descobri o amor, descobri a dor de perde-lo, descobri noites em claro com olhos inchados de tanto chorar, pesadelos intermináveis, pois quando abria os olhos você ainda não estava lá para me socorrer. Descobri como o amor multiplica quando nasce um ser de você mesma, o ser que deu brilho na minha vida, me deu forças para lutar e me tornar a leoa, que ronronou no seu abraço no primeiro abraço, sei quão difícil foi nossa história, sei quanto Aurora lutou por nós, e hoje estamos aqui honrando a luta dela, dizendo que nosso amor não apaga na guerra, não apaga no medo, não apaga na adversidade, e te responderei todos os dias que te amo, demonstrarei isso, todos os dias, respeitar-te na saúde e na doença, na alegria e na tristeza, na riqueza e na pobreza até que a morte nos separe e que essa aliança seja a prova de todo meu amor por você, Te Amo!

Coloco a aliança em seu dedo e o beijo, ele pega minhas mãos e junta na altura dos olhos, beija novamente e lhe encarando no fundo dos olhos beijo também. O celebrante nem pergunta se aceitamos um ao outro, pois já confirmamos isso nos votos, já estamos de aliança então ele diz:

- Já que se aceitam como marido e esposa, eu vos declaro pelo poder a mim concedido, casados! Pode beijar a noiva!

Zack sorri, estamos de frente, ele solta minhas mãos, tira a mexa do cabelo, coloca a mão na minha nuca e a outra na cintura, logo perco o equilíbrio quando ele me puxa para me beijar. Nosso beijo é calmo, a vergonha de todos estarem vendo não existe, no final mordo seu lábio e volto ao equilíbrio sorrindo com os aplausos dos convidados.

Olhamos para todos, tem gritos, aplausos e assovios nos recepcionando, então vamos para a saída, os padrinhos nos cobrem com a chuva de arroz, Zack para no meio do corredor formado por eles e me beija novamente, depois vamos para casa grande esperar todos se acomodarem na festa de casamento e Aurora nos encontra:

- Mãe, Pai o casamento foi perfeito, lindo, amo muito vocês.

- Nós também te amamos!

Nos abaixamos e abraçamos ela, logo Maite entra na sala:

- Já estão todos organizados na festa, podem ir.

- Ok.

Zack pega na mão da Aurora e a outra mão ela me dá, seguimos rumo a festas, quando todos nos veem, aplaudem mais uma vez e levo um susto quando fogos de artificio brilham no céu, Aurora olha para o céu admirando os fogos, eu olho para Zack que fala baixinho:

- Eu te daria a lua e todas as estrelas, mas como não consegui te dou este brilho.

- Eu te amo Amor!

Lhe beijo e ele me afasta:

- Deixa o beijo para mais tarde, se não vai perder o show.

- Ok.

Olho para o céu e admiro a beleza, quando os fogos terminam beijo Zack mais uma vez, depois vamos para nossa mesa e Aurora vai brincar com as outras crianças, então vejo Zack me encarando:

- O que foi?

- Quero registrar você de todos os ângulos neste dia incrível.

- Isso o fotografo já vai fazer.

- Inclusive ele vem aí.

O fotografo nos chama para tirar as fotos com os convidados e em família, olhando na câmera já vemos quão lindas estão, já imagino os álbuns e os quadros que mostrarão a todos nossa linda família em um casamento perfeito.

A festa continua, falamos com os convidados, dançamos, tudo é lindo, a noite se inicia e a festa continua, Zack fica comigo, sorri, me observa não demora muito para os convidados irem para suas casas, ficando somente os padrinhos, a fogueira queima alto, a noite é estrelada, a lua cheia ilumina o céu e Cesar diz:

- Bom meus amigos, os fogos de artificio de dia são lindos, mas de noite são melhores.

Zack se levanta e fala:

- Quem está aqui, os padrinhos, madrinhas, minha mãe, meus irmãos, minha sobrinha, nossa filha e claro minha linda esposa, sabem o quanto desejamos e duvidamos que estaríamos aqui, lutamos, construímos tudo isso, com certeza estão todos cansados, mas quero agradecer cada um de vocês por acreditarem em nós, por serem pessoas tão especiais em nossas vidas, e agora dou de presente para vocês, com meu sincero agradecimento este show.

O céu se ilumina com um segundo show de fogos, agora somente com os íntimos, os melhores, e desta vez quase não pisco, Zack abraça minha cintura seu queixo repousa no meu ombro, aproveitando o momento. Quando termina, aplausos. Maite vem perto de nós:

- Esse casamento ficará na história de todos nós, vida longa a este casal, que nenhuma adversidade venha a prejudicar este amor, e sejam muito, mas muito felizes mesmo, eu amo vocês.

- Muito obrigada Amiga, e que você conquiste um amor assim para você, para podermos trocar os papeis e nós desejarmos tudo isso e muito mais no seu casamento.

- Maite, sem dúvidas você foi peça chave neste casamento, e na nossa história, muito obrigado por cuidar por tantos anos da Ana.

- De nada Zack, agora eu a entrego nas suas mãos, cuidem bem dela, e se você fizer ela sofrer novamente eu virei de onde estiver e vou te fazer sofrer muito mais que possa imaginar.

- Ok...

Zack responde e sorrimos, ela nos abraça um por vez e diz:

- Agora vou dormir, pois amanhã tenho uma longa viagem para encarar.

- Boa noite Maite, mais uma vez, muito obrigada.

Quando ela começa a sair pego em seu braço:

- Pode deixar que vou avisar Cesar para te encontrar no quarto.

- Como assim?

- Amiga, ontem, quem bateu na porta fui eu, aproveite a noite, Aurora vai ficar com a avó dela, e nós vamos para uma cabana.

- Amiga, não precisava se incomodar.

- Não tem incomodo algum, espero que dê certo vocês dois.

- Confesso que também espero.

- Boa sorte!

Lhe abraço mais uma vez e ela sai, logo atrás dela vem Cesar, que já está falando com Zack, quando lhe dou atenção ele diz:

- Ana, estava falando com Zack aqui, esse casamento foi incrível, espero um dia ter um casamento pelo menos um por cento que foi esse.

- Cesar, meu novo amigo, agora padrinho, eu quero te dizer que Maite é uma mulher incrível, destemida, corajosa, mas como toda mulher ela também precisa de amor, amizade, proteção e cumplicidade, sei que vocês estão no início, mas quero deixar claro, que como eu vou estar longe por mais tempo, vou por enquanto confiar a você a proteção dela, mas eu te aviso, se fizer ela sofrer você vai se ver comigo, estamos acertados?

- Sim, sim, quer dizer, eu não esperava ouvir isso de você, mas sim, pode deixar, eu vou cuidar bem dela, se ela me aceitar, com certeza, meus planos é fazê-la a mulher mais feliz do mundo!

- Perfeito, então vou te dizer mais uma coisa, eu liberei a nossa casa para vocês, Aurora vai ficar com a avó dela, e nós não dormiremos em casa, aproveitem a noite.

- Como sabe?

- Toc Toc...

- Era você?

- Sim, mas isso não importa, o que importa é como vai encarar o que te falei.

- Perfeito e claro! Muito obrigado!

Cesar me abraça forte e vai para o encontro de Maite. Os outros padrinhos nos cumprimentam, abraços, desejos de alegria e durabilidade do nosso amor são os mais citados. Aurora respeita a fila e quando chega na sua vez:

- Mãe, eu só quero te dizer que você é a melhor mãe do mundo, mas com o papai em nossas vidas se tornou a mãe mais que perfeita, te amo!

- Muito obrigada filha, espero continuar sendo a melhor mãe que possa ser para você, pois você meu amor, merece o melhor e muito mais.

Abraço ela forte e beijo a bochecha, depois ela fala com Zack:

- Pai, eu não sei como você era antes de nos encontrar, mas eu sei que desde que entrou em nossas vidas você tem sido o melhor pai que poderia sonhar, nem nos meus sonhos pensei em ter um pai tão especial como você, mas eu vou te pedir uma coisa, sempre que aparecer alguma oportunidade que você fica na dúvida se magoaria a minha mãe, não faça, e o segredo de tudo é a conversa, foi assim que sempre deu certo desde que me conheço por gente, cuide bem da minha mãe, ok?

- Ok filha, e você sempre que tiver alguma sugestão de como fazer sua mãe mais feliz do que vou lutar para fazer é só me avisar, mas além disso quero te dizer que você é a melhor filha que eu poderia ter sonhado, muito obrigada por ser como é, e continue sempre assim, combinado?

- Combinado! E até amanhã!

Eles se abraçam e eu fico admirando os dois. Depois ela vai como Luna para a casa grande, e Dona Francisca se aproxima:

- Meus amores, fiquei por último pois queria ser a pessoa que diria para vocês dois que este casamento foi lindo, a história de vocês é linda, mas quero lembrar que tudo começa agora, meu filho, não basta conquistar ela até casar, tem que conquistar ela a cada dia, o amor não termina com o sim, ele floresce ainda mais, e como toda flor deve ser regado todos os dias. E Ana, quero te dizer que meus filhos não poderiam ter escolhido uma nora melhor para mim, és guerreira e destemida, uma ótima mãe, quero dizer que meus braços sempre estarão abertos para um abraço, um colo, um cheiro de mãe, você agora é minha filha, e pode contar comigo sempre.

- Muito obrigada Sogra!

- Muito obrigada Mãe!

- Eu amo muito vocês!

- Nós também te amamos!

Respondemos juntos sem querer:

- Bom meus amores, a mala que arrumaram já estão na caminhonete, nos vemos amanhã, boa noite, e aproveitem, vou cuidar nem da Aurora.

- Muito obrigada!

Dona Francisca sai e Zack me olha:

- Bom agora vamos?

- Vamos!

Ele pega as chaves e me ajuda com o vestido. Vamos para cabana na colina, chegamos e um champanhe em um balde de gelo, uma cesta de café da manhã, e no quarto pétalas por toda parte. Zack chega nas minhas costas e diz:

- Hora de tirar este vestido…
- Sim e tomar um belo banho.
- Concordo, deixe-me te ajudar.
- Fique à vontade.

Capítulo Vinte e Oito

Zack abre o zíper do vestido lentamente, beijando meu ombro puxa a alça para baixo, seus dedos escorregam lentamente sobre minha pele, recebo mordiscadas no pescoço e depois beijos calmos e sedutores, os arrepios voltam, mas deixo meu pescoço livre para que continue. Com a outra mão ele baixa a outra alça e faz o mesmo carinho no outro braço, o bojo do vestido cai deixando meus seios à mostra, sua mão direita passeia sobre eles, enquanto ainda me causa arrepios no pescoço, sua respiração quente parece sugar o restante de perfume que possa ter cada vez que respira fundo.

Coloco as mãos para trás e abro seu cinto, a calça e tiro seu membro massageando lentamente, ele sorri e me vira, seus lábios finalmente tocam os meus, nosso beijo é calmo, saboroso e romântico. Deixo seu membro e coloco minhas mãos em seu cabelo, as suas ficam na minha cintura me trazendo para perto, depois começo abrir sua camisa, libero seus ombros e passo as unhas em seus braços que se arrepiam. Logo baixo sua calça e está totalmente nu, e ele me ajuda a sair do vestido:

- Primeiro vamos para o banho.

- Ok.

Zack me beija mais uma vez, então vamos para o banheiro, tiro a maquiagem enquanto ele abre as torneiras da banheira, depois de verificar a temperatura da água ele vem por trás de mim, pega meus seios e começa a beijar meu pescoço, tento não me distrair, mas ele abandona um dois seis e com a mão direita desce até meu sexo:

- Já está molhada?

- Como não estaria com tanta provocação?

- Não vou me importar com esse comentário, pois sei que adora isso.

- Não consigo mentir para você, mas tenho que tirar a maquiagem, se não quando entrarmos na banheira em vez de uma esposa linda vai ter uma noiva cadáver.

- Tendo estes seios lindo, essa boca carnuda e um amor gostoso, não me importo com aparência.

Mesmo assim quero permanecer linda, para que todas as memorias que ficar deste dia seja comigo linda, para quando estivermos bem velhinhos você lembre porque ficou comigo agora.

- Eu fiquei com você agora porque te amo, e não por ser a mulher mais linda do mundo.

- Vou fingir que acredito.

Termino de tirar a maquiagem e lavo o rosto, quando termino ele me alcança a toalha, quando tiro a toalha do rosto vejo ele sorrindo:

- O que foi?

- Você consegue ser linda de todas as formas.

- Que bom, mas não iria querer ne ver com as noites viradas em claro com a Aurora chorando, descabelada de pijama o dia todo e com olheiras até o queixo.

- Você deveria ter ficado linda gravida.

- Gravida sim, mas depois que Aurora nasceu, demorou um bom tempo até voltar ao normal, mas pera ai, porque esse comentário de gravida?

Digo saindo de perto do pai e entrando na banheira que já está cheia e coberta de espuma.

- Nada, apenas não te vi gravida.

Zack responde entrando na banheira e me puxando para seu colo, fico de frente para ele, e agradeço a banheira sei grande e conseguir me acomodar os joelhos nas laterais da parte interna elevada que ele está sentado:

- Caramba, nossa volta foi tão movimentada que não mostrei minhas fotos gestantes.

- Não quero te ver em fotos...

- Ei! Espera ai! Você está me convidando na lua de mel a ter mais um filho?

- Estou apenas dizendo que não seria má ideia...

- Zack, por favor, agora vou transar pensando em barriga, roupas de bebe, noites em claro...

- Ok, deixamos isso para outra hora, desculpe.

- Agora já foi, perdi o clima.

- Ei, deixa eu te compensar.

- Acho difícil...

- Você dúvida?

- Sim.

- Não deveria ter dito isso.

- Por que? Eu duvido, duvido, duvido!

Zack coloca a mão na minha nuca e puxa meu cabelo, com a outra mão prende as minhas nas costas, ele ameaça beija minha boca, mas quando tento me aproximar ele me prende e não consigo, em vez disso beija meu pescoço com leves mordiscadas, logo me arrepio e meus seios ficam rígidos:

- Isso baby fica louca de desejo...

- Isso não vale!

- Você queria que eu fizesse esquecer, a melhor forma é tirando seu foco.

- Mesmo assim é injusto, e eu ainda estou pensando que vamos perder noites assim se tivermos outro filho.

- Deixe comigo, você logo não pensará em mais nada além de transar a noite toda para te saciar.

Zack abocanha um dos meus seios, com a mão que prende as minhas me traz para mais perto me colocando bem em cima do seu membro, e eu resolvo fazer minha parte. Começo a me movimentar, para frente e para trás somente com minha cintura, enquanto ele continua em meus seios, não vou muito rápido, afinal estamos na banheira, então ele solta meu cabelo e minhas mãos, com a direta segura minha cintura, pois estamos na água cheia de produtos, que nos deixam escorregadios. Com a outra ele segura um dos meus seios e massageia intercalando entre um e o outro, coloco meus braços em seus ombros, quando ele dá uma folga dos meus seios é minha vez de puxa ele para trás, mas eu não ameaço nada, lhe dou um beijo quente, com a mão esquerda corro as unhas nas suas costas por onde alcanço, e com a direita lhe deixo com os olhos para o alto e pescoço a minha disposição.

Nosso beijo é molhado, dançamos um na boca do outro, nossas línguas deixam tudo mais saboroso, ele segura minha cintura enquanto continuo rebolando sem penetrar. Como um vampiro mordo seu pescoço, sua orelha e ele suspira:

- Olha que está sendo injusta agora?

- Sou consultora de investimentos e não juíza para saber o que é justo ou injusto.

Zack sorri, solto seu cabelo e ele tira o meu do rosto, me encara por um segundo e voltamos a nos beijar, com a outra mão começa me guiar para ele me penetrar e eu mordo seu lábio:

- Por que a pressa? Não vamos transar a noite toda?

- Verdade, lembrei agora!

- Lembrou do que?

Ele fica em pé na banheira com as mãos em minhas coxas me tira fora da água junto com ele. Me firmo em seus ombros e ele se vira me colocando na borda da banheira, ter um deck que madeira ao redor com um espaço razoável onde consigo sentar e me manter deixando as minhas mãos sobre a madeira que agora está molhada. Zack se ajoelha na banheira, minha perda direita deixa encontrar na água e a esquerda coloca sobre seu ombro ficando totalmente vulnerável a ele, e me abocanha, estou sensível e gemo alto ao sentir seu toque:

- Por isso não ficamos em casa esta noite.

- Você poderia fazer isso em casa.

- Mas você não gemeria tão satisfatoriamente alto.

- Isso você tem razão.

Ele sorri e sua respiração quente vai de encontro a minha pele que está mais fria por causa da água e me abocanha mais uma vez. Sua língua dança no meu sexo, sinto lubrificar-me muitas vezes, ele libera sua mão direita que segura minha perna para pegar meu seio e suspira:

- Você é incrivelmente gostosa e deliciosa.

- Que bom que gosta, pois eu adoro!

Sua boca me beija e me lambre, os espasmos vem quando ele mordisca a pele sensível, gemo alto e ele sorri satisfeito, minhas forças dos braços se perdem então vou mais para frente, para conseguir deitar na madeira e Zack continua insaciável:

- Eu não quero saber, mas me pego pensando quantas mulheres você satisfez dessa forma para fazer tão bem.

- Não precisei de mulheres para aprender isso, somente yogurts, mangas e laranjas.

- Mente que eu acredito.

- Já fui jovem e curioso, assisti vários filmes pornográficos e eu sempre olhava a cena inteira do homem chupando gostoso a mulher, depois que aprendi a malicia descobri formas de treinar, com era do interior tive que improvisar.

- Louvada seja as mangas e laranjas que chupou.

Zack sorri, se diverte comigo desde jeito e diz:

- A segunda cena que assistia inteira era metendo forte e rápido deixando as mulheres gemendo alto.

- Você sabe que os gemidos de filme são falsos.

- Podem até ser, mas os seus eu sei que não são.

- Acho melhor eu ficar quieta... ah.

Ele afunda dois dedos em minha, sem pré aviso, junto com isso chupa meu sexo e não controlo o gemido, na região do umbigo os espasmos são frequentes e fica vibrando, tenho que me controlar se não vou acabar gozando:

- Calma baby, não vai acabar com a festa tão cedo...

Puxo seu cabelo tirando do meu sexo, beijo seus lábios sentindo o meu sabor, com isso tiro seu foco e consigo lhe afastar, ficamos em pé e enquanto nos beijamos suas mãos desfilam no meu corpo, ele agarra minha polpa e tenta por cima alcançar, mas mordo seu lábio e me ajoelho:

- Minha vez...

Abocanho ele que arqueja, não sou só eu que estou com desejo. Uso todas minhas artimanhas, uso as mãos e a boca muitas vezes tentando colocar inteiro nela, mas ele é maior. Levanto os olhos e ele me encara, puxa o ar entre dentes e segura meu cabelo em um rabo de cavalo, mas não puxa nem tenta me controlar:

- Assim baby, me chupa gostoso com ela boquinha habilidosa.

Agora eu que sorrio satisfeita, tiro da boca passo a língua por todo ele, para recuperar o folego lhe massageio, estimulo a glande que está reluzente:

- Baby, sou acabar gozando se continuar assim.

- Não será a última da noite, isso que importa.

- Com certeza não será a última... ah delicia...

Ele geme de prazer, respiro fundo e coloco ele até o fim da minha boca, repetidas vezes, sei que ele adora isso e vai gozar para mim logo. Massageio com ritmo mais acelerado, suas pernas começam a enrijecer, abocanho mais algumas vezes até o fundo e recupero o ar massageando com toda velocidade que consigo, quando abocanho mais uma vez ele geme alto e suas pernas tremem, sinto os jatos na minha boca, mas ainda me movimento para tornar ainda mais intenso seu prazer:

- Ah baby, você é perfeita em tudo que faz.

Ele senta, com a boca limpa sento em seu colo novamente:

- Ana, você sabe que preciso de um tempo para me recuperar, não sabe?

- Sei sim, e essa é a parte mais divertida.

Viro de gostas e jogo meu cabelo para o lado, rebolo em sua frente, ele sorri impotente e eu me divirto:

- Que foi Zack? Está com algum problema?

- Sim...

Ele me puxa para sentar no seu colo novamente, me beija com desejo, fico de lado e ele abre minhas pernas, seus dedos massageiam me estimulando, alguém está querendo ganhar tempo:

- Acho que vamos sair da banheira, pois a água já está fria.

- Por mim tudo bem.

- Vou para a ducha.

- Depois vou eu.

Zack percebeu que eu continuaria provocando-o aproveitando sua trégua e mudou meus planos. Vou para ducha, quando saio seco o corpo e o cabelo, enquanto isso ele se banha. Escovo os dentes e ele faz o mesmo, enquanto ele termina eu tiro a água da banheira, empino bem minha bunda para alcançar o botão que libera a água, quando volto Zack está pronto.

Ele me beija, agora mais calmo, mas ainda com desejo, como se tivesse esquecido de selvagem e despertado o romântico, e eu adoro isso. Pegando minhas coxas pulo em seu colo e ele me leva para o quarto. Me deita na cama e eu lhe ajudo ficando na altura dos travesseiros. Zack vem por cima de mim calmamente, deixando beijos pelo caminho, na minha perna, coxa, umbigo, seios, clavícula até chegar nos meus lábios. Minhas pernas ficam na altura da sua cintura, ele aperta minha polpa, e passa a beijar meu pescoço intercalando com a boca, a respiração mudou, está abafada tentando conter o desejo e eu sorrio. Com a outra mão ele se firma no colchão para ficarmos em um distancia onde conforme ele se movimenta encosta e não em mim, coloco as mãos em suas costas, passando levemente as unhas, enquanto nossos lábios brincam entre beijos e mordidas nos lábios.

Zack respira fundo no meu pescoço e sussurra:

- Quero guardar para sempre seu cheio da minha memória, sua pele macia, seus lábios carnudos, seu cabelo liso com ondas que brilham quando tocados pelo sol.

- Eu quero guardar você inteiro na minha memória, e esta noite até o fim dos meus dias.

- Até o fim dos nossos dias, eu te amo...

- Eu também te amo...

Deixo meu pescoço a mostra e ele lhe beija mais uma vez, mas segue para meus seios, seu toque é distante alimentando ainda mais o desejo, depois faz trilho de beijo pela minha barriga, beija minha coxa e deita mais para baixo no colchão, coloca minhas pernas sobre seus ombros e me chupa deliciosamente bem, fico parada aproveitando cada toque, sua barba um pouco áspera desperta ainda mais meus sentidos e os espasmos me tomam algumas vezes.

Com a mão direita pega meu seio, tento controlar a respiração, mas falho miseravelmente, mas logo mudamos de posição, ele deita no colchão e eu fico de quatro em cima dele, lambo com desejo meu membro, me movimento levemente, colocando na minha boca calmamente, lhe encaro que me olha com desejo, ele começa me acariciar, nas costas, coloca meu cabelo para o lado, deixando a visão livre do que estou fazendo.

Depois de satisfeita subo nele, fico de frente, penetro lentamente, apoio os joelhos no colchão, desço e subo lentamente, sinto que estou totalmente lubrificada e cada vez que ele entra me prazer intensifica, mas em contra partida meu desejo aumenta e consigo controlar por muito tempo ele, movimentando mais rápido, seus seios pulam e levanta o corpo abraçando minha cintura me ajudando subir e descer mais rápido. Zack me beija e coloco os braços sobre seus ombros, depois ele beija um dos meus seios, coloco minha cabeça para trás, ele apoia as mãos no colchão e se movimenta subindo e descendo, assim subo mais alto e penetro mais fundo, gemo alto e ele geme comigo.

Desaceleramos o ritmo e ele deita novamente, pego suas mãos, entrelaço os dedos e coloco acima da sua cabeça, me movimentando para frente e para trás, meus seios desfilam pelo seu rosto e ele os beija e mordica algumas vezes quando passam. Solto suas mãos e coloco as minhas eu seu peito, rebolo para frente e para trás enquanto seus olhos reviram e geme:

- Você é muito gostosa e faz muito gostoso também...

- Goza para mim, goza gostoso dentro de mim.

Me apoio agora em suas pernas, e ele se movimenta no colchão, segura meus seios e depois aranha meu corpo, gemo de prazer. Saio de cima dele e fico de quatro no colchão, ele se levanta e encaixa em mim, suas mãos ficam na minha cintura e ele dá alguns tapas na minha bunda, cada toque é único, ele intercala a velocidade mais rápido e mais lento e só proveito cada segundo.

Zack me vira, ficamos de frente mais uma vez, mas agora ele encaixa entre minhas pernas, eu as coloco para o lado, me seguro em suas costas e ele me beija mais intensamente agora, nossa respiração acelera, ele afunda seu rosto em meu pescoço geme a cada movimento e eu lhe acompanho, tento ficar mais forme para que ele massageie meu ponto G, ele vai mais fundo, mais rápido e diz:

- Goza comigo, goza agora!

- Sim, vou gozar, mas não para!

Como uma ordem ele obedece e se movimenta rapidamente, vai fundo em mim e sinto meu prazer vindo, parece que ele vai perder as forças, mas eu estou chegando no clímax, então suplico:

- Não para! Não para! Não para!

De repente chego nele, meu corpo todo treme principalmente no ventre, minhas pernas enrijecem, sinto a energia passando pelo corpo junto com um arrepio e dispersando no ventre, meus pés ficam puxando pareço uma bailarina e gemo alto, ele aproveita meu corpo espremendo seu membro fazendo mais até gozar também, usando o resto de força que possui para não cair em cima de mim se apoia nos cotovelos e ficamos frente a frente respirando forte, enquanto a euforia passa, o controle do corpo volta sinto seus jatos dentro de mim, suas pernas tremendo, e mais uma vez chegamos ao orgasmo.

Com a respiração mais tranquila Zack me beija, deita ao meu lado na cama e nosso prazer escorre nos lençóis:

- Precisamos de mais um banho.

- E de outros lençóis.

- Com certeza.

Sorrimos deitados, quando as forças voltam ao normal levantamos, vamos para a ducha, são duas, mas ficamos somente em uma, o vapor quente embaça o box, Zack me encara e sorrio:

- Não vou nem perguntar o que foi...

- Eu te amo!

- Eu também te amo!

- É sério, nunca senti nada parecido com ninguém.

- Eu também não...

- Ana, você me faz ser o cara mais feliz do mundo, com você descobri o que é amar uma pessoa de todas as formas, todo o perfeito e imperfeito.

- Deveria ter falado isso nos votos mais cedo.

- Por mim o mundo poderia parar agora, ou a minutos atrás conosco nos amando loucamente, eu te desejo Ana, eu te amo, e as vezes parece que só a palavra amor não é capaz de descrever ou explicar o que sinto por você.

- Zack, você não precisa me explicar nada, porque eu sinto o mesmo, eu te amo, te amei desde a primeira vez que te vi, te amei todos os dias que ficamos longe, amei quando te reencontrei, amei quando me colocou contra a porta do meu escritório, amei quando me ajudou com aquele cliente chato, amei você se tornando pai, amei ver que você amadureceu, amei no nosso primeiro casamento que tivemos aquela situação, amei cada segundo que vivi com você, amei em cada beijo, amei em cada transar, amei em todas as vezes que não foi só sexo, foi amor entre dois corpos, como fizemos a minutos, eu te amo, vou continuar amando, por isso te escolhi para a vida, com uma semana, três meses e uma vida toda.

Capítulo Vinte e Nove

Um tempo depois...

Maite recolhe os papeis da mesa do outro lado da chamada:

- É isso por hoje?

- Sim, pela semana pelo menos.

- Que bom que estamos alinhadas mesmo que distante sócia!

- Socia, e como estão todos aí?

Olho pela janela, Aurora está com Zack brincando perto da piscina:

- Estamos bem.

Acaricio o barrigão e Maite pergunta:

- E este meninão, está se comportando?

- Sim, ele está dando uns chutes na mamãe as vezes, mas o pai dele diz que ele vai ser jogador de futebol ou está esporando o cavalo para apostar corrida com o papai e a irmã.

- Eu não duvido de nada.

- Eu também não.

- Bom então é isso, vamos conversando qualquer coisa, mas a equipe aqui está bem completa, nosso crescimento é exponencial.

- Eu sei, e sei também que não tinha outra pessoa para o cargo de chefia para assumir tudo quando resolvemos morar aqui.

- Na verdade tenho inveja, imagino a paz deste lugar, a vista dos cânions, não é à toa que o amor nasceu aí e vocês escolheram este lugar para chamar de lar.

- Realmente este lugar me completa, nele me apaixonei, amei, casei e agora estou morando.

- Tenho que dizer que o casamento de vocês ainda é o mais perfeito que vi.

- Muito obrigada, mas está na hora de você fazer o seu.

- Verdade, só falta o Zack dar a dica para o amigo dele que depois de dois anos de namoro já podemos noivar.

- Você sabe como são os homens, e não reclame, eu esperei mais de seis anos para noivar e casar.

- Pensa assim, que se não tivesse esperado a Aurora não seria sua aia e se eu não casar logo ela estará muito grande para ser a minha.

- Vou falar com o Zack, quem sabe ele ajude, mas não crie expectativa.

- Aí fica difícil, mas vou tentar, ele está chegando, cuida deste pequeno e de todo o resto ai, beijo!

- Pode deixar. Beijo!

Maite desliga a chamada e levanto devagar, minha barriga está enorme, ando pela casa até chegar na piscina onde Zack me encontra:

- Amor está tudo bem?

- Sim, terminei a reunião com a Maite, a empresa está crescendo exponencialmente e ela está cuidando de tudo com muito carinho, foi muito boa sua ideia de colocar ela na sociedade e deixar ela no comando enquanto acompanho tudo virtualmente.

- Eu disse, ela tem capacidade, sempre esteve por perto aprendendo tudo de você, não teria outra opção melhor.

- Concordo!

- Mãe! Vem brincar conosco?

- Não posso filha, estou cansada, mas vou liberar o seu pai para voltar brincar, só quero falar uma coisa rapidinho com ele.

- Quer?

- Sim, Maite me pediu para um amigo do Cesar dar uma dica para ele que já pode pedir ela em casamento.

- Está atrasada.

- Como assim?

- Seria surpresa, mas ele vai levar ela para viajar, nesta viagem vai passar aqui conferir de perto como está a franquia de agropecuárias, vão fazer uma visita para nós já que é arriscado você viajar, um lual nos cânions e o anel já está comigo como padrinho de casamento e você nos ajude como madrinha.

- Por que você está com o anel?

- Porque ele sabe que ela procura cada poucos dias nas coisas dele para var se encontra algo.

- Uau, que bom então.

- Mãe, deixa o pai brincar comigo!

- Sim filha, estou liberando seu pai agora!

- Sim senhora!

Zack me beija suavemente e sorrio sentando na cadeira de balanço de frente para onde estão brincando, acaricio a barriga e sussurro para nosso filho:

- Descobri o amor em uma semana, por três meses lutei por ele, por seis anos vivi longe dele, mas agora tenho para vida toda.

Fim.

www.ingramcontent.com/pod-product-compliance
Lightning Source LLC
Chambersburg PA
CBHW070501160726
48003CB00004B/1367